우리
소설
알짜읽기

스스로 생각하고 표현하는 독서의 길잡이

우리 소설 알짜 읽기

2014년 7월 15일 초판 발행

엮은이 현상길 ◎ **펴낸이** 안대현 ◎ **펴낸곳** 풀잎 ◎ **등록** 제2-4858호
주소 서울시 중구 필동로8길 61-16 ◎ **전화** 02_2274_5445/6 ◎ **팩스** 02_2268_3773
디자인 디자인스튜디오 203 대전

ISBN 979-11-85186-09-2 (부가기호 : 44810)
ISBN 979-11-85186-06-1 44810 (세트)

이 도서의 국립중앙도서관 출판예정도서목록(CIP)은 서지정보유통지원시스템 홈페이지(http://seoji.nl.go.kr)와
국가자료공동목록시스템(http://www.nl.go.kr/kolisnet)에서 이용하실 수 있습니다. (CIP제어번호 : CIP2014019834)

우리 소설
알짜읽기

중학생용 3

현상길 엮음

이 책의 좋은 점

- 국어교과서에 실린 우리 소설 중 청소년의 성장에 도움을 줄 수 있는 알짜 작품들을 가려 뽑아 실었습니다.
- 국어교과서에 수록된 유명 작가들의 교과서 밖 명작들을 엄선하여 심화 읽기를 돕도록 하였습니다.
- '준비 → 집중 → 읽기 → 마인드맵 → 정리 → 문제풀기 → 감상쓰기'의 단계를 통해 스스로 독서하는 능력을 키울 수 있게 하였습니다.
- 작가 이해와 작품 읽기에 도움이 되도록 **'작가 프로필'**을 실었습니다.
- 1권은 조금 짧고 쉬운 작품, 2권은 중간단계의 작품, 3권은 비교적 길고 내용의 깊이가 있는 작품들로 구성되어 **수준별 읽기**에 좋습니다.

이 책의 읽기 단계 활용법

- **작가 프로필 :** 작품을 읽기 전에 작가가 어떤 분인지 알아봅니다.
- **준비(읽기 전에 알아두자) :** 작품의 개요에 대하여 읽기 전에 알아둠으로써 내용 이해에 도움을 받을 수 있습니다.
- **집중(이것만은 꼭 생각하며 읽자) :** 이 부분을 잘 기억하고 있으면 끝까지 초점이 흐트러지지 않고 읽을 수 있습니다.
- **본문 읽기 :** 처음부터 끝까지 한 번에 집중하여 읽는 것이 좋습니다. 모르는 어휘는 각주를 참고하거나 사전을 찾아봅니다.

• **마인드맵 그리기 :** 작품을 읽은 후, 글의 요소들(인물, 사건, 배경 등)을 마인드맵으로 그리면서 내용을 돌이켜 봅니다. 다음 예시를 참고하여 자신만의 개성 있는 마인드맵을 그려 보세요.

• **줄거리·주제·핵심 정리 :** 줄거리와 주제는 혼자 작성한 후에 책의 것과 비교해 보고, 핵심 내용은 잘 이해해서 기억해 둡니다.

• **문제 풀기 :** 스스로 답을 찾고 모범답과 비교해 봅니다. 서술형 답은 반드시 주어와 서술어가 있는 문장으로 써 보세요.

• **감상 쓰기 :** 작품을 읽은 후 인물에게 하고 싶은 말, 작가에게 보내는 편지, 또는 알게 된 점이나 느낀 점 등을 자유롭게 써 봅니다. 인상 깊은 장면을 컷이나 만화로 그려도 좋습니다.

학창시절에 매일 독서하는 습관을 기르는 것은 매우 중요한 일입니다. 독서 습관이 형성되면 여러분은 평생 책과 함께 행복한 삶을 누리게 될 것입니다. 이 책이 여러분 스스로 독서하는 습관을 형성해 나가는 데 도움이 되기를 바랍니다.

2014년 7월
현 상 길

차례 Contents

우리 소설 알짜 읽기 제3권

차례 Contents

4

봄·봄

김유정 (金裕貞, 1908~1937)

김유정 金裕貞

일제 강점기 시대의 소설가. 가난과 병마에 시달리면서 29세로 요절하기까지 불과 2년여 동안의 작가생활을 통해 30편에 가까운 명작들을 남겼으며, 토속적 유머를 바탕으로 생생한 농촌현실과 본질적 인간상을 예술성 높은 작품으로 형상화함.

연보

- 1908년 1월 11일 강원도 춘천부 중리(실레마을)에서 2남 6녀 중 일곱째이자 차남으로 출생
- 1913년 서울 종로구 운니동으로 이사, 3년 만에 부모와 사별
- 1916년 서당에 입학하여 3년간 '천자문', '계몽편' 등 수학
- 1920년 제동공립보통학교에 입학, 1923년 졸업
- 1923년 휘문고등보통학교에 입학, 1929년 졸업
- 1929년 연희전문학교 문과에 입학 후 중퇴
- 1931년 고향일 실레마을로 내려가 야학과 계몽운동 전개
- 1933년 1월 단편소설「산골 나그네」첫 발표
- 1935년 『조선일보』 신춘문예에 난변소설 「소낙비」, 『조선중앙일보』 신춘문예에 「노다지」가 각각 당선
- 1936년 만성적 늑막염, 폐결핵 등으로 정릉 암자에서 요양
- 1937년 3월 29일 경기도 광주군 매형 집에서 사망

① 김유정의 문단 생활은 불과 2년여밖에 되지 않지만 지독한 병마와 가난과 싸우면서도 30여 편의 주옥같은 단편소설을 남겼다. 세간에서 말하듯 '무지개와 같이 찬란하게 나타났다가 무지개처럼 순식간에 사라져 간' 그는 단편소설을 언어예술로 승화시킨 위대한 작가였다.

② 김유정은 작중인물들을 대개 어리석고 무지한 인물들로 설정했고, 한국 문학사상 처음으로 토착적 유머를 형상화시켰으며, 이상주의나 감상주의에 빠진 피상적인 농민문학이 아닌 당시 농촌의 현실과 서민의 생활 깊숙이 파고들어 본질적 인간상을 추구함으로써 우리의 현대문학을 한 차원 끌어올리는 문학적 성과를 이루어내었다.

주요 작품들

소낙비(1933)	만무방(1934)
봄·봄(1935)	금 따는 콩밭(1935)
옥토끼(1936)	동백꽃(1936)
따라지(1937)	땡볕(1937)

「봄·봄」은 1935년 12월 『조광』에 발표되었는데, 작품 제목으로 쓰인 '봄'은 청춘 남녀의 그리움을 상징합니다. 이 소설의 등장인물들은 모두 '희화화(戱畵化)'되어 있어 불합리한 데릴사위 제도에 얽힌 심각한 내용임에도 불구하고 장면마다 웃음을 자아내지요. 희화화란 대상의 어느 한 부분이나 전체적 형상을 작가가 의도적으로 과장하거나 축소시켜 조화롭지 못하고 비정상적인 모습으로 드러내는 방법을 뜻하는데, 이 소설 곳곳에 희화화를 통한 김유정의 독특한 해학정신이 잘 나타나고 있습니다.

이 작품에는 1930년대 농촌 사회의 '있는 자'(마름)와 '없는 자'(머슴) 사이의 갈등 구조가 내포되어 있지만, 계층 간 대립보다는 농촌 젊은이들의 순박한 사랑 이야기가 중심을 이루고 있습니다. 농촌 젊은이들의 순박한 사랑이 어떤 갈등 구조 속에서 전개되어 나가는지 인물들의 심리를 서로 비교해 가면서 읽어 보세요.

봄·봄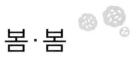

-
-
-

"장인님! 인제 저……"

내가 이렇게 뒤통수를 긁고, 나이가 찼으니 성례를 시켜 줘야 하지 않겠느냐고 하면 대답이 늘,

"이 자식아! 성례구 뭐구 미처 자라야지!"

하고 만다.

이 자라야 한다는 것은 내가 아니라 내 아내가 될 점순이의 키 말이다.

내가 여기에 와서 돈 한 푼 안 받고 일하기를 삼 년하고 꼬박 일곱 달 동안을 했다. 그런데도 미처 못 자랐다니까 이 키는 언제야 자라는 겐지 짜장 영문 모른다. 일을 좀더 잘해야 한다든지, 혹은 밥을 많이 먹는다고 노상 걱정이니까 좀 덜 먹어야 한다든지 하면 나도 얼마든지 할 말이 많다. 허지만 점순이가 아직 어리니까 더 자라야 한다는 여기에는 어째 볼 수 없이 고만 벙벙하고 만다.

이래서 나는 애초 계약이 잘못된 걸 알았다. 이태 면 이태, 삼 년이면 삼 년,

---

1 **성례**:혼인의 예식을 지냄.
2 **짜장**:과연, 정말로
3 **이태**:두 해

기한을 딱 작정하고 일을 해야 할 것이다. 덮어놓고 딸이 자라는 대로 성례를 시켜 주마 했으니 누가 늘 지키고 섰는 것도 아니고, 그 키가 언제 자라는지 알 수 있는가. 그리고 난 사람의 키가 무럭무럭 자라는 줄 만 알았지 붙박이기 키에 모로만 벌어지는 몸도 있는 것을 누가 알았으랴. 때가 되면 장인님이 어련하랴 싶어서 군소리 없이 꾸벅꾸벅 일만 해 왔다. 그럼 말이다. 장인님이 제가 다 알아채서,

"어참, 너 일 많이 했다. 고만 장가들어라."

하고 살림도 내주고 해야 나도 좋을 것이 아니냐. 시치미를 딱 떼고 도리어 그런 소리가 나올까 봐서 지레 펄펄뛰고 이 야단이다. 명색이 좋아 데릴사위지 일하기에 싱겁기도 할 뿐더러 이건 참 아무 것도 아니다. 숙맥이 그걸 모르고 점순이의 키 자라기만 까맣게 기다리지 않았나.

언젠가는 하도 갑갑해서 자를 가지고 덤벼들어서 그 키를 한번 재 볼까, 했다마는 우리는 장인님이 내외[4]를 해야 한다고 해서 마주 서 이야기도 한 마디 하는 법 없다. 우물길에서 언제나 마주칠 적이면 겨우 눈어림으로 재 보고 하는 것인데 그럴 적마다 나는 저만침 가서 '제에미 키두!' 하고 논둑에다 침을 퉤, 뱉는다. 아무리 잘 봐야 내 겨드랑(다른 사람보다 좀 크긴 하지만) 밑에서 넘을락 말락 밤낮 요모양이다.

개돼지는 푹푹 크는데 왜 이리도 사람은 안 크는지, 한동안 머리가 아프도록 궁리도 해보았다. 아하, 물동이를 자꾸 이니까 뼉다귀가 움츠라 드나 보다, 하고 내가 넌즈시 그 물을 대신 길어도 주었다. 뿐만 아니라 나무를 하러 가면 서낭당에 돌을 올려놓고 '점순이의 키 좀 크게 해줍소사. 그러면

---

4 **내외**: 이성(異性)의 얼굴 대하기를 피하는 일

담엔 떡 갖다 놓고 고사드립죠니까,' 하고 치성도 한두 번 드린 것이 아니다. 어떻게 되먹은 킨지 이래도 막무가내니……. 그래 내 어저께 싸운 것이지 결코 장인님이 밉다든가 해서가 아니다.

모를 붓다⁵가 가만히 생각을 해보니까 또 싱겁다. 이 벼가 자라서 점순이가 먹고 좀 큰다면 모르지만 그렇지도 못한 걸 내 심어서 뭘 하는 거냐. 해마다 앞으로 축 불거지는 장인님의 아랫배(가 너무 먹는 걸 모르고 냉병이라나, 그 배)를 불리기 위하여 심곤 조금도 싶지 않다.

"아이구 배야!"

난 몰 붓다 말고 배를 쓰다듬으면서도 그대루 논둑으로 기어올랐다. 그리고 겨드랑에 꼈던 벼 담긴 키를 그냥 땅바닥에 털썩 떨어치며 나도 털썩 주저앉았다. 일이 암만 바빠도 나 배 아프면 고만이니까. 아픈 사람이 누가 일을 하느냐. 파릇파릇 돋아 오른 풀 한 숲을 뜯어 들고 다리의 거머리를 쑥쑥 문대며 장인님의 얼굴을 쳐다보았다.

논 가운데서 장인님도 이상한 눈을 해 가지고 한참 날 노려보더니,

"넌 이 자식, 왜 또 이래 응?"

"배가 좀 아파서유!"

하고 풀 위에 슬며시 쓰러지니까 장인님은 약이 올랐다. 저도 논에서 철벙철벙 둑으로 올라오더니 잡은 참 내 멱살을 움켜잡고 뺨을 치는 것이 아닌가.

"이 자식. 일 허다 말면 누굴 망해 놀 속셈이냐. 이 대가릴 까놀 자식!"

우리 장인님은 약이 오르면 이렇게 손버릇이 아주 못됐다. 또 사위에게

---

⁵ **붓다** : 논에 못자리를 만들고 씨를 촘촘하게 뿌리다

이 자식 저 자식 하는 이놈의 장인님은 어디 있느냐. 오죽해야 우리 동리에서 누굴 물론하고 그에게 욕을 안 먹는 사람은 명이 짧다 한다. 조그만 아이들까지도 그를 돌아 세놓고 욕필이(본 이름이 봉필이니까) 욕필이, 하고 손가락질을 할 만치 두루 인심을 잃었다. 허나 인심을 정말 잃었다면 욕보다 읍의 배참봉댁 마름으로 더 잃었다. 번히 마름이란 욕 잘하고, 사람 잘 치고, 그리고 생김 생기길 호박개 같애야 쓰는 거지만 장인님은 외양이 똑 됐다. 장인에게 닭마리나 좀 보내지 않는다든가 애벌논 때 품을 좀 안 준다든가 하면 그 해 가을에는 영락없이 땅이 뚝뚝 떨어진다. 그러면 미리부터 돈도 먹고 술도 먹고 안달재신으로 돌아치던 놈이 그 땅을 슬쩍 돌라 안는다. 이 바람에 장인님 집 외양간에는 눈깔 커다란 황소 한 놈이 절로 엉금엉금 기어들고, 동리 사람들은 그 욕을 다 먹어 가면서도 그래도 굽실굽실 하는 게 아닌가.

그러나 내겐 장인님이 감히 큰소리할 계제가 못된다.

뒷생각은 못하고 뺨 한 개를 딱 때려 놓고는 장인님은 무색해서 덤덤히 쓴 침만 삼킨다. 난 그 속을 퍽 잘 안다. 조금 있으면 갈도 꺾어야 하고 모도 내야 하고, 한참 바쁜 때인데 나 일 안하고 우리 집으로 그냥 가면 고만이니까.

작년 이맘때도 트집을 좀 하니까 늦잠 잔다구 돌멩이를 집어던져서 자는 놈의 발목을 삐게 해 놨다. 사날씩이나 건숭 끙끙, 앓았더니 종당에는 거반 울상이 되지 않았는가.

／ **마름** : 지주의 위임을 받아 소작인을 관리하는 사람
／ **호박개** : 뼈대가 굵고 털이 복실복실한 개
／ **애벌논** : 첫 번 김매기를 한 논
／ **갈** : 떡갈나무. 봄에 잎을 꺾어 썩힌 뒤에 퇴비로 사용함.

"예, 그만 일어나 일 좀 해라. 그래야 올 갈에 벼 잘되면 너 장가들지 않니."

그래 귀가 번쩍 띄어서 그날로 일어나서 남이 이틀 품 들일 논을 혼자 삶아 놓으니까 장인님도 눈깔이 커다랗게 놀랐다. 그럼 정말로 가을에 와서 혼인을 시켜 줘야 원 경우가 옳지 않겠나. 벗섬을 척척 들여쌓아도 다른 소리는 없고 물동이를 이고 들어오는 점순이를 담배통으로 가리키며,

"이 자식아, 미처 커야지 조걸 무슨 혼인을 한다구 그러니 원!"

하고 남 낯짝만 붉혀 주고 고만이다. 골김[10]에 그저 이놈의 장인님, 하고 댓돌에다 메꽂고 우리 고향으로 내뺄까 하다가 꾹꾹 참고 말았다. 참말이지 난 이 꼴하고는 집으로 차마 못 간다. 장가를 들러 갔다가 오죽 못났어야 그대로 쫓겨 왔느냐고 손가락질을 받을 테니까…….

논둑에서 벌떡 일어나 한풀 죽은 장인님 앞으로 다가서며,

"난 갈 테야유. 그동안 사경 쳐 내슈."

"너 사위로 왔지 어디 머슴 살러 왔니?"

"그러면 얼찐 성례를 해줘야 안하지유. 밤낮 부려만 먹구 해준다, 해준다……."

"글쎄, 내가 안하는 거냐, 그년이 안 크니까."

하고 어름어름 담배만 담으면서 늘 하는 소리를 또 늘어놓는다.

이렇게 따져 나가면 언제든지 늘 나만 밑지고 만다. 이번엔 안 된다 하고 대뜸 구장님한테로 판단 가자고 소맷자락을 내끌었다.

"아, 이 자식이 왜 이래 어른을."

안 간다구 뻗디디고 이렇게 호령은 제맘대로 하지만 장인님 제가 내

10 **골김**: 홧김

기운은 못 당한다. 막 부려먹고 딸은 안 주고, 게다 땅땅 치는 건 다 뭐야. 그러나 내 사실 참 장인님이 미워서 그런 것은 아니다.

그 전날, 왜 내가 새고개 맞은 봉우리 화전 밭을 혼자 갈고 있지 않았느냐. 밭가생이[11]로 돌 적마다 야릇한 꽃내가 물컥물컥 코를 찌르고 머리 위에서 벌들은 가끔 붕, 붕, 소리를 친다. 바위틈에서 샘물 소리밖에 안 들리는 산골짜기니까 맑은 하늘의 봄볕은 이불 속같이 따스하고 꼭 꿈꾸는 것 같다. 나는 몸이 나른하고 몸살(병을 아직 모르지만)이 날려구 그러는지 가슴이 울렁울렁하고 이랬다.

"이러이! 말이! 맘 마 마……."

이렇게 노래를 하며 소를 부리면 여느 때 같으면 어깨가 으쓱으쓱한다. 웬일인지 밭을 반도 갈지 않아서 온몸이 맥이 풀리고 대구 짜증만 난다. 공연히 소만 들입다 두들기며.

"안야! 안야![12] 이 망할 자식의 소(장인님의 소니까) 대리[13]를 꺾어 줄라."

그러나 내 속은 정말 안야 때문이 아니라 점심을 이고 온 점순이의 키를 보고 울화가 났던 것이다.

점순이는 뭐 그리 썩 예쁜 계집애는 못된다. 그렇다구 또 개떡이냐 하면 그런 것도 아니고, 꼭 내 아내가 돼야 할 만치 그저 톱톱하게 생긴 얼굴이다. 나보다 십 년이 아래니까 올해 열여섯인데 몸은 남보다 두 살이나 덜 자랐다. 남은 잘도 흰칠히들 크건만 이건 위아래가 뭉툭한 것이 내 눈에는 하릴없이 감참외 같다. 참외 중에는 감참외가 제일 맛좋고 예쁘니까 말이다. 둥글고

---

11 **밭가생이** : 밭 가장자리
12 **안야!** : 소가 이랑을 벗어날 때 외치는 소리
13 **대리** : 다리

커다란 눈은 서글서글하니 좋고 좀 지쳐 찢어졌지만 입은 밥술이나 톡톡히 먹음직하니 좋다. 아따, 밥만 많이 먹게 되면 팔자는 고만 아니냐. 헌데 한 가지 과가 있다면 가끔가다 몸이(장인님이 이걸 채신이 없이 들까분다고 하지만)너무 빨리빨리 논다. 그래서 밥을 나르다가 때 없이 풀밭에서 깨빡을 쳐서 흙투성이 밥을 곧잘 먹인다. 안 먹으면 무안해 할까 봐서 이걸 씹고 앉았노라면 으적으적 소리만 나고 돌을 먹는 겐지 밥을 먹는 겐지…….

그러나 이 날은 웬일인지 성한 밥채루 밭머리에 곱게 내려놓았다. 그리고 또 내외를 해야 하니까 저만큼 떨어져 이쪽으로 등을 향하고 웅크리고 앉아서 그릇 나기를 기다린다.

내가 다 먹고 물러섰을 때, 그릇을 챙기는데 난 깜짝 놀라지 않았느냐. 고개를 푹 숙이고 밥함지에 그릇을 포개면서 날더러 들으라는지, 혹은 제 소린지,

"밤낮 일만 하다 말 텐가!"

하고 혼자서 쫑알거린다. 고대 잘 내외하다가 이게 무슨 소린가, 하고 난 정신이 얼떨떨했다. 그러면서도 한편 무슨 좋은 수가 있나 없는가 싶어서 나도 공중을 대고 혼잣말로,

"그럼 어떡해?"

하니까,

"성례시켜 달라지, 뭘 어떡해."

하고 되알지게 쏘아붙이고 얼굴이 빨개져서 산으로 그저 도망친다.

나는 잠시 동안 어떻게 되는 심판인지 맥을 몰라서 그 뒷모양만 덤덤히 바라보았다.

봄이 되면 온갖 초목이 물이 오르고 싹이 트고 한다. 사람도 아마 그런가 보다, 하고 며칠 내에 부쩍(속으로) 자란 듯싶은 점순이가 여간 반가운 것이 아니다. 이런 걸 멀쩡하게 아직 어리다구 하니까…….

우리가 구장님을 찾아갔을 때 그는 싸리문 밖에 있는 돼지우리에서 죽을 퍼주고 있었다. 서울엘 좀 갔다오더니 사람은 점잖아야 한다구 윗수염이 (얼른 보면 지붕 위에 앉은 제비 꼬랑지 같다.) 양쪽으로 뾰죽히 뻗치고 그걸 에헴, 하고 늘 쓰다듬는 손버릇이 있다.

우리를 멀뚱히 쳐다보고 미리 알아챘는지,

"왜 일들 허다 말구 그래?"

하더니 손을 올려서 그 에헴을 한번 후딱 했다.

"구장님! 우리 장인님과 첨에 계약하기를……."

먼저 덤비는 장인님을 뒤로 떠다밀고 내가 허둥지둥 달려들다가 가만히 생각하고,

"아니 우리 빙장님과 첨에."

하고 첫번부터 다시 말을 고쳤다. 장인님은 빙장님, 해야 좋아하고 밖에 나와서 장인님, 하면 괜시리 골을 내려고 든다. 뱀두 뱀이래야 좋으냐구 창피스러우니 남 듣는 데는 제발 빙장님, 빙모님, 하라구 일상 당조짐[14]을 받아 오면서 난 그것두 자꾸 잊는다. 당장두 장인님, 하다 옆에서 내 발등을 꾹 밟고 곁눈질을 흘기는 바람에야 겨우 알았지만…….

구장님도 내 이야기를 자세히 듣더니 퍽 딱한 모양이었다. 하기야 구장님 뿐만 아니라 누구든지 다 그럴 게다. 길게 길러 둔 새끼손톱으로 코를 후벼서

---

[14] **당조짐(하다)** : 정신 차리도록 단단히 조짐(하다)

저리 탁 튀기며,

"그럼 봉필 씨! 얼른 성례를 시켜 주구려. 그렇게까지 제가 하구 싶다는 걸……."

하고 내 짐작대로 말했다. 그러나 이 말에 장인님이 삿대질로 눈을 부라리고,

"아, 성례구 뭐구 계집애년이 미처 자라야 할 게 아닌가?"

하니까 고만 멀쑤룩해져서 입맛만 쩍쩍 다실 뿐이 아닌가.

"그것두 그래!"

"그래, 거진 사 년 동안에도 안 자랐더니 그 킨 은제 자라지유? 다 그만두구 사경 내슈……."

"글쎄, 이 자식아! 내가 크질 말라구 그랬니. 왜 날보구 떼냐?"

"빙모님은 참새만한 것이, 그럼 어떻게 앨 낳지유?(사실 장모님은 점순이보다도 귓때기 하나가 작다.)"

장인님은 이 말을 듣고 껄껄 웃더니(그러나 암만 해두 돌 씹은 상이다.) 코를 푸는 척하고 날 은근히 곯리려고 팔꿈치로 옆 갈비께를 퍽 치는 것이다. 더럽다. 나두 종아리의 파리를 쫓는 척하고 허리를 구부리며 그 궁둥이를 콱 떼밀었다. 장인님은 앞으로 우줄근하고 싸리문께로 쓰러질 듯하다 몸을 바로 고치더니 눈총을 몹시 쏘았다. 이런 쌍년의 자식, 하곤 싶으나 남의 앞이라니 차마 못하고 섰는 그 꼴이 보기에 퍽 쟁그러웠다.

그러나 이 밖에는 별반 신통한 귀정을 얻지 못하고 도로 논으로 돌아와서 모를 부었다. 왜냐면 장인님이 뭐라구 귓속말로 수군수군하고 간 뒤다.

---

15) **쟁그러웠다** : '징그럽다'의 작은말. 보거나 만지기에 불쾌할 만큼 흉하다.

구장님이 날 위해서 조용히 데리고 아래와 같이 일러주었기 때문이다.(뭉태의 말은 구장님이 장인님에게 땅 두 마지기 얻어 부치니까 그래 꾀었다고 하지만 난 그렇게 생각 않는다.)

"자네 말두 하기야 옳지. 암, 나이 찼으니 아들이 급하다는 게 잘 못된 말은 아니야. 허지만 농사가 한층 바쁜 때 일을 안 한다든가 집으로 달아난다든가 하면 손해죄루 그것두 징역을 가거든!(여기에 그만 정신이 번쩍 났다.) 왜 요전에 삼포말서 산에 불 좀 놓았다구 징역간 거 못 봤나. 제 산에 불을 놓아도 징역을 가는 이 땐데 남의 농사를 버려두니 죄가 얼마나 더 중한가. 그리고 자넨 정장 을(사경 받으러 정장 가겠다 했다.) 간대지만 그러면 괜스리 죄를 들쓰고 들어가는 걸세. 또 결혼두 그렇지. 법률에 성년이란 게 있는데 스물하나가 돼야지 비로소 결혼을 할 수가 있는 걸세. 자넨 물론 아들이 늦을 걸 염려하지만 점순이루 말하면 이제 겨우 열여섯이 아닌가. 그렇지만 아까 빙장님의 말씀이 올 갈에는 열일을 제치고라두 성례를 시켜 주겠다 하시니 좀 고마울 겐가. 빨리 가서 모 붓던 거나 마저 붓게. 군소리 말구 어서 가."

그래서 오늘 아침까지 끽소리 없이 왔다.

장인님과 내가 싸운 것은 지금 생각하면 전혀 뜻밖의 일이라 안 할 수 없다. 장인님으로 말하면 요즈막 작인들에게 행세를 좀 하고 싶다고 해서,

"돈 있으면 양반이지 별게 있느냐!"

하고 일부러 아랫배를 쑥 내밀고 걸음도 뒤틀리게 걷고 하는 이 판이다. 이까진 나쯤 두들기다 남의 땅을 가지고 모처럼 닦아 놓았던 가문을 망친

정장: 침략자들이 식민지를 강압으로 다스리기 위하여 설치한 최고 행정기관

다든가 할 어른이 아니다. 또 나로 논지면[17] 아무쪼록 잘 봬서 점순이에게 얼른 장가를 들어야 하지 않느냐…….

이렇게 말하자면 결국 어젯밤 뭉태네 집에 마슬 간 것이 썩 나빴다. 낮에 구장님 앞에서 장인님과 내가 싸운 것을 어떻게 알았는지 대고 빈정거리는 것이 아닌가.

"그래 맞구두 그걸 가만 둬?"

"그럼 어떡허니?"

"임마, 봉필일 모판에다 거꾸로 박아 놓지 뭘 어떡해?"

하고 괜히 내 대신 화를 내가 지고 주먹질을 하다 등잔까지 쳤다. 놈이 번히 괄괄은 하지만 그래 놓고 날더러 석유 값을 물라구 막 지다위[18]를 붙는다. 난 어안이 벙벙해서 잠자코 앉았으니까 저만 연방 지껄이는 소리가,

"밤낮 일만 해주구 있을 테냐?"

"영득이는 일 년을 살구두 장갈 들었는데 넌 사 년이나 살구두 더 살아야 해?"

"네가 세 번째 사윈 줄이나 아니? 세 번째 사위."

"남의 일이라두 분하다. 이 자식아, 우물에 가 빠져 죽어."

나중에는 겨우 손톱으로 목을 따라고까지 하고, 제 아들같이 함부로 후딱이었다. 별의별 소리를 다해서 그대로 옮길 수는 없으나 그 줄거리는 이렇다.

우리 장인님 딸이 셋이 있는데 맏딸은 재작년 가을에 시집을 갔다. 정말은 시집을 간 것이 아니라 그 딸도 데릴사위를 해 가지고 있다가 내보냈다. 그런데 딸이 열 살 때부터 열아홉 즉 십 년 동안에 데릴사위를 갈아들이기를, 동리에선 사위 부자라고 이름이 났지마는 열 놈이란 참 너무 많다. 장인

---

17 **논지면**: 이치를 따져 논하자면
18 **지다위**: 자신의 허물을 남에게 덮어씌움.

님이 아들은 없고 딸만 있는 고로 그담 딸을 데릴사위를 해 올 때까지는 부려먹지 않으면 안 된다. 물론 머슴을 두면 좋지만 그건 돈이 드니까, 일 잘하는 놈을 고르느라고 연방 바꿔 들였다. 또 한편 놈들이 욕만 줄창 퍼붓고 심히도 부려먹으니까 밸이 상해서 달아나기도 했겠지. 점순이는 둘째 딸인데 내가 일테면 그 세 번째 데릴사위로 들어온 셈이다. 내 담으로 네 번째 놈이 들어올 것을 내가 일도 잘하고 그리고 사람이 좀 어수룩하니까 장인님이 잔뜩 붙들고 놓질 않는다. 셋째 딸이 인제 여섯 살, 적어두 열 살은 돼야 데릴사위를 할 테므로 그동안은 죽도록 부려먹어야 된다. 그러니 인제는 속 좀 채리고 장가를 들여달라구 떼를 쓰고 나자빠져라, 이것이다.

나는 겉으로 엉, 엉, 하며 귓등으로 들었다. 뭉태는 땅을 얻어 부치다가 떨어진 뒤로는 장인님만 보면 공연히 못 먹어서 으릉거린다. 그것도 장인님이 저 달라고 할 적에 제 집에서 위한다는 그 감투(예전에 원님이 쓰던 것이라나, 옆구리에 뽕뽕 좀먹은 걸레)를 선뜻 주었더면 그럴 리도 없었던 걸…….

그러나 나는 뭉태란 놈의 말을 전수히 곧이듣지 않았다. 꼭 곧이들었다면 간밤에 와서 장인님과 싸웠지 무사히 있었을 리가 없지 않은가. 그러면 딸에게까지 인심을 잃은 장인님이 혼자 나빴다.

실토이지 나는 점순이가 아침상을 가지고 나올 때까지는 오늘은 또 얼마나 밥을 담았나, 하고 이것만 생각했다. 상에는 된장찌개하고 간장 한 종지, 조밥 한 그릇, 그리고 밥보다 더 수부룩하게 담은 산나물이 한 대집, 이렇다. 나물은 점순이가 틈틈이 해 오니까 두 대접이고 네 대접이고 멋대로 먹어도

전수히 : 오로지. 오직

좋으나 밥은 장인님이 한 사발 외엔 더 주지 말라고 해서 안 된다. 그런데 점순이가 그 상을 내 앞에 내려놓으며 제 말로 지껄이는 소리가,

"구장님한테 갔다 그냥 온담 그래!"

하고 엊그제 산에서와 같이 되우 좋알거린다. 딴은 내가 더 단단히 덤비지 않고 만 것이 좀 어리석었다. 속으로 그랬다, 나도 저쪽 벽을 향하여 외면하면서 내 말로,

"안 된다는 걸 그럼 어떡헌담!"

하니까,

"쉼을 잡아채지 그냥 둬, 이 바보야!"

하고 또 얼굴이 빨개지면서 성을 내며 안으로 샐쭉하니 튀들어가지 않느냐. 이때 아무도 본 사람이 없었게 망정이지 보았다면 내 얼굴이 에미 잃은 황새 새끼처럼 가여웁다, 했을 것이다.

사실 이때만치 슬펐던 일이 또 있었는지 모른다. 다른 사람은 암만 못생겼다 해두 괜찮지만 내 아내 될 점순이가 병신으로 본다면 참 신세는 따분하다. 밥을 먹은 뒤 지게를 지고 일터로 갈려 하다 도로 벗어 던지고 바깥마당 공석 위에 드러누워서 나는 차라리 죽느니만 같지 못하다 생각했다.

내가 일 안 하면 장인님 저는 나이가 먹어 못하고 결국 농사 못 짓고 만다. 뒷짐으로 트림을 꿀꺽 하고 대문 밖으로 나오다 날 보고서,

"이 자식, 왜 또 이러니."

"관격이 났어유 , 아이구 배야!"

"기껏 밥 처먹구 무슨 관격이야, 남의 농사 버려 주면 이 자식아, 징역간다,

2 **공석**:빈자리

봐라!"

"가두 좋아유, 아이구 배야!"

참말 난 일 안 해서 징역 가도 좋다 생각했다. 일후 아들을 낳아도 그 앞에서 바보, 바보, 이렇게 별명을 들을 테니까 오늘은 열 쪽이 난대도 결정을 내고 싶었다.

장인님이 일어나라고 해도 내가 안 일어나니까 눈에 독이 올라서 저편으로 횡허게 가더니 지게막대기를 들고 왔다. 그리고 그걸로 내 허리를 마치 돌 떠넘기듯이 쿡 찍어서 넘기고 넘기고 했다.

밥을 잔뜩 먹어 딱딱한 배가 그럴 적마다 퉁겨지면서 뱃창이 꼿꼿한 것이 여간 켕기지 않았다. 그래도 안 일어나니까 이번에는 배를 지게막대기로 위에서 쿡쿡 찌르고 발길로 옆구리를 차고 했다. 장인님은 원체 심청 이 궂어서 그러지만, 나도 저만 못하지 않게 배를 채었다. 아픈 것을 눈을 꽉 감고 넌 해라 난 재밌단 듯이 있었으나 볼기짝을 후려갈길 적에는 나도 모르는 결에 벌떡 일어나서 그 수염을 잡아챘다. 마는 내 골이 난 것이 아니라 정말은 아까부터 벽 뒤 울타리 구멍으로 점순이가 우리들의 꼴을 몰래 엿보고 있었기 때문이다.

가뜩이나 말 한마디 톡톡히 못한다고 바라보는데 매까지 잠자코 맞는 걸 보면 짜장 바보로 알 게 아닌가. 또 점순이도 미워하는 이까짓 놈의 장인님 하곤 아무 것도 안 되니까 막 때려도 좋지만 사정 보아서 수염만 채고(제 원대로 했으니까 이때 점순이는 퍽 기뻤겠지.) 저기까지 잘 들리도록

관격이 나다 : 음식물에 급히 체하여 가슴이 꽉 막히는 병에 걸리다.
심청 : 심술

"이걸 까셀라부다[23]!"

하고 소리를 쳤다.

장인님은 더 약이 바짝 올라서 잡은 참 지게막대기로 내 어깨를 그냥 내려갈겼다. 정신이 다 아찔하다. 다시 고개를 들었을 때 그때엔 나도 온몸에 약이 올랐다. 이 녀석의 장인님을, 하고 눈에서 불이 퍽 나서 그 아래 밭 있는 낭[24] 아래로 그대로 떠밀어 굴려버렸다.

"부려만 먹구 왜 성례 안 하지유!"

나는 이렇게 호령했다. 허지만 장인님이 선뜻 오냐 낼이라두 성례시켜 주마, 했으면 나도 성가신 걸 그만두었을지 모른다. 나야 이러면 때린 건 아니니까 나중에 장인 쳤다는 누명도 안 들을 터이고 얼마든지 해도 좋다.

한번은 장인님이 헐떡헐떡 기어서 올라오더니 내 바짓가랭이를 요렇게 노리고서 단박 움켜잡고 매달렸다. 악, 소리를 치고 나는 그만 세상이 다 팽그르 도는 것이,

"빙장님! 빙장님! 빙장님!"

"이 자식! 잡아먹어라, 잡아먹어!"

"아! 아! 할아버지! 살려줍쇼, 할아버지!"

하고 두 팔을 허둥지둥 내절 적에 이마에 진땀이 쭉 내솟고 인젠 참으로 죽나 보다 했다. 그래두 장인님은 놓질 않더니 내가 기어이 땅바닥에 쓰러져서 거진 까무러치게 되니까 놓는다. 더럽다, 더럽다. 이게 장인님인가? 나는 한참을 못 일어나고 쩔쩔맸다. 그러나 얼굴을 드니(눈엔 참 아무것도 보이지

---

23 까셀라부다 : '불에 쬐어 그을려 버릴까 보다. 기본형: 까스르다
24 낭 : 낭떠러지

않았다.) 사지가 부르르 떨리면서 나도 엉금엉금 기어가 장인님의 바짓가랭이를 꽉 움키고 잡아낚았다.

내가 머리가 터지도록 매를 얻어맞은 것이 이 때문이다. 그러나 여기가 또한 우리 장인님이 유달리 착한 곳이다. 여느 사람이면 사경을 주어서라도 당장 내어쫓았지, 터진 머리를 불솜으로 손수 지져 주고, 호주머니에 희연 한 봉을 넣어 주고 그리고,

"올 갈엔 꼭 성례를 시켜 주마. 암말 말구 가서 뒷골의 콩밭이나 얼른 갈아라."

하고 등을 뚜덕여 줄 사람이 누구냐. 나는 장인님이 너무나 고마워서 어느덧 눈물까지 났다. 점순이를 남기고 인젠 내쫓기려니 하다 뜻밖의 말을 듣고,

"빙장님! 인제 다시는 안 그러겠어유!"

이렇게 맹세를 하며 부랴부랴 지게를 지고 일터로 갔다.

그러나 이때는 그걸 모르고 장인님을 원수로만 여겨서 잔뜩 잡아당겼다.

"아! 아! 이놈아! 놔라, 놔."

장인님은 헛손질을 하며 솔개미에 챈 닭의 소리를 연해 질렀다. 놓긴 왜, 이왕이면 호되게 혼을 내주리라 생각하고 짓궂이 더 댕겼다. 마는 장인님이 땅에 쓰러져서 눈에 눈물이 피잉 도는 것을 알고 좀 겁도 났다.

"할아버지! 놔라, 놔, 놔, 놔, 놔라."

그래도 안 되니까,

"애 점순아! 점순아!"

이 악장 에 안에 있었던 장모님과 점순이가 헐레벌떡하고 단숨에 뛰어나

희연 : 일제 시대의 담배 이름

왔다. 나의 생각에 장모님은 제 남편이니까 역성을 할는지도 모른다. 그러나 점순이는 내 편을 들어서 속으로 고수해 하겠지…… 대체 이게 웬 속인지 (지금까지도 난 영문을 모른다.) 아버질 혼내 주기는 제가 내래 놓고 이제 와서는 달겨들며,

"에그머니! 이 망할 게 아버지 죽이네!"

하고, 귀를 뒤로 잡아댕기며 마냥 우는 것이 아니냐. 그만 여기에 기운이 탁 꺾이어 나는 얼빠진 등신이 되고 말았다. 장모님도 덤벼들어 한쪽 귀마저 뒤로 잡아채면서 또 우는 것이다.

이렇게 꼼짝도 못하게 해 놓고 장인님은 지게막대기를 들어서 사뭇 내려 조졌다. 그러나 나는 구태여 피하려지도 않고 암만해도 그 속 알 수 없는 점순이의 얼굴만 멀거니 들여다보았다.

"이 자식! 장인 입에서 할아버지 소리가 나오도록 해?"

---

26 **악장**: 악을 쓰며 싸우는 마당. 악장치다: 악을 쓰며 싸우다.

김유정의 봄 · 봄 **을 다 읽으셨나요?**

그러면 작품의 내용을 생각하면서 이 소설의 인물, 사건, 배경 등 여러 요소들에 대한 자신만의 마인드맵을 그려 보세요~!

줄거리

내가 나이가 찼으니 성례시켜 달라고 이야기하자, 장인은 점순이가 미처 자라지 않아서 성례를 시켜줄 수 없다고 한다.

어제 화전밭을 갈 때 점순이가 밤낮 일만 할 것이냐고 했다. 나는 모를 붓다가 아프다고 핑계를 대고 논둑으로 올라갔고, 장인은 화가 나 내 멱을 움켜잡고 뺨을 친다. 장인은 내게 큰소리를 칠 계제가 못 되어 한 대 때려 놓고 어찌할 바를 모른다. 나는 장인을 구장 댁으로 끌고 갔다. 구장은 당사자가 혼인하고 싶다는데 빨리 성례를 시켜주라고 하지만, 장인은 점순이가 덜 컸다는 핑계를 또 내세운다. 나는 점순이가 병신이라고 나무라자 어떻게든지 결판을 내야겠다고 생각하고 일터로 나가려다 말고 바깥마당 에 드러눕는다. 대문간으로 나오던 장인은 징역을 보내겠다고 겁을 주나, 나는 말대꾸만 했다. 화가 난 장인은 지게막대기로 배를 찌르고 발길로 옆구리를 차고 볼기짝을 후려갈긴다. 나는 점순이가 보고 있음을 의식하고 벌떡 일어나서 수염을 잡아챘다. 바짝 약이 오른 장인은 지게막대기로 나의 어깨를 내갈겼다. 내가 장인을 발 아래로 굴러뜨려 올라오지 못하게 하자 장인님이 내 사타구니를 잡고 늘어진다.

그러나 이번엔 내가 엉금엉금 기어가서 장인의 사타구니를 잡고 늘어진다. 장인님이 나를 할아버지라고 부르다가 급기야 점순이를 부른다. 점순이는 내게 달려들어 귀를 잡아당기며 악을 쓰며 운다. 나는 점순이의 알 수 없는 태도에 넋을 잃는다.

주제

순박한 시골 남녀의 사랑
교활한 장인과 우직한 데릴사위 사이의 해학적 갈등

등장인물
· **나** : 주인공. 우직하고 순박하나 못하는 어수룩한 머슴
· **장인(봉필)** : 나의 장인뻘 되는 마름. 혼인을 핑계로 일만 시키는 교활하고
　　　　　　 몰인정한 인간
· **점순** : '나'의 배필감으로, 키는 작지만 당돌하고 야무진 처녀
배경 – 1930년대 강원도의 어느 산골 마을
시점 – 1인칭 주인공 시점
성격 – 토속적, 해학적, 사실적
출전 – 『조광』(1935)

문제 풀기　　　　　　　　　　　　　　　　　　　모범답 → p. 268

1. 이 글의 결말 부분에서 점순이는 자기의 아버지 편을 든다. 이를 보고 있는
　'나'의 기분을 가장 잘 표현한 속담은? (　　)
　① 가랑비에 옷 젖는다.
　② 실 가는 데 바늘 간다.
　③ 아니 땐 굴뚝에 연기 나랴.
　④ 여자가 한을 품으면 오뉴월에도 서리가 내린다.
　⑤ 열 길 물속은 알아도 한 길 사람 속은 모른다.

2. 이 글에서 '나'와 장인 간의 갈등은 무엇 때문에 일어났을까요?

　..

　..

　..

감상 쓰기 | 주인공이나 지은이에게 하고 싶은 말, 알게 된 점, 느낀 점 등

감상 쓰기

주인공이나 지은이에게 하고 싶은 말, 알게 된 점, 느낀 점 등

5

사랑손님과 어머니

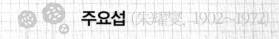

주요섭 (朱耀燮, 1902~1972)

주요섭 朱耀燮

1902~1972

일제 강점기부터 해방 이후 근대까지 활동한 소설가. 휴머니즘을 바탕으로 하층계급의 비참한 생활상을 사실감 있게 묘사하였으며, 인간의 애정 문제를 비롯한 사회적인 현실 인식으로 작품의 영역을 점차 넓히면서 한국문학의 사실주의를 발전시킴.

연보

- 1902년 11월 24일 평안남도 평양에서 출생
- 1918년 숭실중학 때 일본 아오야마학원 중학부 3학년에 편입
- 1919년 3.1운동 후 귀국, 지하신문 발간으로 체포되어 투옥
- 1921년 중국 상해 후장대학부속중학교 졸업
- 1927년 중국 후장대학 교육학과 졸업
- 1921년 「깨어진 항아리」를 『매일신보』에 발표, 등단
- 1928년 미국 스탠포드대학원 교육심리학 전공, 1929년 귀국
- 1946년부터 1953년 상호출판사 주간과 『코리아타임스』의 주필 역임
- 1963년 미국 미주리대학 등 6개 대학에서 '아시아 문화 및 문학' 강의
- 1972년 11월 14일 사망

❶ 주요섭은 초기 작품들에서 주로 극빈한 사람들의 생활과 갈등을 인도 주의적 자세로 표출하였으며, 또한 「사랑손님과 어머니」를 비롯한 작품들을 통해 전통적 도덕이나 외모, 배신 등의 원인으로 이루지 못하는 사랑을 의미 있게 그려냄으로써 현실의 문제의식을 탐구하였다.

❷ 주요섭은 해방 이후 사회의 무질서와 혼란을 고발하고 비판하면서 사회 의식과 자아의 각성을 탐색하는 작품들을 발표하였으며, 더 나아가 삶과 죽음, 인간의 조건 등의 문제를 심도 있게 다룸으로써 사실주의가 근대 한국 문학에 뿌리를 내리는 데 일조하였다.

주요 작품들

구름을 잡으려고(1923)	첫사랑(1925)
인력거군(1925)	할머니(1930)
사랑손님과 어머니(1935)	아네모네의 마담(1936)
대학교수와 모리배(1948)	열 줌의 흙(1967)

「사랑손님과 어머니」는 1935년 11월 『조광』에 발표되었습니다. 지은이의 초기 소설은 사회의식에 치우쳤는데 1930년대에 이르러서는 작가의식이 변모를 보입니다. 이 소설은 그러한 변화를 보여주는 대표작이라 할 수 있으며, 성인 남녀의 미묘한 감정을 어린이의 눈을 빌려 묘사함으로써 세련된 감정 표현에 좋은 효과를 거두고 있지요. 이런 점에서 이 작품은 현대 한국 소설을 한 단계 발전시켰다는 평가를 받고 있기도 합니다.

이 작품의 특징은 어른들 사이의 미묘한 감정을 어린아이의 눈을 통해서 포착하고 있다는 점입니다. 젊어서 과부가 된 어머니와 하숙하는 미술교사 사이의 미묘한 사랑의 감정을 전달하는 어린 옥희의 역할에 초점을 맞추면서 다양한 소재들이 무엇을 의미하는지 생각하면서 읽어 보세요.

사랑손님과 어머니

-
-
-

나는 금년 여섯 살 난 처녀애입니다. 내 이름은 박옥희이구요. 우리집 식구라고는 세상에서 제일 예쁜 우리 어머니와 단 두 식구뿐이랍니다. 아차 큰일났군, 외삼촌을 빼놓을 뻔했으니.

지금 중학교에 다니는 외삼촌은 어디를 그렇게 싸돌아다니는지 집에는 끼니때나 외에는 별로 붙어 있지를 않으니까 어떤 때는 한 주일씩 가도 외삼촌 코빼기도 못 보는 때가 많으니까요, 깜빡 잊어버리기도 예사지요, 무얼.

우리 어머니는, 그야말로 세상에서 둘도 없이 곱게 생긴 우리 어머니는, 금년 나이 스물네 살인데 과부랍니다. 과부가 무엇인지 나는 잘 몰라도 하여튼 동리 사람들은 날더러 '과부 딸'이라고들 부르니까 우리 어머니가 과부인 줄을 알지요. 남들은 다 아버지가 있는데, 나만은 아버지가 없지요. 아버지가 없다고 아마 '과부 딸'이라나 봐요.

외할머니 말씀을 들으면 우리 아버지는 내가 이 세상에 나오기 한 달 전에 돌아가셨대요. 우리 어머니하고 결혼한 지는 일 년만이고요. 우리 아버지의 본집은 어디 멀리 있는데, 마침 이 동리 학교에 교사로 오게 되기 때문에 결혼 후에도 우리 어머니는 시집으로 가지 않고 여기 이 집을 사고(바로

이 집은 우리 외할머니 댁 옆집이지요.), 여기서 살다가 일 년이 못 되어 갑자기 돌아가셨대요. 내가 세상에 나오기도 전에 아버지는 돌아가셨다니까 나는 아버지 얼굴도 못 뵈었지요. 그러기에 아무리 생각해 보아도 아버지 생각은 안 나요. 아버지 사진이라는 사진은 나도 한두 번 보았지요. 참말로 훌륭한 얼굴이에요. 아버지가 살아 계시다면 참말로 이 세상에서 제일가는 잘난 아버지일 거예요. 그런 아버지를 보지도 못한 것은 참으로 분한 일이에요. 그 사진도 본 지가 퍽 오래되었는데, 이전에는 그 사진을 늘 어머니 책상 위에 놓아두시더니 외할머니가 오시면 오실 때마다 그 사진을 치우라고 늘 말씀하셨는데, 지금은 그 사진이 어디 있는지 없어졌어요. 언젠가 한 번 어머니가 나 없는 동안에 몰래 장롱 속에서 무엇을 꺼내 보시다가 내가 들어오니까 얼른 장롱 속에 감추는 것을 내가 보았는데, 그것이 아마 아버지 사진인 것 같았어요.

아버지가 돌아가시기 전에 우리가 먹고 살 것을 남겨 놓고 가셨대요. 작년 여름에, 아니로군, 가을이 다 되어서군요. 하루는 어머니를 따라서 저 여기서 한 십 리나 가서 조그만 산이 있는 데를 가서, 거기서 밤도 따먹고, 또 그 산 밑에 초가집에 가서 닭고깃국을 먹고 왔는데, 거기 있는 땅이 우리 땅이래요. 거기서 나는 추수로 밥이나 굶지 않게 된다고요. 그래도 반찬 사고 과자 사고 할 돈은 없대요. 그래서 어머니가 다른 사람의 바느질을 맡아서 해 주지요. 바느질을 해서 돈을 벌어서 그걸로 청어도 사고, 달걀도 사고, 또 내가 먹을 사탕도 사고 한다고요.

그리고 우리 집 정말 식구는 어머니와 나와 단둘뿐인데, 아버님이 계시던 사랑방이 비어 있으니까, 그 방도 쓸 겸 또 어머니의 잔심부름도 좀 해줄 겸해서 우리 외삼촌이 사랑방에 와 있게 되었대요.

금년 봄에는 나를 유치원에 보내 준다고 해서 나는 너무나 좋아서 동무 아이들한테 실컷 자랑을 하고 나서 집으로 들어오노라니까 사랑에서 큰외삼촌이(우리 집 사랑에 와 있는 외삼촌의 형님 말이에요.) 웬 낯선 사람 하나와 앉아서 이야기를 하고 있었습니다. 큰외삼촌이 나를 보더니 "옥희야" 하고 부르겠지요.

"옥희야, 이리 온. 와서 이 아저씨께 인사드려라."

나는 어째 부끄러워서 비슬비슬하니까, 그 낯선 손님이

"아, 그 애기 참 곱다. 자네 조카딸인가?"

하고 큰외삼촌더러 묻겠지요. 그러니까 외삼촌은

"응, 내 누이의 딸⋯⋯. 경선 군의 유복녀 외딸일세."

하고 대답합니다.

"옥희야, 이리 온, 응! 그 눈은 꼭 아버지를 닮았네그려."

하고 낯선 손님이 말합니다.

"자, 옥희야, 커단 처녀가 왜 저 모양이야. 어서 와서 이 아저씨께 인사해여. 너의 아버지의 옛날 친구(親舊)신데 오늘부터 이 사랑에 계실 텐데 인사 여쭙고 친해 두어야지."

나는 이 낯선 손님이 사랑방에 계시게 된다는 말을 듣고 갑자기 즐거워졌습니다. 그래서 그 아저씨 앞에 가서 사붓이 절을 하고는 그만 안마당으로 뛰어들어왔지요. 그 낯선 아저씨와 큰외삼촌은 소리를 내서 크게 웃더군요.

나는 안방으로 들어오는 나름으로 어머니를 붙들고,

"엄마, 사랑방에 큰외삼촌이 아저씨를 하나 데리고 왔는데에 그 아저씨

ㅣ **사붓이** : 소리가 거의 나지 않을 정도로 발을 가볍게 얼른 내디디는 소리

가아 이제 사랑에 있는대."

하고 법석을 하니까,

　"응, 그래."

하고 어머니는 벌써 안다는 듯이 대수롭잖게 대답(對答)을 하더군요. 그래서 나는,

　"언제부터 와 있나?"

하고 물으니까,

　"오늘부텀."

　"애구, 좋아."

하고 내가 손뼉을 치니까 어머니는 내 손을 꼭 붙잡으면서,

　"왜 이리 수선이야."

　"그럼 작은외삼촌은 어데루 가나?"

　"외삼촌두 사랑에 계시지."

　"그럼 둘이 있나?"

　"응."

　"한방에 둘이 있어?"

　"왜, 장지문 닫고 외삼촌은 아랫방에 계시구 그 아저씨는 윗방에 계시구, 그러지."

　나는 그 아저씨가 어떠한 사람인지는 몰랐으나 첫날부터 내게는 퍽 고맙게 굴고, 나도 그 아저씨가 꼭 마음에 들었어요. 어른들이 저희끼리 말하는 것을 들으니까 그 아저씨는 돌아가신 우리 아버지와 어렸을 적 친구라고요. 어디 먼 데 가서 공부를 하다가 요새 돌아왔는데, 우리 동리 학교 교사로 오게 되었대요. 또 우리 큰외삼촌과도 동무인데, 이 동리에는 하숙도 별로

깨끗한 곳이 없고 해서 우리 사랑으로 와 계시게 되었다고요. 또 우리도 그 아저씨한테서 밥값을 받으면 살림에 보탬도 좀 되고 한다고요.

그 아저씨는 그림책들을 얼마든지 가지고 있어요. 내가 사랑방으로 나가면, 그 아저씨는 나를 무릎에 앉히고 그림책들을 보여 줍니다. 또 가끔 과자도 주고요.

어느 날은 점심을 먹고 이내 살그머니 사랑에 나가 보니까, 아저씨는 그때에야 점심을 잡수셔요. 그래 가만히 앉아서 점심 잡숫는 걸 구경하고 있노라니까, 아저씨가

"옥희는 어떤 반찬을 제일 좋아하누?"

하고 묻겠지요. 그래 삶은 달걀을 좋아한다고 했더니 마침 상에 놓인 삶은 달걀을 한 알 집어 주면서 나더러 먹으라고 합니다. 나는 그 달걀을 벗겨 먹으면서,

"아저씨는 무슨 반찬이 제일 맛나우?"

하고 물으니까, 그는 한참이나 빙그레 웃고 있더니,

"나두 삶은 달걀."

하겠지요. 나는 좋아서 손뼉을 짤깍짤깍 치고,

"아, 나와 같네. 그럼, 가서 어머니한테 알려야지."

하면서 일어서니까, 아저씨가 꼭 붙들면서,

"그러지 말어."

그러시겠지요. 그래도 나는 한번 맘을 먹은 다음엔 꼭 그대로 하고야 마는 성미지요. 그래 안마당으로 뛰쳐들어가면서,

"엄마, 엄마, 사랑 아저씨도 나처럼 삶은 달걀을 제일 좋아한대."

하고 소리를 질렀지요.

"떠들지 말어."

하고 어머니는 눈을 흘기십니다. 그러나 사랑 아저씨가 달걀을 좋아하는 것이 내게는 썩 좋게 되었어요. 그것은 그 다음부터는 어머니가 달걀을 많이씩 사게 되었으니까요. 달걀장수 노친네가 오면 한꺼번에 열 알도 사고 스무 알도 사고, 그래선 두고두고 삶아서 아저씨 상에도 놓고, 또 으레 나도 한 알씩 주고 그래요. 그뿐만 아니라, 아저씨한테 놀러 나가면 가끔 아저씨가 책상 서랍 속에서 달걀을 한두 알 꺼내서 먹으라고 주지요. 그래 그 담부터는 나는 아주 실컷 달걀을 많이 먹었어요.

나는 아저씨가 아주 좋았어요. 그렇지만 외삼촌은 가끔 툴툴하는 때가 있었어요. 아마 아저씨가 마음에 안 드나 봐요. 아니, 그것보다도 아저씨 잔 심부름을 꼭 외삼촌이 하게 되니까, 그것이 싫어서 그러나 봐요. 한번은 어머니와 외삼촌이 말다툼하는 것까지 내가 들었어요. 어머니가

"야, 또 어데 나가지 말고 사랑에 있다가 선생님 들어오시거든 상 내가야지."

하고 말씀하시니까, 외삼촌은 얼굴을 찡그리면서,

"제길, 남 어디 좀 볼일이 있는 날은 으레 끼니때에 안 들어오고 늦어지니……"

하고 툴툴하겠지요. 그러니까 어머니는,

"그러니 어짜갔니? 너밖에 사랑 출입할 사람이 어디 있니?"

"누님이 좀 상 들고 나가구려. 요새 세상에 내외합니까!"

어머니는 갑자기 얼굴이 발개지시고, 아무 대답도 없이 그냥 외삼촌을 향하여 눈을 흘기셨습니다. 그러니까 외삼촌은 흥흥 웃으면서 사랑으로 나 갔지요.

나는 유치원에 가서 창가도 배우고, 댄스도 배우고 하였습니다. 유치원

여자 선생님이 풍금을 아주 썩 잘 타요. 그런데 우리 유치원에 있는 풍금은 우리 예배당에 있는 풍금과는 아주 다른데, 퍽 조그마한 것이지마는 소리는 썩 좋아요. 그런데 우리 집 윗간에도 유치원 풍금과 꼭 같이 생긴 것이 놓여 있는 것이 갑자기 생각이 났어요. 그래 그날 나는 집으로 오는 길로 어머니를 끌고 윗간으로 가서,

"엄마, 이거 풍금 아니유?"

하고 물으니까, 어머니는 빙그레 웃으시면서,

"그렇단다. 그건 어찌 알았니?"

"우리 유치원에 있는 풍금이 이것과 꼭 같은데 무얼. 그럼 엄마두 풍금 탈 줄 아우?"

하고 나는 다시 물었습니다. 그것은 내가 이때껏 한 번도, 어머니가 이 풍금 앞에 앉은 것을 본 일이 없기 때문입니다.

어머니는 아무 대답도 아니 하십니다.

"엄마, 이 풍금 좀 타 봐!"

하고 재촉하니까, 어머니 얼굴은 약간 흐려지면서,

"그 풍금은 너의 아버지가 날 사다 주신 거란다. 너의 아버지 돌아가신 후에는, 그 풍금은 이때까지 뚜껑도 한 번 안 열어 보았다……."

이렇게 말씀하시는 어머니 얼굴을 보니까 금방 또 울음보가 터질 것만 같이 보여서 나는 그만

"엄마, 나 사탕 주어."

하면서 아랫방으로 끌고 내려왔습니다.

아저씨가 사랑방에 와 계신 지 벌써 여러 밤을 잔 뒤입니다. 아마 한 달이나 되었지요. 나는 거의 매일 아저씨 방에 놀러 갔습니다. 어머니는 나더

러 그렇게 가서 귀찮게 굴면 못쓴다고 가끔 꾸지람을 하시지만, 정말인즉 나는 조금도 아저씨에게 귀찮게 굴지는 않았습니다. 도리어 아저씨가 나를 귀찮게 굴었지요.

"옥희 눈은 아버지를 닮았다. 고 고운 코는 아마 어머니를 닮았지, 고 입하고! 응, 그러냐, 안 그러냐? 어머니도 옥희처럼 곱지, 응?……."

이렇게 여러 가지로 물을 적도 있었습니다. 그래서 나는,

"아저씨, 입때 우리 엄마 못 봤수?"

하고 물었더니, 아저씨는 잠잠합니다. 그래 나는,

"우리 엄마 보러 들어갈까?"

하면서 아저씨 소매를 잡아당겼더니, 아저씨는 펄쩍 뛰면서,

"아니, 아니, 안 돼. 난 지금 분주해서."

하면서 나를 잡아끌었습니다. 그러나 정말로는 무슨 그리 분주하지도 않은 모양이었어요. 그러기에 나더러 가란 말도 않고, 그냥 나를 붙들고 앉아서 머리도 쓰다듬어 주고 뺨에 입도 맞추고 하면서,

"요 저고리 누가 해 주지? ……밤에 엄마하구 한자리에서 자니?"

라는 등 쓸데없는 말을 자꾸만 물었지요!

그러나 웬일인지 나를 그렇게도 귀애(貴愛)해 주던 아저씨도, 아랫방에 외삼촌이 들어오면 갑자기 태도가 달라지지요. 이것저것 묻지도 않고 나를 꼭 껴안지도 않고, 점잖게 앉아서 그림책이나 보여 주고 그러지요. 아마 이 아저씨가 우리 외삼촌을 무서워하나 봐요.

하여튼, 어머니는 나더러 너무 아저씨를 귀찮게 한다고 어떤 때는 저녁 먹고 나서 나를 꼭 방 안에 가두어 두고 못 나가게 하는 때도 더러 있었습니다. 그러나 조금 있다가 어머니가 바느질에 정신이 팔리어서 골몰하고 있을 때,

몰래 가만히 일어나서 나오지요. 그런 때에는 어머니는 내가 문 여는 소리를 듣고야 퍼뜩 정신을 차려서 쫓아와 나를 붙들지요. 그러나 그런 때는 어머니는 골은 아니 내시고,

"이리 온, 이리 와서 머리 빗고……."

하고 끌어다가 머리를 다시 곱게 땋아 주시면서,

"머리를 곱게 땋고 가야지. 그렇게 되는대로 하고 가면 아저씨가 숭보시지² 않니?"

하시지요. 또 어떤 때에는 머리를 다 땋아 주시고는,

"응, 저고리가 이게 무어니?"

하시면서 새 저고리를 내어 주시는 때도 있었습니다.

어떤 토요일 오후였습니다. 아저씨는 나더러 뒷동산에 올라가자고 하셨습니다. 나는 너무나 좋아서 가자고 그러니까, 아저씨가

"들어가서 어머님께 허락 맡고 온."

하십니다. 참 그렇습니다. 나는 뛰어들어가서 어머니께 허락을 맡았습니다. 어머니는 내 얼굴을 다시 세수시켜 주고 머리도 다시 땋고 그리고 나서는 나를 아스러지도록 한번 몹시 껴안았다가 놓아 주었습니다.

"너무 오래 있지 말고, 응?"

하고 어머니는 크게 소리치셨습니다. 아마 사랑 아저씨도 그 소리를 들었을 거예요.

---

2 **숭보시지** : 흉보시지

뒷동산에 올라가서는 정거장을 한참 내려다보았으나, 기차는 안 지나갔습니다. 나는 풀잎을 쭉쭉 뽑아 보기도 하고, 땅에 누운 아저씨의 다리를 가서 꼬집어보기도 하면서 놀았습니다. 한참 후에 아저씨가 손목을 잡고 내려오는데, 유치원 동무들을 만났습니다.

"옥희가 아빠하구 어디 갔다 온다, 응."

하고 한 동무가 말하였습니다. 그 아이는 우리 아버지가 돌아가신 줄을 모르는 아이였습니다. 나는 얼굴이 빨개졌습니다. 그때 나는 얼마나 이 아저씨가 정말 우리 아버지였더라면 하고 생각했는지 모릅니다. 나는 정말로 한 번만이라도,

"아빠!"

하고 불러 보고 싶었습니다. 그리고 그날 그렇게 아저씨하고 손목을 잡고 골목골목을 지나오는 것이 어찌도 재미가 좋았는지요.

나는 대문까지 와서,

"난 아저씨가 우리 아빠래문 좋겠다."

하고 불쑥 말해 버렸습니다. 그랬더니 아저씨는 얼굴이 홍당무처럼 빨개져서 나를 몹시 흔들면서,

"그런 소리 하문 못써."

하고 말하는데, 그 목소리가 몹시 떨렸습니다. 나는 아저씨가 몹시 성이 난 것처럼 보여서, 아무 말도 못 하고 안으로 뛰어 들어갔습니다.

어머니가

"어디데지 갔던?"

하고 나와 안으며 묻는데, 나는 대답도 못하고 그만 훌쩍훌쩍 울었습니다. 어머니는 놀라서,

"옥희야, 왜 그러니, 응?"

하고 자꾸만 물었으나, 나는 아무 대답도 못하고 울기만 했습니다.

이튿날은 일요일인 고로 나는 어머니와 함께 예배당에를 가려고 차리고 나서 어머니가 옷을 갈아입는 동안 잠깐 사랑에 나가 보았습니다. '아저씨가 아직도 성이 났나?' 하고 가만히 방 안을 들여다보았더니 책상에 앉아서 무엇을 쓰고 있던 아저씨가 내다보면서 빙그레 웃었습니다. 그 웃음을 보고 나는 마음을 놓았습니다. 아저씨가 지금은 성이 풀린 것이 확실하니까요. 아저씨는 나를 이리 보고 저리 보고 훑어보더니,

"옥희 오늘 어디 가노? 저렇게 곱게 채리구."

하고 물었습니다.

"엄마하고 예배당에 가."

"예배당에?"

하고 나서 아저씨는 잠시 나를 멍하니 바라다보더니,

"어느 예배당에?"

하고 물었습니다.

"요 앞에 예배당에 가지 뭐."

"응? 요 앞이라니?"

이때 안에서

"옥희야."

하고 부드럽게 부르는 어머니 목소리가 들리었습니다. 나는 얼른 안으로 뛰어 들어오면서 돌아다보니까, 아저씨는 또 얼굴이 빨갛게 성이 났겠지요. 내 원, 참으로 무슨 일로 요새는 아저씨가 그렇게 성을 잘 내는지 알 수 없었습니다.

예배당에 가서 찬미하고 기도하다가 기도하는 중간에 갑자기 나는 '혹시 아저씨도 예배당에 오지 않았나?' 하는 생각이 나서 눈을 뜨고 고개를 들어 남자석을 바라다보았습니다. 그랬더니 하, 바로 거기에 아저씨가 와 앉아 있겠지요. 그런데 아저씨는 어른이면서도 눈 감고 기도하지 않고 우리 아이들처럼 눈을 번히 뜨고 여기저기 두리번두리번 바라봅니다. 나는 얼른 아저씨를 알아보았는데 아저씨는 나를 못 알아보았는지 내가 방그레 웃어 보여도 웃지도 않고 멀거니 보고만 있겠지요. 그래 나는 손을 흔들었지요. 그러니까 아저씨는 얼른 고개를 숙이고 말더군요. 그때에 어머니가 내가 팔 흔드는 것을 깨닫고 두 손으로 나를 붙들고 끌어당기더군요. 나는 어머니 귀에다 입을 대고,

"저기 아저씨도 왔어."

하고 속삭이니까 어머니는 흠칫하면서 내 입을 손으로 막고 막 끌어 잡아다가 앞에 앉히고 고개를 누르더군요. 보니까 어머니도 또 얼굴이 홍당무처럼 빨개졌더군요.

그날 예배는 아주 젬병 이었어요. 웬일인지 예배 다 끝날 때까지 어머니는 성이 나서 강대 만 향하여 앞으로 바라보고 앉았고, 이전 모양으로 가끔 나를 내려다보고 웃는 일이 없었어요. 그리고 아저씨를 보려고 남자석을 바라다보아도 아저씨도 한 번도 바라다보아 주지 않고 성이 나서 앉아 있고, 어머니는 나를 보지도 않고 공연히 꽉꽉 잡아당기지요. 왜 모두들 그리 성이 났는지! 나는 그만 '으아.' 하고 울고 싶었어요. 그러나 바로 멀지 않은 곳에 우리

---

3 **젬병** : 형편없는 것을 속되게 이르는 말
4 **강대** : 강의나 설교를 할 때 쓰는, 책 같은 것을 올려놓는 높은 탁자

유치원 선생님이 앉아 있는 고로 울고 싶은 것을 아주 억지로 참았답니다.

내가 유치원에 입학한 후 처음 얼마 동안은 유치원에 갈 때나 올 때나 외삼촌이 바래다주었습니다. 그러나 여러 밤을 자고 난 뒤에는 나 혼자서도 넉넉히 다니게 되었어요. 그러나 언제나 내가 유치원에서 돌아오는 때면 어머니가 옆대문(우리 집에는 대문이 사랑대문과 옆대문 둘이 있어서 어머니는 늘 이 옆대문으로만 출입하시는 것이었습니다.) 밖에 기다리고 섰다가 내가 달음질쳐 가면, 안고 집안으로 들어가곤 하는 것이었습니다.

그런데 하루는 어쩐 일인지 어머니가 대문간에 보이지를 않겠지요. 어떻게도 화가 나던지요. 물론 머릿속으로는, '아마 외할머니 댁에 가셨나 보다.' 하고 생각했지마는, 하여튼 내가 돌아왔는데 문간에서 기다리지 않고 집을 떠났다는 것이 몹시 나쁘게 생각되더군요. 그래서 속으로, '오늘 엄마를 좀 곯려야겠다.' 하고 생각하고 있는데, 옆대문 밖에서,

"아이고, 얘가 원 벌써 왔나?"

하는 어머니 목소리가 들리더군요. 그 순간 나는 얼른 신을 벗어 들고 안방으로 뛰어 들어가서 벽장문을 열고 그 속에 들어가서 숨어 버렸습니다.

"옥희야, 옥희 너, 여태 안 왔니?"

하는 어머니 목소리가 바로 뜰에서 나더니,

"여태 안 왔군."

하면서 밖으로 나가는 모양이었습니다. 나는 재미가 나서 혼자 흐흥흐흥 웃었습니다.

한참을 있더니 집에서는 온통 야단이 났습니다. 어머니 목소리도 들리고 외할머니 목소리도 들리고 외삼촌 목소리도 들리고!

"글쎄, 하루 종일 집이라곤 안 떠났다가 옥희 유치원 파하고 오문 멕일 과자가 없기에 어머님 댁에 잠깐 갔다 왔는데, 그동안에 이런 변이 생긴 걸……."

하는 것은 어머니 목소리.

"글쎄 유치원에서 벌써 이십 분 전에 떠났다는데 원 중간에서……."

하는 것은 외할머니 목소리.

"하여튼 내 나가서 돌아댕겨 볼 테다. 원 고것이 어델 갔담?"

하는 것은 외삼촌의 목소리.

이윽고 어머니의 울음소리가 가늘게 들렸습니다. 외할머니는 무어라고 중얼중얼 이야기하는 모양이었습니다. '이젠 그만하고 나갈까?' 하고도 생각했으나, '지난 주일날 예배당에서 성냈던 앙갚음을 해야지' 하는 생각이 나서 나는 그냥 벽장 안에 누워 있었습니다. 벽장 안은 답답하고 더웠습니다. 그래서 이윽고 부지중에 나는 슬며시 잠이 들고 말았습니다.

얼마 동안이나 잤는지요? 이윽고 잠을 깨어 보니 아까 내가 벽장 안으로 들어왔던 것은 잊어버리고 참 이상스러운 데에 내가 누워 있거든요. 어두컴컴하고 좁고 덥고……. 나는 갑자기 무서운 생각이 나서 엉엉 울기 시작했지요. 그러자 갑자기 어디 가까운 데서 어머니의 외마디소리가 나더니 벽장문이 벌컥 열리고 어머니가 달려들어서 나를 안아 내렸습니다.

"요 망할 것아."

하면서 어머니는 내 엉덩이를 댓 번 때렸습니다. 나는 더욱더 소리를 내서 울었습니다. 그때에는 어머니는 나를 끌어안고 어머니도 따라 울었습니다.

"옥희야, 옥희야, 응, 인젠 괜찮다. 엄마 여기 있지 않니, 응? 울지 마라, 옥희야. 엄마는 옥희 하나문 그뿐이다. 옥희 하나만 바라고 산다. 난 너 하나문 그뿐이야. 세상 다 일이 없다. 옥희만 있으문 바라고 산다. 옥희야,

울지 마라. 응, 울지 마라."

이렇게 어머니는 나더러 자꾸 울지 말라고 하면서도 어머니는 그치지 않고 그냥 자꾸자꾸 울었습니다. 외할머니는

"원 고것이 도깨비가 들렸단 말인가. 벽장 속엔 왜 숨는담."

하고 앉아 있고, 외삼촌은,

"에, 재수, 메유다 ."

하면서 밖으로 나갔습니다.

이튿날, 유치원을 파하고 집으로 오게 된 때, 나는 갑자기 어제 벽장 속에 숨었다가 어머니를 몹시 울게 했던 생각이 나서 집으로 돌아가기가 어쩐지 부끄러워졌습니다. '오늘은 어머니를 좀 기쁘게 해드려얄 텐데……. 무엇을 갖다 드리면 기뻐할까?' 하고 생각했습니다. 그러자 문득 유치원 안에 선생님 책상 위에 놓여 있던 꽃병 생각이 났습니다. 그 꽃병에는 나는 이름도 모르나 곱고 빨간 꽃이 꽂히어 있었습니다. 그 꽃은 개나리도 아니고 진달래도 아니었습니다. 그런 꽃은 나도 잘 알고, 또 그런 꽃은 벌써 피었다가 져버린 후였습니다. 무슨 서양 꽃이려니 하고 나는 생각하였습니다. 나는 우리 어머니가 꽃을 사랑하는 줄을 잘 압니다. 그래서 그 꽃을 갖다가 드리면 어머니가 몹시 기뻐하려니 하고 생각하였습니다.

그래서 나는 도로 유치원 방 안으로 들어갔습니다. 마침 방 안에는 아무도 없었습니다. 선생님도 잠깐 어디를 가셨는지 보이지 않았습니다. 그래 나는

---

5 **메유다** : 중국어로 '없다'는 뜻(메이여우, 沒有)

그 꽃을 두어 개 얼른 빼들고 달음질쳐 나왔지요. 집에 오니, 어머니는 문간에서 기다리고 있다가 나를 안고 들어왔습니다.

　"그 꽃은 어디서 났니? 퍽 곱구나."

하고 어머니가 말씀하셨습니다. 그러나 나는 갑자기 말문이 막혔습니다. '이걸 엄마 드리려고 유치원서 가져왔어.' 하고 말하기가 어째 몹시 부끄러운 생각이 들었습니다. 그래 잠깐 망설이다가,

　"응, 이 꽃! 저, 사랑 아저씨가 엄마 갖다 주라구 줘."

하고 불쑥 말했습니다. 그런 거짓말이 어디서 그렇게 툭 튀어 나왔는지 나도 모르지요.

　꽃을 들고 냄새를 맡고 있던 어머니는 내 말이 끝나기가 무섭게 무엇에 몹시 놀란 사람처럼 화닥닥하였습니다. 그리고는 금시에 어머니 얼굴이 그 꽃보다도 더 빨갛게 되었습니다. 그 꽃을 든 어머니 손가락이 파르르 떠는 것을 나는 보았습니다. 어머니는 무슨 무서운 것을 생각하는 듯이 방 안을 휘 한번 둘러보시더니,

　"옥희야, 그런 걸 받아 오문 안 돼."

하고 말하는 목소리는 몹시 떨렸습니다. 나는 꽃을 그렇게도 좋아하는 어머니가 이 꽃을 받고 그처럼 성을 낼 줄은 참으로 뜻밖이었습니다. 어머니가 그렇게도 성을 내는 것을 보니까 그 꽃을 내가 가져왔다고 그러지 않고 아저씨가 주더라고 거짓말을 한 것이 참 잘되었다고 나는 속으로 생각했습니다. 어머니가 성을 내는 까닭을 나는 모르지만 하여튼 성을 낼 바에는 내게 내는 것보다 아저씨에게 내는 것이 내게는 나았기 때문입니다. 한참 있더니 어머니는 나를 방 안으로 데리고 들어와서,

　"옥희야, 너 이 꽃 얘기 아무보고두 하지 말아라, 응?"

하고 타일러 주었습니다. 나는

"응."

하고 대답하면서 고개를 여러 번 까닥까닥했습니다.

　어머니가 그 꽃을 곧 내버릴 줄로 나는 생각했습니다마는 내버리지 않고 꽃병에 꽂아서 풍금 위에 놓아두었습니다. 아마 퍽 여러 밤 자도록 그 꽃은 거기 놓여 있어서 마지막에는 시들었습니다. 꽃이 다 시들자 어머니는 가위로 그 대는 잘라 내버리고 꽃만은 찬송가 갈피에 곱게 끼워 두었습니다.

　내가 어머니께 꽃을 갖다 주던 날 밤에 나는 또 사랑에 놀러 나가서 아저씨 무릎에 앉아서 그림책을 보고 있었습니다. 갑자기 아저씨 몸이 흠칫하였습니다. 그리고는 귀를 기울입니다. 나도 귀를 기울였습니다.

　풍금 소리!

　그 풍금 소리는 분명 안방에서 흘러나오는 것이었습니다.

　"엄마가 풍금 타나 부다."

하고 나는 벌떡 일어나서 안으로 뛰어왔습니다. 안방에는 불을 켜지 않았었습니다. 그러나 그때는 음력으로 보름께나 되어서 달이 낮같이 밝은데 은빛 같은 흰 달빛이 방 한 절반 가득히 차 있었습니다. 나는 흰옷을 입은 어머니가 풍금 앞에 앉아서 고요히 풍금을 타는 것을 보았습니다.

　나는 나이 지금 여섯 살밖에 안 되었지마는, 하여튼 어머니가 풍금을 타시는 것을 보는 것은 오늘이 처음이었습니다. 어머니는 우리 유치원 선생님보다도 풍금을 더 잘 타시는 것이었습니다. 나는 어머니 곁으로 갔습니다마는, 어머니는 내가 곁에 온 것도 깨닫지 못하는지 그냥 까딱 아니 하고 풍금을 탔습니다. 조금 있더니 어머니는 풍금 곡조에 맞추어서 노래를 부르기 시작하였습니다. 어머니의 목소리가 그렇게도 아름다운 것도 나는 이때까지 모르고 있었습니다. 어머니는 참으로 우리 유치원 선생님보다도 목소리가 훨씬 더 곱고 또 노래도 훨씬 더 잘 부르시는 것이었습니다. 나는 가만히 서서 어머님 노래를 들었습니다. 그 노래는 마치 은실을 타고 저 별나라에서 내려오는 노래처럼 아름다웠습니다. 그러나 얼마 오래지 않아 목소리는 약간 떨리기 시작하였습니다. 가늘게 떨리는 노랫소리, 그에 따라 풍금의 가는 소리도 바르르 떠는 듯했습니다. 노랫소리는 차차 가늘어지더니 마지막에는 사르르 없어져 버렸습니다. 풍금 소리도 사르르 없어졌습니다. 어머니는 고요히 풍금에서 일어나시더니 옆에 섰는 내 머리를 쓰다듬었습니다. 그 다음 순간 어머니는 나를 안고 마루로 나오셨습니다. 어머니는 아무 말씀도 없이 그냥 나를 꼭꼭 껴안는 것이었습니다. 달빛을 함빡 받는 내 어머니 얼굴은 몹시도 새하얗다고 생각되었습니다. 우리 어머니는 참으로 천사 같다고 나는 생각하였습니다.

우리 어머니의 새하얀 두 뺨 위로 쉴 새 없이 두 줄기 눈물이 줄줄 흘러내리고 있는 것을 나는 보았습니다. 그것을 보니 나도 갑자기 울고 싶어졌습니다.

"어머니, 왜 울어?"

하고 나도 훌쩍거리면서 물었습니다.

"옥희야."

"응?"

한참 동안 어머니는 아무 말씀도 없었습니다. 그러나 한참 후에,

"옥희야, 난 너 하나문 그뿐이다."

"엄마."

어머니는 다시 대답이 없으셨습니다.

하루는 밤에 아저씨 방에서 놀다가 졸려서 안방으로 들어오려고 일어서니까 아저씨가 하얀 봉투를 서랍에서 꺼내어 내게 주었습니다.

"옥희, 이것 갖다가 엄마 드리고 지나간 달 밥값이라구, 응."

나는 그 봉투를 갖다가 어머니에게 드렸습니다. 어머니는 그 봉투를 받아 들자 갑자기 얼굴이 파랗게 질렸습니다. 그 전날 달밤에 마루에 앉았을 때보다도 더 새하얗다고 생각되었습니다. 어머니는 그 봉투를 들고 어쩔 줄을 모르는 듯이 초조한 빛이 나타났습니다. 나는

"그거 지나간 달 밥값이래."

하고 말을 하니까 어머니는 갑자기 잠자다 깨나는 사람처럼 "응?" 하고 놀라더니, 또 금시에 백지장같이 새하얗던 얼굴이 발갛게 물들었습니다. 봉투 속으로 들어갔던 어머니의 파들파들 떨리는 손가락이 지전을 몇 장 끌고 나왔습니다. 어머니는 입술에 약간 웃음을 띠면서 "후." 하고 한숨을 내쉬었습니다.

그러나 그것도 잠깐, 다시 어머니는 무엇에 놀랐는지 흠칫하더니 금시에 얼굴이 다시 새하얘지고 입술이 바르르 떨렸습니다. 어머니의 손을 바라다보니 거기에는 지전 몇 장 외에 네모로 접은 하얀 종이가 한 장 잡혀 있는 것이었습니다.

어머니는 한참을 망설이는 모양이었습니다. 그러더니 무슨 결심을 한 듯이 입술을 악물고 그 종이를 차근차근 펴들고 그 안에 쓰인 글을 읽었습니다. 나는 그 안에 무슨 글이 씌어 있는지 알 도리가 없었으나 어머니는 그 글을 읽으면서 금시에 얼굴이 파랬다 발갰다 하고 그 종이를 든 손은 이제는 바들바들이 아니라 와들와들 떨어서 그 종이가 부석부석 소리를 내게 되었습니다.

한참 후에 어머니는 그 종이를 아까 모양으로 네모지게 접어서 돈과 함께 봉투에 도로 넣어 반짇그릇 에 던졌습니다. 그리고는 정신(精神) 나간 사람처럼 멀거니 앉아서 전등만 쳐다보는데, 어머니 가슴이 불룩불룩합니다. 나는 어머니가 혹시 병이나 나지 않았나 하고 염려가 되어서 얼른 가서 무릎에 안기면서,

"엄마, 잘까?"

하고 말했습니다.

엄마는 내 뺨에 입을 맞추어 주었습니다. 그런데 어머니의 입술이 어쩌면 그리도 뜨거운지요. 마치 불에 달군 돌이 볼에 와 닿는 것 같았습니다.

한잠을 자고 나서 잠이 채 깨지는 않았으나, 어렴풋한 정신으로 옆을 쓸어 보니 어머니가 없었습니다. 가끔 가다가 나는 그런 버릇이 있어요. 어렴풋한 정신으로 옆을 쓸면 어머니의 보드라운 살이 만져지지요. 그러면 다시 나는 잠이 들어 버리곤 하는 것이었습니다.

어머니가 자리에 없다는 것을 알게 되자, 나는 갑자기 무서워졌습니다. 그래서 잠은 다 달아나고, 눈을 번쩍 뜨고 고개를 돌려 살펴보았습니다. 방 안에는 불은 안 켰지만 어슴푸레하게 밝습니다. 뜰로 하나 가득한 달빛이 방 안에까지 희미한 밝음을 던져 주는 것이었습니다. 윗목을 보니 우리 아버지의 옷을 넣어 두고 가끔 어머니가 꺼내서 쓸어 보시는 그 장롱 문이 열려 있고, 그 아래 방바닥에는 흰옷이 한 무더기 널려 있습니다. 그리고 그 옆에는 장롱을 반쯤 기대고 자리옷만 입은 어머니가 주춤하고 앉아서 고개를 위로 쳐들고 눈은 감고 무엇이라고 입술로 소곤소곤 외고 있는 것이 보였

반짇그릇 : '반짇고리'의 북한어

58

습니다. 아마 기도를 하나 보다 하고 나는 생각했습니다. 나는 자리에서 일어나 기어가서 어머니 무릎을 뻐개고 기어들어갔습니다.

"엄마, 무얼 해?"

어머니는 소곤거리기를 그치고 눈을 떠서 나를 한참이나 물끄러미 들여다보십니다.

"옥희야."

"응?"

"가서 자자."

"엄마도 같이 자."

"응, 그래. 엄마도 같이 자."

그 목소리가 어째 싸늘하다고 내게 생각되었습니다. 어머니는 돌아가신 아버지의 옷들을 한 가지씩 들고는 가만히 손바닥으로 쓸어 보고는 장롱 안에 넣었습니다. 하나씩 하나씩 쓸어 보고는 장롱에 넣곤 하여 그 옷을 다 넣은 때 장롱 문을 닫고 쇠를 채우고 그리고 나서 나를 안고 자리로 돌아왔습니다.

"엄마, 우리 기도하고 자?"

하고 나는 물었습니다. 어머니는 나를 밤마다 재워 줄 때마다 반드시 기도를 하는 것이었습니다. 내가 할 줄 아는 기도는 주기도문뿐이었습니다. 그 뜻은 하나도 모르지만 어머니를 따라서 자꾸자꾸 해보아서 지금에는 나도 주기도문을 잘 욉니다. 그런데 웬일인지 어젯밤 잘 때에는 어머니가 기도할 것을 잊어버리고 그냥 잤던 것이 지금 생각이 났기 때문에 나는 그렇게 물었던 것입니다. 어젯밤 자리에 들 때 내가

"기도할까?"

하고 말하고 싶었으나, 어머니가 너무도 슬픈 빛을 띠고 있는 고로 그만 나도 가만히 아무 소리 없이 잠이 들고 말았던 것입니다.

"응, 기도하자."

하고 어머니가 고요히 대답했습니다.

"엄마가 기도해."

하고 나는 갑자기 어머니의 기도하는 보드라운 음성이 듣고 싶어져서 말했습니다.

"하늘에 계신 우리 아버지시여."

어머니는 고요히 기도를 시작하였습니다.

"이름을 거룩하게 하옵시며 나라이 임하옵시며 뜻이 하늘에서 이루어진 것처럼 땅에서도 이루어지이다. 오늘날 우리에게 일용할 양식을 주옵시고, 우리가 우리에게 죄지은 자를 용서하여 준 것처럼 우리 죄를 사하여 주옵시고, 우리를 시험에 들지 말게 하옵시고…… 우리를 시험에 들지 말게 하옵시고…… 시험에 들지 말게…… 시험에 들지 말게……."

이렇게 어머니는 자꾸 되풀이하였습니다. 나도 지금은 막히지 않고 줄줄 외는 주기도문을 글쎄 어머니가 막히다니 참으로 우스운 일이었습니다.

"시험에 들지 말게…… 시험에 들지 말게……."

하고 자꾸만 되풀이하는 것을 나는 참다못해서

"엄마, 내 마저 할게."

하고,

"다만 악에서 구하옵소서. 대개 나라와 권세(權勢)와 영광이 아버지께 영원히 있사옵나이다."

하고 내가 끝을 마쳤습니다. 어머니는 한참이나 가만있다가 오래 후에야 겨우

“아멘.”
하고 속삭이었습니다.

　요새 와서 어머니의 하는 일이란 참으로 알 수가 없는 노릇입니다. 어떤
때는 어머니도 퍽 유쾌하셨습니다. 밤에 때로는 풍금도 타고, 또 때로는 찬
송가도 부르고 그러실 때에는 나는 너무도 좋아서 가만히 어머니 옆에 앉아
서 듣습니다. 그러나 가끔가끔 그 독창은 소리 없는 울음으로 끝을 맺는 때
가 많은데, 그런 때면 나도 따라서 울었습니다. 그러면 어머니는 나를 안고
내 얼굴에 돌아가면서 무수히 입을 맞추어 주면서,
　“엄마는 옥희 하나문 그뿐이야, 응, 그렇지…….”
하시면서 언제까지나 언제까지나 우시는 것이었습니다.
　어떤 일요일 날, 그렇지요, 그것은 유치원 방학하고 난 그 이튿날이었어요.
그날 어머니는 갑자기 머리가 아프다며 예배당에를 그만두었습니다. 사랑에
서는 아저씨도 어디 나가고 외삼촌도 나가고 집에는 어머니와 나와 단둘이
있었는데, 머리가 아프다고 누워 계시던 어머니가 갑자기 나를 부르시더니,
　“옥희야, 너 아빠가 보고 싶니?”
하고 물으셨습니다.
　“응, 우리두 아빠 하나 있으문.”
하고 나는 혀를 까불고 어리광을 좀 부려 가면서 대답을 했습니다. 한참
동안을 어머니는 아무 말씀도 아니 하시고 천장만 바라다보시더니,
　“옥희야, 옥희 아버지는 옥희가 세상에 나오기도 전에 돌아가셨단다.
옥희도 아빠가 없는 건 아니지. 그저 일찍 돌아가셨지. 옥희가 이제 아버지를
새로 또 가지면 세상이 욕을 한단다. 옥희는 아직 철이 없어서 모르지만

세상이 욕을 한단다. 사람들이 욕을 해. '옥희 어머니는 화냥년이다.' 이러구 세상이 욕을 해. '옥희 아버지는 죽었는데 옥희는 아버지가 또 하나 생겼대, 참 망측도 하지.' 이러구 세상이 욕을 한단다. 그리 되문 옥희는 언제나 손가락질 받구. 옥희는 커두 시집두 훌륭한 데 못 가구. 옥희가 공부를 해서 훌륭하게 돼두, 에 그까짓 화냥년의 딸이라구 남들이 욕을 한단다."

이렇게 어머니는 혼잣말하시듯 드문드문 말씀하셨습니다. 그리고는 한참 있더니,

"옥희야."

하고 또 부르십니다.

"응?"

"옥희는 언제나, 언제나, 내 곁을 안 떠나지. 옥희는 언제나, 언제나 엄마하구 같이 살지. 옥희는 엄마가 늙어서 꼬부랑 할미가 되어두, 그래두 옥희는 엄마하구 같이 살지. 옥희가 유치원 졸업(卒業)하구, 또 소학교 졸업하구, 또 중학교 졸업하구, 또 대학교 졸업하구, 옥희가 조선서 제일 훌륭한 사람이 돼두, 그래두 옥희는 엄마하고 같이 살지. 응! 옥희는 엄마를 얼만큼 사랑하나?"

"이만큼."

하고 나는 두 팔을 짝 벌리어 보였습니다.

"응? 얼만큼? 응! 그만큼! 언제나, 언제나, 옥희는 엄마만 사랑하지. 그리고 공부두 잘하구, 그리구 훌륭한 사람이 되구……."

7 **화냥년** : 서방질을 하는 여자를 욕하여 이르는 말
8 **소학교** : 소학교

나는 어머니의 목소리가 떨리는 것으로 보아 어머니가 또 울까 봐 겁이 나서,

"엄마, 이만큼, 이만큼."

하면서 두 팔을 쫙쫙 벌리었습니다.

어머니는 울지 않으셨습니다.

"응, 그래, 옥희 엄마는 옥희 하나문 그뿐이야. 세상 다른 건 다 소용없어, 우리 옥희 하나문 그만이야. 그렇지, 옥희야?"

"응!"

어머니는 나를 당기어서 꼭 껴안고 내 가슴이 막혀 들어올 때까지 자꾸만 껴안아 주었습니다.

그날 밤 저녁밥 먹고 나니까 어머니는 나를 불러 앉히고, 머리를 새로 빗겨 주었습니다. 댕기도 새 댕기를 드려 주고, 바지, 저고리, 치마 모두 새것을 꺼내 입혀 주었습니다.

"엄마, 어디 가?"

하고 물으니까,

"아니."

하고 웃음을 띠면서 대답합니다. 그러더니 풍금 옆에서 새로 다린 하얀 손수건을 내리어 내 손에 쥐어 주면서,

"이 손수건, 저 사랑 아저씨 손수건인데, 이것 아저씨 갖다 드리구 와, 응? 오래 있지 말구 손수건만 갖다 드리구 이내 와, 응?"

하고 말씀하셨습니다.

손수건을 들고 사랑으로 나가면서 나는 그 접어진 손수건 속에 무슨 발각 발각하는 종이가 들어 있는 것처럼 생각되었습니다마는, 그것을 펴보지

않고 그냥 갖다가 아저씨에게 주었습니다.

아저씨는 방에 누워 있다가 벌떡 일어나서 손수건을 받는데, 웬일인지 아저씨는 이전처럼 나보고 빙그레 웃지도 않고 얼굴이 몹시 파래졌습니다. 그리고는 입술을 질근질근 깨물면서 말 한 마디 아니 하고 그 수건을 받더군요.

나는 어째 이상한 기분이 돌아서 아저씨 방에 들어가 앉지도 못하고, 그냥 뒤돌아서 안방으로 도로 왔지요. 어머니는 풍금 앞에 앉아서 무엇을 그리 생각하는지 가만히 있더군요. 나는 풍금 옆으로 가서 가만히 그 옆에 앉아 있었습니다. 이윽고 어머니는 조용조용히 풍금을 타십니다. 무슨 곡조인지는 몰라도 어째 구슬프고 고즈넉한 곡조예요.

밤이 늦도록 어머니는 풍금을 타셨습니다. 그 구슬프고 고즈넉한 곡조를 계속하고, 또 계속하면서.

여러 밤을 자고 난 어떤 날 오후에 나는 오래간만에 아저씨 방엘 나가 보았더니, 아저씨가 짐을 싸느라고 분주하겠지요. 내가 아저씨에게 손수건을 갖다 드린 다음부터는, 웬일인지 아저씨가 나를 보아도 언제나 퍽 슬픈 사람, 무슨 근심이 있는 사람처럼 아무 말도 없이 나를 물끄러미 바라다만 보고 있는 고로 나도 그리 자주 놀러 나오지 않았던 것입니다. 그랬었는데 이렇게 갑자기 짐을 꾸리는 것을 보고 나는 놀랐습니다.

"아저씨, 어데 가우?"

"응, 멀리루 간다."

"언제?"

"오늘."

"기차 타구?"

64

"응, 기차 타구."

"갔다가 언제 또 오우?"

아저씨는 아무 대답도 없이 서랍에서 예쁜 인형을 하나 꺼내서 내게 주었습니다.

"옥희, 이것 가져, 응. 옥희는 아저씨 가구 나문 아저씨 이내 잊어버리고 말겠지!"

나는 갑자기 슬퍼졌습니다. 그래서

"아니."

하고 얼른 대답하고, 인형을 안고 안으로 들어왔습니다.

"엄마, 이것 봐. 아저씨가 이것 나 줬다우. 아저씨가 오늘 기차 타구 먼 데루 간대."

하고 내가 말했으나, 어머니는 대답이 없으십니다.

"엄마, 아저씨 왜 가우?"

"학교 방학했으니깐 가지."

"어디루 가우?"

"아저씨 집으루 가지, 어디루 가."

"갔다가 또 오우?"

어머니는 대답이 없으십니다.

"난 아저씨 가는 거 나쁘다."

하고 입을 쫑긋했으나, 어머니는 그 말은 대답 않고,

"옥희야, 벽장에 가서 달걀 몇 알 남았나 보아라."

하고 말씀하셨습니다.

나는 깡총깡총 방 안으로 들어갔습니다. 달걀은 여섯 알이 있었습니다.

"여스 알."

하고 나는 소리쳤습니다.

"응, 다 가지고 이리 나오너라."

어머니는 그 달걀 여섯 알을 다 삶았습니다. 그 삶은 달걀 여섯 알을 손수건에 싸놓고 또 반지⁹에 소금을 조금 싸서 한 귀퉁이에 넣었습니다.

"옥희야, 너 이것 갖다 아저씨 드리구, 가시다가 찻간에서 잡수시랜다구, 응."

그날 오후에 아저씨가 떠나간 다음, 나는 방에서 아저씨가 준 인형을 업고 자장자장 잠을 재우고 있었습니다. 어머니가 부엌에서 들어오시더니,

"옥희야, 우리 뒷동산에 바람이나 쐬러 올라갈까?"

하십니다.

"응, 가, 가."

하면서 나는 좋아 덤비었습니다. 잠깐 다녀올 터이니 집을 보고 있으라고 외삼촌에게 이르고, 어머니는 내 손목을 잡고 나섰습니다.

"엄마, 나 저, 아저씨가 준 인형 가지고 가?"

"그러렴."

나는 인형을 안고 어머니 손목을 잡고 뒷동산으로 올라갔습니다. 뒷동산에 올라가면 정거장이 빤히 내려다보입니다.

"엄마, 저 정거장 봐. 기차는 없군."

어머니는 아무 말씀도 없이 가만히 서 계십니다. 사르르 바람이 와서 어머니 모시 치맛자락을 산들산들 흔들어 주었습니다. 그렇게 산 위에 가만히 서 있는 어머니는 다른 때보다도 더 한층 예쁘게 보였습니다.

---

9 **반지**: 종이의 한 종류. 얇고 질기지만 거칠며, 주로 붓글씨 연습용으로 사용함.

저편 산모퉁이에서 기차가 나타났습니다.

"아, 저기 기차 온다."

하고 나는 좋아서 소리쳤습니다.

기차는 정거장에 잠시 머물더니 금시에 '삑.' 하고 소리를 지르면서 움직였습니다.

"기차 떠난다."

하면서 나는 손뼉을 쳤습니다. 기차가 저편 산모퉁이 뒤로 사라질 때까지, 그리고 그 굴뚝에서 나는 연기가 하늘 위로 모두 흩어져 없어질 때까지, 어머니는 가만히 서서 그것을 바라다보았습니다.

뒷동산에서 내려오자 어머니는 방으로 들어가시더니, 이때까지 뚜껑을 늘 열어 두었던 풍금 뚜껑을 닫으십니다. 그리고는 거기 쇠를 채우고 그 위에다가 이전 모양으로 반짇그릇을 얹어 놓으십니다. 그리고는 그 옆에 있는 찬송가를 맥없이 들고 뒤적뒤적하시더니 빼빼 마른 꽃송이를 그 갈피에서 집어내시더니,

"옥희야, 이것 내다 버려라."

하고 그 마른 꽃을 내게 주었습니다. 그 꽃은 내가 유치원에서 갖다가 어머니께 드렸던 그 꽃입니다. 그러자 옆 대문이 삐걱하더니,

"달걀 사소."

하고 매일 오는 달걀 장수 노인네가 달걀 광주리를 이고 들어왔습니다.

"이젠 우리 달걀 안 사요. 달걀 먹는 이가 없어요."

하시는 어머니 목소리는 맥이 한 푼어치도 없었습니다.

나는 어머니의 이 말씀에 놀라서 떼를 좀 써보려 했으나, 석양에 빨히 비치는 어머니 얼굴을 볼 때 그 용기가 없어지고 말았습니다. 그래서 아저씨가

주신 인형 귀에다가 내 입을 갖다 대고 가만히 속삭이었습니다.

"얘, 우리 엄마가 거짓부리 썩 잘하누나. 내가 달걀 좋아하는 줄 잘 알문서 생 먹을 사람이 없대누나. 떼를 좀 쓰구 싶다만 저 우리 엄마 얼굴을 좀 봐라. 어쩌문 저리두 새파래졌을까? 아마 어데가 아픈가 보다."

라고요.

주요섭의 「사랑손님과 어머니」를 다 읽으셨나요?

그러면 작품의 내용을 생각하면서 이 소설의 인물, 사건, 배경 등 여러 요소들에 대한 자신만의 마인드맵을 그려 보세요~!

사랑손님과
어머니

　　옥희(나)는 여섯 살 난 계집아이로 과부인 어머니와 중학교에 다니는 외삼촌, 이렇게 셋이서 단란하게 살아간다.

　　사랑채에 돌아가신 아버지의 친구가 큰외삼촌의 소개로 하숙을 들게 되어 옥희는 매우 기뻐한다. 아저씨가 달걀을 좋아하는 바람에 자기도 실컷 먹을 수 있게 되었고, 놀러갈 곳이 생겼기 때문이다. 하루는 어머니한테 잘못한 것을 사과하려고 유치원에서 몰래 꽃을 가져와서는 그만 아저씨가 주었다고 말한다. 어머니의 얼굴이 빨갛게 달아오르더니 아무에게도 말하지 말라고 이른다. 그리고 지금까지 한 번도 타지 않던 풍금을 연주하며 줄줄 눈물을 흘리며, '너 하나면 된다.'고 말한다. 옥희가 아저씨가 준 봉투를 어머니한테 드리니 어머니는 어쩔 줄을 모른다. 밥값이라고 말하자 다시 안에서 무엇을 꺼내 보고는 입술을 바르르 떤다. 그날 밤 옥희가 자다 깨보니 어머니는 아버지가 입던 옷가지를 매만지면서 혼자 기도 같은 걸 하고 있다. 어느 날, 어머니가 옥희한테 아저씨에게 손수건을 갖다 드리라고 한다. 그 속에 무슨 종이 같은 게 들었는데, 아저씨는 그걸 받고는 얼굴이 파래진다. 어머니는 구슬픈 곡조의 풍금을 타신다.

　　여러 날 뒤, 아저씨는 짐을 챙겨 떠난다. 다시 오느냐는 옥희의 물음에 답을 하지 않는다. 어머니는 있는 달걀을 모두 삶아 아저씨에게 전하라고 하고서는 오후에 산에 올라가 아저씨가 탄 기차를 바라본다. 어머니는 기차가 완전히 사라질 때까지 가만히 바라본다. 집에 돌아온 어머니는 풍금도 잠가버리고 달걀도 살 일이 없다고 한다

봉건적 인습 때문에 이루지 못하는 애틋한 사랑

핵심 정리

- **등장인물**
  - **어머니** : 전통적 가치관을 가진 젊은 과부
  - **나(옥희)** : 여섯 살 난 계집아이, 과부의 딸
  - **아저씨** : 젊은 과부를 사랑하는 옥희 아버지의 친구
- **배경** – 1930년대 시골의 작은 마을
- **시점** – 1인칭 관찰자 시점
- **성격** – 사실적, 서정적, 낭만적
- **출전** – 『조광』(1935)

문제 풀기

모범답 → p. 268

1. 이 글에서 어머니가 생각하는 '꽃'의 의미로 가장 알맞은 것은? (   )

① 옥희의 천진난만한 장난

② 아저씨가 옥희에게 주는 선물

③ 어머니에게 주는 옥희의 위로

④ 아저씨가 어머니를 좋아하는 마음

⑤ 유치원 선생님이 아저씨를 생각하는 마음

2. 이 글의 결말에 나오는 '여섯 알의 삶은 달걀'은 무엇을 의미할까요?.

....

....

....

감상 쓰기

주인공이나 지은이에게 하고 싶은 말, 알게 된 점, 느낀 점 등

26

치숙(痴叔)

 채만식 (蔡萬植, 1902~1950)

채만식 蔡萬植

1902~1950

일제 강점기부터 해방 직후까지 활동한 소설가. 농민의 궁핍상과 지식인의 고민, 도시 하층민의 몰락 등을 사실적으로 그리면서 당 시대의 사회 현실을 풍자적 수법으로 비판함으로써 근대 사실주의 소설을 한 차원 높게 발전시켰다는 평가를 받고 있음.

연보

- 1902년 6월 17일 전북 옥구군 임피면 읍내리에서 출생
- 1918년 상경하여 중앙고등보통학교 입학
- 1922년 중앙고등보통학교 졸업
- 1923년 일본 와세다대학 부속 제일와세다고등학원 중퇴
- 1924년 『조선문단』에 단편소설 「세 길로」 발표
- 1929년 개벽사에 입사, 이후 조선일보사에 잠시 근무
- 1933년 『조선일보』에 장편소설 「인형의 집을 찾아서」 연재
- 1936년 이후 전업작가로 활동
- 1950년 6월 11일 폐결핵으로 사망

❶ 채만식은 작품 활동 초기에 주로 농촌의 현실, 지식인의 가난한 모습, 노동자의 갈등, 떠돌이 삶을 사는 사람들의 이야기를 다룬 단편소설을 주로 창작하였는데, 현실 인식이 성숙하고 작품의 예술성이 높아지던 1930년 대 중반에 「탁류」, 「태평천하」 등 대표작을 발표하였다.

❷ 채만식은 일제 말기부터 해방까지 한때는 친일적인 내선일체 경향의 작품을 쓰기도 했으나, 중도적인 진보의 입장에서 당시 사회의 혼란상을 풍자·비판하고자 하였으며, 해방 직후에는 '민족의 죄인, 역로'를 통해 일제 말기의 친일 행위를 스스로 비판하기도 하였다.

주요 작품들

세 길로(1924)	레디메이드 인생(1934)
탁류(1937)	천하태평춘(1938)
치숙(1938)	아름다운 새벽(1942)
어머니(1943)	미스터 방(1946)

"읽기 전에 알아두자."

「치숙」은 1938년 3월 7일부터 14일까지 『동아일보』에 연재되었는데, 제목이 뜻하는 것처럼 이 작품은 '부끄러운 아저씨'에 관한 이야기입니다. 일본 경찰에 체포되어 감옥살이 5년 만에 풀려난 지식인에 관한 이야기를 그의 조카가 전해주는 형식으로 되어 있습니다. 일제 말기에 선양되고 있던 허구적인 '내선일체'의 환상을 조카의 이야기를 통해 역설적으로 폭로한다는 점이 바로 지은이가 의도한 궁극적인 주제라고 할 수 있습니다.

집중

"이것만은 꼭 생각하며 읽자."

이 작품은 우리나라를 침략한 일본 제국주의가 경제적 수탈과 정치적·문화적 탄압을 감행하던 식민지 시대의 왜곡된 사회에 대하여 신랄한 풍자를 하고 있는 소설입니다. 식민지 시대를 살아가고 있는 두 인물의 현실 대응 방식에 대하여 여러 관점에서 비판하면서 읽어 보세요.

치숙(痴叔)

-
-
-

우리 아저씨 말이지요. 아따 저 거시키, 한참 당년에 무엇이냐 그놈의 것, 사회주의라더냐, 막걸리라더냐 그걸 하다, 징역 살고 나와서 폐병으로 시방 앓고 누웠는 우리 오촌 고모부 그 양반…….

머, 말두 마시오. 대체 사람이 어쩌면 글쎄……. 내 원!

신세 간 데 없지요.

자, 십 년 적공(積功), 대학교까지 공부한 것 풀어먹지도 못했지요, 좋은 청춘 어영부영 다 보냈지요, 신분에는 전과자라는 붉은 도장 찍혔지요, 몸에는 몹쓸 병까지 들었지요, 이 신세를 해가지굴랑은 굴속 같은 오두막집 단간 셋방 구석에서 사시장철 밤이나 낮이나 눈 따악감고 드러누웠군요.

재산이 어디 집 터전인들 있을 턱이 있나요. 서 발 막대 내저어야 짚검불 하나 걸리는 것 없는 철빈(鐵貧)인데, 우리 아주머니가, 그래도 그 아주머니가, 어질고 얌전해서 그 알뜰한 남편양반 받드느라 삯바느질이야, 남의 집 품빨래야, 화장품 장사야, 그 칙살스런 벌이를 해다가 겨우겨우 목구멍에

---

1 **치숙(痴叔)** : '나'의 입장에서 본 아저씨의 모습으로 '바보, 머저리 아저씨'란 뜻
2 **적공(積功)** : 공을 들임.
3 **철빈(鐵貧)** : 더할 수 없이 가난함. 적빈(赤貧)

풀칠을 하지요.

어디루 대나 그 양반은 죽는 게 두루 좋은 일인데 죽지도 아니해요. 우리 아주머니가 불쌍해요. 아, 진작 한 나이라도 젊어서 팔자를 고치는 게 아니라, 무슨 놈의 수난 후분(後分) 을 바라고 있다가 고생을 하는지.

근 이십 년 소박을 당했지요.

이십 년을 섦은 청춘 한숨으로 보내고서 다아 늦게야 송장 여대치게 생긴 그 양반을 그래도 남편이라고 모셔다가는 병수종 들으랴, 먹고 살랴, 애가 진하고 다니는 걸 보면 참말 가엾어요.

그게 무슨 죄다짐이람? 팔자, 팔자 하지만 왜 팔자를 고치지를 못하고서 그래요. 죄선(朝鮮) 구식 부인네들은 다아 문명을 못하고 깨지를 못해서 그러지.

그 양반이 한시바삐 죽기나 했으면 우리 아주머니는 차라리 신세 편하리다. 심덕 좋겠다, 솜씨 얌전하겠다 하니 어디 가선들 제가 일신 몸 가누고 편안히 못 지내요? 가만있자, 열여섯 살에 아저씨네 집으로 시집을 갔다니깐 그게 내가 세 살적이니 꼬박 열여덟 해로군. 열여덟 해면 이십 년 아니요.

그때 우리 아저씨 양반은 나이 어리기도 했지만 공부를 한답시고 서울로, 동경으로 십여 년이나 돌아다녔고 조끔 자라서 색시 재미를 알 만하니까는 누가 예쁘달까 봐 이혼하자고 아주머니를 친정으로 쫓고는 통히 불고 (不顧) 를 하고…….

공부를 다 마치고 오더니만 그담에는 그놈의 짓에 디립다 발광해 다니면서

후분(後分): '사람의 한평생을 초분·중분·후분의 셋으로 나눈 마지막으로 늘그막의 운수
통히: 전혀
불고(不顧): 돌보지 않음
발광해 다니면서: '사회주의' 운동에 깊이 빠져 다녔다는 뜻

명색 학생 출신이라는 딴 여편네를 얻어 살았지요. 그 여편네는 나도 몇 번 보았지만 쌍판대기라고 별반 출 수도 없이 생겼습디다. 그 인물로 남의 첩이야? 일색 소박은 있어도 박색 소박은 없다 더니, 사실 소박맞은 우리 아주머니가 그 여편네께다 대면 월등 예뻤다우.

그래 그 뒤에, 그 양반은 필경 붙들려 가서 오 년이나 전중이를 살았지요. 그동안에 아주머니는 시집이고 친정이고 모두 폭 망해서 의지가지없이 됐지요.

그러니 어떻게 해요? 자칫하면 굶어 죽을 판인데.

할 수 없이 얻어먹고 살기도 해야 하려니와 또 아저씨 나오는 것도 기다려야 한다고 나를 발련삼아 서울로 올라왔더군요. 그게 그러니까 아저씨가 나오던 전해로군.

그때 내가 나이는 어려도 두루 날뛴 보람이 있어서 이내 구라다상네 식모로 들어갔지요.

그 무렵에 참 내가 아주머니더러 여러 번 권면을 했지요. 그러지 말고 개가(改嫁)를 가라고. 글쎄 어린 소견에도 보기에 퍽 딱하고 민망합디다.

계제에 마침 또 좋은 자리가 있었고요. 미네상이라고 미쓰꼬시 앞에서 바나나 다다끼우리[投賣]를 하는 인데 사람이 퍽 좋아요. 우리 집 다이쇼 [主人]도 잘 알고 허는데, 그이가 늘 날더러 죄선 오깜상하구 살았으면 좋겠

8 **일색 소박은 있어도 박색 소박은 없다** : 아름다운 여자는 남편에게 박대를 받게 되나 못생긴 여자는 그렇지 않으니, '아무리 아름다운 여자라도 그 사람됨이 좋지 않으면 남편에게 버림받게 됨'을 이르는 속담
9 **전중이** : 징역 사는 사람
10 **다다끼우리[投賣]** : '투매. (상품을) 손해를 무릅쓰고 마구 싸게 팔아 버림. 덤핑

다고, 중매 서 달라고 그래쌌어요. 돈은 모아 둔 게 없어도 다아 벌어먹고 살 만하니까 그런 사람 만나서 살면 아주머니도 신세 편할 게 아니냐구요. 그런 걸 글쎄 몇 번 말해도 숭헌 소리 말라고 듣덜 않는 걸 어떡허나요.

아뭏든 그런 것 말고라도 참, 흰말[1] 이 아니라 이날 이때까지 내가 그 아주머니 뒤도 많이 보아주었다우. 또 나도 그럴 만한 은공이 없잖아 있구요.

내가 일곱 살에 부모를 잃었지요. 그리고 나서 의탁할 곳이 없이 됐는데 그때 마침 소박을 맞고 친정살이를 하는 그 아주머니가 나를 데려다가 길러주었지요. 그때만 해도 그 집이 그다지 군색하게 지내든 안했으니깐요. 아주머니도 아주머니지만 종조[2] 할머니며 할아버지도 슬하에 딴 자손이 없어서 나를 퍽 귀여워하셨지요.

열두 살까지 그 집에서 자랐군요. 사 년이나마 보통학교도 다녔고. 아마 모르면 몰라도 그 집안이 그렇게 치패(致敗)하지만 안했으면 나도 그냥 붙어 있어서 시방쯤은 전문학교까지는 다녔으리라. 이런 은공이 있으니까 나도 그 걸 저바리지 않고 그래서 내 깜냥에는 갚을 만치 갚느라고 갚은 셈이지요.

허기야 요새도 간혹 아주머니가 찾아와서 양식 없다는 사정을 더러 하군 하는데 실로 정말이지 좀 성가시기는 해요. 그러는 족족 그 수응을 하자면 내 일을 못하겠는걸. 그래 대개 잘라떼기는 하지요. 그렇지만 그밖에 가령 양 명절[3] 때면 고깃근이라도 사보낸다든지, 또 오면가면 이얘기낱이라도 한다든지 그런 걸 결단코 범연히 하든 않으니까요.

아뭏든 그래서, 아주머니는 꼬박 일 년 동안 구라다상네 집 오마니로

---

[1] **흰말** : 흰소리. 터무니없이 자랑으로 떠벌리는 말
[2] **종조** : 從祖. 할아버지의 형, 또는 아우
[3] **양 명절** : 설과 추석 두 명절

있으면서 월급 오 원씩 받는 걸 그래도 고스란히 저금을 하고, 또 틈틈이 삯 바느질을 맡다가 조끔씩 벌어 보태고 또 나올 무렵에 구라다상네 양주 가 퍽 기특하다고 돈 칠 원을 상급(賞給)으로 주고 그런 게 이럭저럭 돈 백 원 이나 존존히 됐지요. 그 돈으로 방 한 간 얻고 살림 나부랭이도 조금 장만 하고, 그래 놓고서 마침 그 알량꼴량한 서방님이 뇌여 나오니까 그리루 모 셔들였지요.

뇌여 나는 날 나도 가서 보았지만 가막소 문 앞에 막 나서자 아주머니가 기 다리고 있으니까 그래도 눈물이 핑! 돌던데요. 전에 그렇게도 죽을둥살둥 모르 고 좋아하던 첩년은 꼴도 안 뵈구요. 남의 첩년이란 건 다아 그런 거지요 뭐.

우리 아저씨 양반은 혹시 그 여편네가 오지 않았나 하고 사방을 휘휘 둘 러보던데요. 속이 그렇게 없다니까. 여편네는커녕 아주머니하구 나하구 그 외는 어리친 개새끼 한 마리 없드라.

그래 마악 자동차에 올라타려다가 피를 토했지요. 나중에 들었지만 가막 소 안에서 달포 전부터 토혈을 했다나 봐요. 그래 다아 죽어 가는 반송장을 업어 오다시피 해다가 뉘어 놓고, 그날부터 아주머니는 불철주야로 할 짓 못 할 짓 다해 가면서 부시대고 날뛴 덕에 병도 차차로 차도가 있고 그러더니 인제는 완구히 살아는 났지요. 뭐 참 시방은 용꼴인걸요, 용꼴.

부인네 정성이 무서운 겝디다. 꼬박 삼 년이군. 나 같으면 돌아가신 부모 가 살아오신대도 그 짓 못해요.

자, 그러니 말이지요. 우리 아저씨라는 양반이 적히나 양심이 있고 다아 그럴 양이면, 어―허, 내가 어서 바삐 몸이 충실해져서 어서 바삐 돈을 벌

14. **양주**: 두 주인. 바깥주인과 안주인(부부)

81

어다가 저 아내를 편안히 거느리고 이 은공과 전날의 죄를 갚아야 하겠구나……. 이런 맘을 먹어야 할 게 아니냐요? 아주머니의 은공을 갚자면 발에 흙이 묻을세라 업고 다녀도 참 못다 갚지요.

그러고 저러고 간에 자기도 인제는 속차려야지요. 허기야 속을 차려서 무얼 하재도 전과자니까 관리나 또 회사 같은 데는 들어가지 못하겠지만 그야 자기가 저지른 일인 걸 누구를 원망할 일도 아니고, 그러니 막 벗어붙이고 노동이라도 해야지요. 대학교 출신이 막벌이 노동이라께 꼴 가관이지만 그래도 할 수 없지, 머.

그런 걸 보고 가만히 나를 생각하면, 만약 우리 종조할아버지네 집안이 그렇게 치패¹⁵를 안해서 나도 전문학교나 대학교를 졸업을 했으면 혹시 우리 아저씨 모양이 됐을지도 모를 테니 차라리 공부 많이 않고서 이 길로 들어선 게 다행이다……. 이런 생각이 들어요.

사실 우리 아저씨 양반은 대학교까지 졸업하고도 인제는 기껏 해먹을 게란 막벌이 노동밖에 없는데, 요 보통학교 사 년 겨우 다니고서도 시방 앞길이 환히 트인 내게다 대면 고쓰까이[小使]¹⁶만도 못하지요.

아, 그런데 글쎄 막벌이 노동을 하고 어쩌고 하기는커녕 조금 바시시 살아날만하니까 이 주책꾸러기 양반이 무슨 맘보를 먹는고 하니, 내 참 기가 막혀!

아니, 그놈의 것 하구는 무슨 대천지원수가 졌단 말인지, 어쨌다고 그걸 끝끝내 하지 못해서 그 발광인고? 그러나마 그게 밥이 생기는 노릇이란 말이지, 명예를 얻는 노릇이란 말이지, 필경은 붙잡혀 가서 징역 사는 놀음?

---

¹⁵ **치패**: 致敗. 살림이 결딴남.
¹⁶ **고쓰까이[小使]**: 소사. 잔심부름을 하는 남자 하인

아마 그놈의 것이 아편하구 꼭 같은가 봐요. 그렇길래 한번 맛을 들이면 끊지를 못하지요. 그렇지만 실상 알고 보면 그게 그다지 재미가 난다거나 맛이 있다거나 그런 것도 아니드군 그래요. 부랑당 패든데요. 하릴없이 부랑당팹니다.

저어 서양 어디선가, 일하기 싫어하는 게름뱅이 몇 놈이 양지짝에 모여 앉아서 놀고 먹을 궁리를 했더라나요. 우리집 다이쇼가 다아 자상하게 이야기를 해줍디다.

게, 그 녀석들이 서로 구논 을 하기를, 자, 이 세상에는 부자가 있고 가난한 사람이 있고 하니 그건 도무지 공평한 일이 아니다. 사람이란 건 이목구비하며 사지 육신을 꼭 같이 타고났는데 누구는 부자로 잘 살고 누구는 가난하다니 그게 될 말이냐. 그러니 부자가 가진 것을 우리 가난한 사람들하구 다같이 고르게 나눠먹어야 경우가 옳다.

야—, 그거 옳은 말이다. 야! 그 말 좋다. 자 나눠 먹자.

아, 이렇게 설도를 해가지고 우— 하니 들고 일어났다는군요.

아—니, 그러니 그게 생날부랑당놈의 짓이 아니고 무어요?

사람이란 것은 제가끔 분지복 이 있어서 기수(氣數)를 잘 타고나든지 부지런하면 부자가 되는 법이요, 복록을 못 타고나든지 게으른 놈은 가난하게 사는 법이요. 다아 이렇게 마련인데 그거야말루 공평한 천리인 것을, 됩다 불공평하다께 될 말이요? 그리구서 억지로 남의 것을 뺏아먹자고 들다니 그놈들이 부랑당이지 무어요.

---

17 **부랑당** : 불한당. 떼를 지어 다니는 강도
18 **구논** : 口論. 말로써 논쟁함.
19 **분지복** : 타고난 복

짓이 부랑당 짓일 뿐만 아니라, 또 만약에 그러기로 들면 게으른 놈은 점점 더 게으름만 부리고 쫓아다니면서 부자 사람네가 가진 것만 뺏아먹을 테니 이 세상은 통으로 도적놈의 판이 될 게 아니요? 그나마, 부자 사람네가 모아둔 걸 다아 뺏기고 더는 못 먹어 내는 날이면 그때는 이 세상 망하는 날이 아니요?

제마다 남이 농사 지어 놓으면 그걸 뺏아 먹으려고 일 않고 번둥번둥 놀 것이고 남이 옷감 짜놓으면 그걸 뺏아다가 입으려고 번둥번둥 놀 것이고 그럴 테니 대체 곡식이며 옷감이며 그런 것이 다아 어디서 나올 데가 있어야지요. 세상 망할밖에!

글쎄 그놈의 짓이 그렇게 세상 망쳐 놓을 장본인 줄은 모르고서 가난한 놈들 ─ 그 중에도 일하기 싫은 게으름뱅이들이 위선 당장 부자집 사람네 것을 뺏아먹는다니까 거기 혹해가지굴랑 너두 나두 와 ─ 하니 참섭을 했다는구료.

바루 저 '아라사'[20]가 그랬대요. 그래서 아니나다를까 농군들이 곡식을 안 만들기 때문에 사람이 수만 명씩 굶어죽는다는구료. 빠안한 이치지 뭐.

위선 먹기는 곶감이 달다고 그 지랄들을 했다가 잘코사니야!

아 그런데 그 못된 놈의 풍습이 삽시간에 동서양 각국 안 간 데 없이 퍼져가지굴랑 한동안 내지에도 마구 굉장히 드세게 돌아다녔고 내지가 그러니까 멋도 모르는 죄선 영감상들도 덩달아서 그 숭내를 냈다나요. 그렇지만 시방은 그 새 나라에서 엄하게 밝히고 금하고 한 덕에 많이 머츰해졌고 그런 마음 먹는 사람은 별반 없다나 봐요.

---

[20] **아라사**:俄羅斯. '러시아'의 우리말 표기

그럴 게지 글쎄. 아, 해서 좋으량이면야 나라에선들 왜 금하며 무슨 원수가 졌다고 붙잡아다가 징역을 살리나요. 좋고 유익한 것이면 나라에서 도리어 장려하고 잘할라치면 상급도 주고 그러잖아요. 활동사진이며 스모며 만자[21] 이며 또 왓쇼왓쇼[22] 랄지 세이레이 낭아시[23] 랄지 라디오 체조랄지 이런 건 다아 유익한 것이니까 나라에서 설도[24] 도 하고 그리잖아요.

나라라는 게 무언데? 그런 걸 다아 잘 분간해서 이럴 건 이러고 저럴 건 저러라고 지시하고 그 덕에 백성들을 제가끔 제 분수대루 편안히 살두룩 애써주는 게 나라 아니요?

그놈의 것 사회주의만 하더라도 나라에서 금하들 않고 저희가 하는 대루 두어 두었어보아? 시방쯤 세상이 무엇이 됐을지……. 다른 사람들도 낭패본 사람이 많았겠지만 위선 나만 하더라도 글쎄 어쩔 뻔했어! 아무 일도 다 틀리고 뒤죽박죽이지.

내 이상과 계획은 이렇거든요.

우리집 다이쇼가 나를 자별히 귀여워하고 신용을 하니깐 인제 한 십 년만 더 있으면 한밑천 들어서 따루 장사를 시켜 줄 눈치거든요. 그러거들랑 그것을 언덕삼아 가지고 나는 삼십 년 동안 예순 살 환갑까지만 장사를 해서 꼭 십만 원을 모을 작정이지요. 십만 원이면 죄선 부자로 쳐도 천석군이니 머, 떵떵거리고 살 게 아니라구요.

그리고 우리 다이쇼도 한 말이 있고 하니까 나는 내지인[25] 규수한테로 장

21 **만자**: 漫談. 재미있고 익살스러운 말로 세상과 인정을 풍자하는 이야기
22 **왓쇼왓쇼**: 신령을 모신 가마를 메고 가며 내는 '영차영차'와 같은 소리. 또는 이런 행사가 있던 일본의 마을 축제
23 **낭아시**: 음력 7월 보름에 제물을 강이나 바다에 띄우는 일본의 불교 행사
24 **설도**: 說道. 사람이 지켜야 할 바른 도리를 설명하고 이끔.

가를 들래요. 다이쇼가 다아 알아서 얌전한 자리를 골라 중매까지 서 준다고 그랬어요. 내지 여자가 참 좋지요.

나는 구식 여자는 거저 주어도 싫어요. 구식 여자는 얌전은 해도 무식해서 내지인하구 교제하는 데 안됐고, 신식 여자는 식자가 들었다는 게 건방져서 못쓰고 도무지 그래서 죄선 여자는 신식이고 구식이고 다아 제에발이야요.

내지 여자가 참 좋지 머. 인물이 개개 일짜로 예쁘겠다, 얌전하겠다, 상냥하겠다, 지식이 있어도 건방지지 않겠다, 조음이나 좋아!

그리고 내지 여자한테 장가만 드는 게 아니라 성명도 내지인 성명으로 갈고, 집도 내지인 집에서 살고, 옷도 내지 옷을 입고 밥도 내지 식으로 먹고, 아이들도 내지인 이름을 지어서 내지인 학교에 보내고……. 내지인 학교래야지 죄선 학교는 너절해서 아이를 버려 놓기나 꼭 알맞지요.

그리고 나도 죄선말은 싹 걷어치우고 국어 만 쓰고요. 이렇게 다아 생활 법식부텀도 내지인처럼 해야만 돈도 내지인처럼 잘 모으게 되거든요.

내 이상이며 계획은 이래서 이십만 원짜리 큰 부자가 바루 내다뵈고 그리루 난 길이 환하게 트이고 해서 나는 시방 열심으로 길을 가고 있는데 글쎄 그 미처 살기 든 놈들이 세상 망쳐버릴 사회주의를 하려 드니 내가 소름이 끼칠 게 아니냐구요? 말만 들어도 끔찍하지!

세상이 망해서 뒤집히면 그래 나는 어쩌란 말인구? 아무것도 다아 허사가 될테니 그런 억울할 데가 있드람?

내지인 : 일본인
국어 : 일본말

머 참, 우리집 다이쇼 말이 일일이 지당해요. 여느 절도나 강도나 사기나 그런 죄는 도적이면 도적을 해가는 그 당장, 그 돈만 축을 내니까 오히려 죄가 가볍지만, 그놈의 것 사회주의인지 지랄인지는 온 세상을 뒤죽박죽을 만들어 놓고 나라를 통째로 소란하게 하니까 도저히 용서할 수가 없대요. 용서라니! 나 같으면 그런 놈들은 모주리 쓸어다가 마구 그저 그냥…….

그런 일을 생각하면 털어놓고 말이지 우리 아저씬가 그 양반도 여간 불측스레²⁷ 뵈들 않아요. 사실 아주머니만 아니면 내가 무슨 천주학²⁸이라고, 나쁜 병까지 앓는 그 양반을 찾아다니나요. 죽는대도 코도 안 풀어 붙일걸. 그러나마 전자의 죄상을 다아 회개를 하고 못된 마음은 씻어버렸을 제 말이지, 머 흰 개 꼬리 삼 년²⁹이라더냐, 종시 그 모양인 걸요.

그러니깐 그가 밉살머리스러워서, 더러 들렀다가 혹시 마주앉아도 위정³⁰ 뼈끝 저린 소리나 내쏘아 주고 말을 따잡아 가지굴랑 꼼짝 못하게시리 몰아세주군 하지요. 저번에도 한번 혼을 단단히 내주었지요. 아, 그랬더니 아주머니더러 한다는 소리가, 그 녀석 사람 버렸더라고, 아무짝에고 못쓰게 길이 들었더라고 그러더라나요.

내 원, 그 소리 듣고 하두 어처구니가 없어서!

대체 사람도 유만부동³¹이지 그 아저씨가 날더러 사람 버렸느니 아무짝에도 못쓰게 길이 들었느니 하더라니, 원 입이 몇 개나 되면 그런 소리가 나

---

²⁷ **불측스레** : 괘씸하고 엉큼하게
²⁸ **천주학** : 천주교인
²⁹ **흰 개 꼬리 삼 년** : 굴뚝에 삼 년 두어도 흰 개 꼬리. '아무리 변질시키려 해도 지니고 있는 본색은 변하지 않는다.'는 뜻
³⁰ **위정** : 우정. '일부러'의 방언
³¹ **유만부동** : 類萬不同. 여러 가지 종류가 많기는 하지만 서로 같지 않음.

오는 구멍도 있누? 죄선 벙어리가 다아 말을 해도 나 같으면 할말 없겠더구먼서두, 하면 다아 말인 줄 아나봐?

이를테면 그게 명색 훈계 비슷한 거렸다? 내게다가 맞대놓고 그런 소리를 하다가는 되잽혀서 혼이 날 테니까 슬며시 아주머니더러 일르란 요량이던 게지?

기가 막혀서……. 하느님이 사람의 콧구멍을 두 개로 마련하기 참 다행이야. 글쎄 아무려면 내가 자기처럼 다아 공부는 못하고 남의 집 고조 노릇으로 반또[番頭] 노릇으로 이렇게 굴러먹을 갑시, 이래 보여도 표창을 두 번이나 받은 모범 점원이요, 남들이 똑똑하고 재주 있고 얌전하다고 칭찬이 놀랍고 앞길이 환히 트인 유망한 청년인데 그래 자기 눈에는 내가 버린 놈이고 아무짝에도 못쓰게 길이 든 놈으로 보였단 말이지?

하하, 오옳지! 거 참 그렇겠군. 자기는 자기 하는 짓이 옳으니까 나의 하는 짓은 다아 글렀단 말이렷다. 그러니까 나도 자기처럼 그놈의 것 사회주의인지 급살맞을 것인지나 하다가 징역이나 살고 전과자나 되고 폐병이나 앓고 다아 그랬더라면 사람 버리지도 않고 아무짝에도 못쓰게 길든 놈도 아니고 그럴 뻔했군 그래!

흥! 참……. 제 밑 구린 줄 모르고서 남더러 어쩌구 저쩌구 한다는 게 꼭 우리 아저씨 그 양반을 두고 일른 말인가봐.

그 날도 실상 이랬더라우. 혼을 내주었더니 아주머니더러 그런 소리를 하더란 그날 말이요. 그날이 마침 내가 쉬는 날이길래 아주머니더러 할 이야기도 있고 해서 아침결에 좀 들렀더니 아주머니는 남의 혼인집으로 바느질

반또[番頭] : 번(숙직이나 당직)을 서는 우두머리

을 해주러 갔다고 없고, 아저씨 양반만 여전히 아랫목에 가서 드러누웠어요.

그런데 보니깐 어디서 모두 뒤져냈는지 머리맡에다가 헌 언문 잡지를 수북이 싸 놓고는 그걸 뒤져요. 그래 나도 심심삼아 한 권 집어들고 떠들어 보았더니 머 읽을 맛이 나야지요. 대체 죄선 사람들은 잡지 하나를 해도 어찌 모두 그 꼬락서니로 해 놓는지.

사진도 없지요, 망가[漫畵]도 없지요. 그리구는 맨판 까달스런 한문 글자로다가 처박아 놓으니 그걸 누구더러 보란 말인고? 더구나 우리 같은 놈은 언문도 그런대루 뜯어보기는 보아도 읽기에 여간만 괴롭지가 않아요.

그러니 어려운 언문하고 까다로운 한문하고를 섞어서 쓴 글을 뜻을 몰라 못 보지요. 언문으로만 쓴 것은 소설 나부랭인데 읽기가 힘이 들 뿐 아니라 또 죄선 사람이 쓴 소설이란 건 재미가 있어야죠. 나는 죄선 신문이나 죄선 잡지하구는 담쌓고 남된 지 오랜걸요.

잡지야 머 '킹구'나 '쇼넹구라부' 덮어 먹을 잡지가 있나요. 참 좋아요. 한문 글자마다 가나를 달아 놓았으니 어떤 대문을 척 펴 들어도 술술 내리읽고 뜻을 횅하니 알 수가 있지요.

그리고 어떤 대문을 읽어도 유익한 교훈이나 재미나는 소설이지요.

소설 참 재미있어요. 그 중에도 기꾸지 깡[菊池寬] 소설…… 어쩌면 그렇게도 아기자기하고도 달콤하고도 재미가 있는지. 그리고 요시가와 에이지(吉川英治), 그의 소설은 진찐바라바라하는 지다이모노(時代物)인데 마구 어깻바람이 나구요.

소설이 모두 그렇게 재미가 있지요, 망가가 많지요, 사진이 많지요, 그리구도 값은 조음 헐하나요. 십오 전이면 바루 고 전달치를 사볼 수 있고 보고 나서는 오전에 도루 파는데요. 잡지도 기왕 할려거든 그렇게나 해야지 죄선

89

사람들은 제엔장 큰소리는 곧잘 하더구만서두 잡지 하나 반반한 거 못 맨 들어내니!

그날도 글쎄 잡지가 그 꼴이라 애여 글을 볼 멋도 없고 해서 혹시 망가나 사진이라도 있을까 하고 책장을 후루루 넹기느라니깐 마침 아저씨 이름이 있겠다요! 하두 신통해서 쓰윽 펴 들고 보았더니 제목이 첫줄은, 경제, 사회…… 무엇 어쩌구 잔 주를 달아 놨겠지요.

그것만 보아도 벌써 그럴듯해요. 경제는 아저씨가 대학교에서 경제를 배웠다니까 경제 속은 잘 알 것이고, 또 사회는, 그것 역시 사회주의를 했으니까, 그 속도 잘 알 것이고, 그러니까 경제하고 사회주의하고 어떻게 서루 관계가 되는 것이며 어느 편이 옳다는 것이며 그런 소리를 썼을 게 분명해요.

머, 보나 안 보나 빠안하지요. 대학교까지 가설랑 경제를 배우고도 돈 모을 생각은 않고서 사회주의만 하고 다닌 양반이라 경제가 그르고 사회주의가 옳다고 우겨댔을 게니깐요.

아무렇든 아저씨가 쓴 글이라는 게 신기해서 좀 보아 볼 양으로 쓰윽 훑어봤지요. 그러나 웬걸 읽어 먹을 재주가 있나요. 글자는 아주 어려운 자만 아니면 대강 알기는 알겠는데 붙여 보아야 대체 무슨 뜻인지를 알 수가 있어야지요. 속이 상하길래 읽어보자던 건 작파하고서 아저씨를 좀 따잡고 몰아셀 양으로 그 대목을 차악 펴놨지요.

"아저씨?"

"왜 그러니?"

"아저씨가 여기다가 경제 무어라구 쓰구, 또, 사회 무어라구 썼는데, 그러면 그게 경제를 하란 뜻이요, 사회주의를 하라는 뜻이요?"

"뭐?"

못 알아듣고 뚜릿뚜릿해요. 자기가 쓰고도 오래 돼서 다아 잊어버렸거나 혹시 내가 말을 너무 까다롭게 내기 때문에 섬뻑 대답이 안나왔거나 그랬겠지요. 그래 다시 조곤조곤 따졌지요.

"아저씨! 경제라 껏은 돈 모아서 부자 되라는 거 아니요? 그런데 사회주의라 껏은 모아둔 부자 사람의 돈을 뺏아 쓰는 거 아니요?"

"이 애가 시방!"

"아아니, 들어보세요."

"너, 그런 경제학, 그런 사회주의 어디서 배웠니?"

"배우나마나, 경제라 껀 돈 많이 벌어서 애껴 쓰구 나머지 모아 두는 게 경제 아니요?"

"그건 보통, 경제한다는 뜻으로 쓰는 경제고, 경제학이니 경제적이니 하는 건 또 다르다."

"다른 게 무어요? 경제는, 돈 모으는 것이고 그러니까 경제학이면 돈 모으는 학문이지요."

"아니란다. 혹시 이재학(理財學)이라면 돈 모으는 학문이라고 해도 근리(近理) 할지 모르지만 경제학은 그런 게 아니란다."

"아 — 니, 그렇다면 아저씨, 대학교 잘못 다녔소. 경제 못하는 경제학 공부를 오 년이나 했으니 그거 무어란 말이요? 아저씨가 대학교까지 다니면서 경제 공부를 하구두 왜 돈을 못 모으나 했더니 인제 보니깐 공부를 잘못해서 그랬군요!"

"공부를 잘못했다? 허허. 그랬을는지도 모르겠다. 옳다 네 말이 옳아!"

근리(近理) : 이치에 가깝다.

이거 봐요 글쎄. 담박 꼼짝 못하잖나. 암만 대학교를 다니고, 속에는 육조를 배포했어도 그렇다니깐 글쎄……

"아저씨?"

"왜 그러니?"

"그러면 아저씨는 대학교를 다니면서 돈 모아 부자되는 경제 공부를 한 게 아니라 모아 둔 부자 사람네 돈 뺏어 쓰는 사회주의 공부를 했으니 말이지요……"

"너는 사회주의가 무얼루 알구서 그러냐?"

"내가 그까짓 걸 몰라요?"

한바탕 주욱 설명을 했지요.

내 얼굴만 물끄러미 올려다보고 누웠더니 피쓱 한번 웃어요. 그리고는 그 양반이 하는 소리겠다요.

"그게 사회주의냐? 불한당이지."

"아 — 니, 그럼 아저씨두 사회주의가 부란당인 줄은 아시는구려?"

"내가 어째 사회주의가 불한당이랬니?"

"방금 그리잖았어요?"

"글쎄, 그건 사회주의가 아니라 불한당이란 그 말이다."

"거보시우! 사회주의란 것은 그렇게 날부랑당이어요. 아저씨두 그렇다구 하면서 아니시래요?"

"이 애가 시방 입심 겨룸을 하재나!"

이거 봐요. 또 꼼짝 못하지요? 다아 이래요 글쎄……

"아저씨?"

"왜 그러니?"

"아저씨두 맘 달리 잡수시요."

"건 어떻게 하는 말이야?"

"걱정 안 되시우?"

"날 같은 사람이 걱정이 무슨 걱정이냐? 나는 네가 걱정이더라."

"나는 머 버젓하게 요량이 있는 걸요."

"어떻게?"

"이만저만한가요!"

또 한바탕 주욱 설명을 했지요. 이 얘기를 다아 듣더니 그 양반 한다는 소리 좀 보아요.

"너두 딱한 사람이다!"

"왜요?"

"……"

"아 — 니, 어째서 딱하다구 그러시우?"

"……"

"네? 아저씨."

"……"

"아저씨?"

"왜 그래?"

"내가 딱하다구 그리셨지요?"

"아니다. 나 혼자 한 말이다."

"그래두…….'"

"이애!"

"네?"

"사람이란 것은 누구를 물론허구 말이다, 아첨하는 것같이 더러운 게 없느니라."

"아첨이요?"

"저……. 위로는 제왕, 밑으로는 걸인, 그 모든 사람이 위선 시방 이 제도의 이 세상에서 말이다, 제가끔 제 분수대루 살아가는 데 있어서 말이다, 제 개성을 속여가면서꺼정 생활에다가 아첨하는 것같이 더러운 것이 없고, 그런 사람같이 가련한 사람은 없느니라. 사람이라 껀 밥 두 그릇이 하필 밥 한 그릇보다 더 배가 부른 건 아니니까."

"그건 무슨 뜻인데요."

"네가 일본인 여자와 결혼을 해서 성명까지 갈고 모든 생활법도를 일본화하겠다는 것이 말이다."

"네, 그게 좋잖아요?"

"그것이 말이다. 진실로 깊은 교양이나 어진 지혜의 판단에서 우러나온 것이라면 그도 모를 노릇이겠지. 그렇지만 나는 보매 네가 그런다는 것은 다른 뜻으로 그러는 것 같다."

"다른 뜻이라니요?"

"네 주인의 비위를 맞추고, 이웃의 비위를 맞추고 하자고……."

"그야 물론이지요! 다이쇼의 신용을 받아야 하고 이웃 내지인들하구두 좋게 지내야지요. 그래야 할 게 아니겠어요?"

"……"

"아저씨는 아직두 세상 물정을 모르시요. 나이는 나보담 많구 대학교 공부까지 했어도 일찌감치 고생살이를 한 나만큼 세상 물정은 모릅니다. 시방이 어느 세상인데 그러시우?"

"이애!"

"네?"

"네가 방금 세상 물정이랬지?"

"네."

"앞길이 환하니 틔었다구 그랬지?"

"네."

"환갑까지 십만 원 모은다구 그랬지?"

"네."

"네가 말하려는 세상 물정하구 내가 말하려는 세상 물정하구 내용이 다르기도 하지만 세상 물정이란 건 그야말로 그리 만만한 게 아니다."

"네?"

"사람이라껀 제 아무리 날구 뛰어도 이 세상에 형적 없이 그러나 세차게 주욱 흘러가는 힘— 그게 말하자면 세살물정이겠는데— 결국 그것의 지배하에서 그것을 따라가지, 별수가 없는 거다."

"네?"

"쉽게 말하면 계획이나 기회를 아무리 억지루 만들어 놓아도 결과가 뜻대루는 안 된단 말이다."

"젠장, 아저씨두……. 요전 '킹구'라는 잡지에두 보니까, 나폴레옹이라는 서양 영웅이 그랬답디다. 기회는 제가 만든다구, 그리고 불가능이란 말은 바보의 사전에서나 찾을 글자라구요. 아 자꾸자꾸 계획하구 기회를 만들구 해서 분투 노력해 나가면 이 세상 일 안 되는 일이 어디 있나요? 한번 실패하거든 갑절 용기를 내 가지구 다시 일어서지요. 칠전팔기 모르시오?"

"나폴레옹도 세상 물정에 순응할 때는 성공했어도 그것에 거슬리다가 실패를 했더란다. 너는 칠전팔기해서 성공한 몇 사람만 보았지, 여덟 번 일어섰다가 아홉 번째 가서 영영 쓰러지구는 다시 일지 못한 숱한 사람이 있는 건 모르는구나?"

"그래두 인제 두구보시우. 나는 천하없어두 성공하구 말 테니……. 아저씨는 그래서 디구나 못써요. 일해보기두 전에 안될 줄로 낙심 먼저 하구……."

"하늘은 꼭 올라가 보구래야만 높은 줄 아니?"

원 마지막 가서는 할 소리가 없으니깐 동에도 닿지 않는 비유를 가져다 둘러대는 걸 보아요. 그게 어디 당한 말인구? 안 올라가 보면 머 하늘 높은 줄 모를 천하 멍텅구리도 있을까?

그만해 두려다가 심심하길래 또 말을 시켰지요.

"아저씨?"

"왜 그래?"

"아저씨는 인제 몸 다아 충실해지면 어떡허실려우?"

"무얼?"

"장차……."

"장차?"

"어떡허실 작정이세요?"

"작정이 새삼스럽게 무슨 작정이냐?"

"그럼 아저씨는 아무 작정 없이 살아가시우?"

"없기는?"

"있어요?"

"있잖구."

"무언데요?"

"그새 지내오던 대루……."

"그러면 저 거시키, 무엇이냐 도루 또 그걸……?"

"그렇겠지."

"아저씨?"

"……"

"아저씨?"

"왜 그래?"

"인제 그만두시우."

"그만두라구?"

"네."

"누가 심심소일루 그리는 줄 아느냐?"

"그러잖구요?"

"……"

"아저씨?"

"……"

"아저씨?"

"왜 그래?"

"아저씨 올에 몇이지요?"

"서른셋."

"그러니 인제는 그만큼 해두고 맘 잡아서 집안일 할 나이두 아니요?"

"집안 일을 해서 무얼 하나?"

"그러기루 들면 그 짓은 해서 또 무얼 하나요?"

"무얼 하려구 하는 게 아니란다."

"그럼, 아무 희망이나 목적이 없으면서 그래요?"

"목적? 희망?"

"네."

"개인의 목적이나 희망은 문제가 다르니까……. 문제가 안되니까……"

"원, 그런 법도 있나요?"

"법?"

"그럼요!"

"법이라!……"

"아저씨?"

"……"

"아저씨"

"왜 그래?"

"아주머니가 고맙잖습디까?"

"고맙지."

"불쌍하지요?"

"불쌍? 그렇지, 불쌍하다면 불쌍한 사람이지!"

"그런 줄은 아시누만?"

"알지."

"알면서 그러시우?"

"고생을 낙으로, 그 쓰라린 맛을 씹고 씹고 하면서 그것에서 단맛을 알아내는 사람도 있느니라. 사람도 있는 게 아니라 사람마다 무슨 일에고 진정과 정신을 꼬박 거기다가만 쓰면 그렇게 되는 법이니라. 그러니까 그쯤 되면 그때는 고생이 낙이지. 너희 아주머니만 두고보더라도 고생이 고생이면서도 고생이 아니고 고생하는 게 낙이란다."

"그렇다고 아저씨는 그걸 다행히만 여기시우?"

"아니."

"그렇거들랑 아저씨두 아주머니한테 그 은공을 더러는 갚아야 옳을 게 아니요?"

"글쎄, 은공을 모르는 건 아니지만……."

"그러니 인제 병이나 확실히 다아 나신 뒤엘라컨……."

"바빠서 원……."

글쎄 이 한다는 소리 좀 보지요? 시치미 뚜욱 떼고 누워서 바쁘다는군요! 사람 속차릴 여망 없어요. 그저 어디루 대나 손톱만치도 쓸모는 없고 남한테 사폐만 끼치고 세상에 해독만 끼칠 사람이니, 머 하루바삐 죽어야 해요. 죽어야 하고 또 죽어서 마땅해요.

그런데 글쎄 죽지를 않고 꼼지락꼼지락 도루 살아나니 성화라구는, 내…….

채만식의　　　을 다 읽으셨나요?

그러면 작품의 내용을 생각하면서 이 소설의 인물, 사건, 배경 등 여러 요소들에 대한
자신만의 　　　그려 보세요~!

줄거리

아저씨는 일본에서 대학교를 다녔고 나이가 서른셋이나 되지만, '나'가 보기에는 도무지 철이 들지 않아서 딱하기만 한 신세의 인간이다. 착한 아주머니를 친가로 쫓아 보내고 대학 공부 다니다가 신교육 받았다는 여자와 살림을 차리고, 무슨 사회주의 운동인지를 하다가 감옥살이 5년 만에 풀려났을 때, 아저씨는 이미 피를 토하는 폐병 환자가 되어 있었다. 식모살이로 돈 100원을 모아 이제 좀 편히 살아보려던 참이었던 아주머니는 그 아무 짝에도 쓸모없게 된 남편을 데려다 할 짓 못할 짓 다 해서 정성껏 구완하여 이제 병도 어지간히 나아가지만, 정작 '아저씨'는 자리에서 일어나면 또 사회주의 운동을 하겠다고 말한다. '나'가 보기에, 경제학을 공부했다면서 이제는 정신을 차리고 돈을 벌어서 아주머니에게 은혜를 갚을 생각은 않고, 남의 재산 뺏어다 나누어 먹자는 사회주의인지 뭔지 하는 불한당짓을 또 하겠다니 분명 헛공부한 게 틀림없다. '나'가 친정살이하던 아주머니 손에 자라서 그 은공으로 딱하게 여겨 정신 좀 차리라고 당부를 해도 아저씨는 도무지 막무가내다. 일본인 주인의 눈에 들어 일본 여자에게 장가들어 잘 살겠다는 '나'를 도리어 딱하다고 한다. 그러니 '나'가 보기에 아저씨는 도통 세상 물정도 모르는, 참 한심하고 딱하고 불쌍한 사람이 아닐 수 없다.

주제

식민지 치하의 사회적 모순과 기회주의적 인간 비판

- **등장인물**
  - **나** : 일본인 밑에서 사환으로 있는 소년. 현실 순응적 인물
  - **아저씨** : 사회주의 운동 때문에 감옥살이를 했던 저항적인 지식인
- **배경** – 일제 강점기 시대의 군산과 서울
- **시점** – 1인칭 관찰자 시점
- **성격** – 풍자적, 비판적
- **출전** – 『동아일보』(1938)

문제 풀기

모범답 → p. 268

1. 이 글을 읽고 당시 현실의 모습을 추측할 때, 알맞지 <u>않은</u> 것은? (   )

① 일본의 대중문화가 많이 들어와 유행하고 있었을 것이다.

② 자본주의 사상이 일반 대중들에게 서서히 번져가고 있었을 것이다.

③ 사회주의 사상이 지식인들을 중심으로 많이 퍼져 나가고 있었을 것이다.

④ 대졸 출신 고학력자들이 증가로 지식인 실업자들로 인한 사회 문제가 크게 증대되었을 것이다.

⑤ 한국인들을 우민화(愚民化)시키려는 일본 제국주의자들의 식민지 정책이 어느 정도 효과를 발휘하고 있었을 것이다.

2. 이 글의 지은이는 '나'라는 인물의 행위를 통해 무엇을 비판하고자 했을까요?

....

....

감상 쓰기

주인공이나 지은이에게 하고 싶은 말, 알게 된 점, 느낀 점 등

감상 쓰기

주인공이나 지은이에게 하고 싶은 말, 알게 된 점, 느낀 점 등

27

두 파산(破産)

 염상섭 (廉想涉, 1897~1963)

염상섭 廉想涉

1897~1963

일제 강점기부터 활동한 한국근대문학의 선구자. 뛰어난 현실 인식을 바탕으로 식민지 현실을 고발하고 저항적 반일감정을 리얼리즘의 수법으로 펼쳐나갔으며, 서구 물질문명을 점진적으로 수용하면서 윤리적인 측면에서 인간의 본질을 파악함.

연보

- 1897년 8월 30일 서울 종로구 필운동에서 출생
- 1912년 도쿄의 아자부중학 2학년 편입, 중퇴 후 아오야마학원 입학, 1917년 교토 부립제이중학교 편입
- 1919년 일본 게이오대학 재학 중 3.1운동 가담으로 투옥
- 1920년 7월 김억, 민태원, 남궁벽, 오상순, 황석우 등과 함께 동인지 『폐허』 창간
- 1921년 『개벽』지에 단편소설 「표본실의 청개구리」 발표
- 1929년 조선일보사 학예부장 역임
- 1936년 만주로 건너가 만선일보사의 주필 겸 편집국장 역임
- 1946년 경향신문사 편집국장 역임
- 1955년 서라벌예술대학 초대학장 역임
- 1962년 3.1문화상 예술 부문 본상 수상
- 1963년 3월 14일 직장암으로 사망

❶ 염상섭은 1920년대 문단의 양대 세력이던 민족주의와 사회주의 사이에서
중립적인 노선을 지키고자 하였는데, 단편소설 「윤전기」에서 그러한 중립
적 태도를 엿볼 수 있다. 1931년 발표된 「삼대」는 식민지 현실을 배경으로
가족 간의 세대갈등과 함께 당시대의 여러 이념의 상호관계와 유교사회
에서 자본주의사회로 변모하고 있는 현실을 생동감 있게 그려낸 그의
대표적인 역작이다.

❷ 염상섭은 해방 이후에 역동적 리얼리즘을 바탕으로 지식인들이 내면을
고백하는 형태의 서사 기법을 사용하였으며, 내면에 자기 분열이나 복잡한
고민들을 가지고 있는 주인공의 인생을 통해서 이상과 현실의 차이에서
오는 현실에 대한 환멸을 작품으로 표현하였다.

표본실의 청개구리(1921)	묘지(1922)
삼대(1931)	만세전(1948)
두 파산(1949)	취우(1954)
어머니(1955)	젊은 세대(1957)

1949년 8월 『신천지』 38호에 발표된 「두 파산」은 광복 후에 발표된 지은이의 작품들 중에서 매우 성공적인 것으로 평가받고 있습니다. 지은이의 작품들은 초기에 주로 시대의 문제를 다루었는데, 후기에는 일상의 삶을 다루면서 사실성을 획득하는 데 주력하였습니다. 이 소설에 나타나는 두 친구의 물질적인 파산과 정신적인 파산 과정, 그 사이에서 교묘하게 이득을 취하는 영감의 간악한 행위 등은 그 시대의 사회 현실이었던 것이지요. 지은이는 이러한 현실을 냉정한 태도와 객관적·사실적인 묘사를 통하여 훌륭하게 형상화시키고 있습니다.

이 작품은 1945년 8·15해방 직후 경제적·도덕적 가치의 혼란 속에서 살아가는 두 여성의 생활상을 아주 사실적으로 묘사하고 있습니다. 정신적 가치를 잃어버리고 물질적 가치만을 추구하는 혼란한 사회 속에서 사람들이 어떻게 살아가는지 오늘날 우리들의 삶의 모습과 비교하면서 비판적인 관점에서 읽어 보세요.

두 파산(破産)

-
-
-

학교가 파한 뒤다. 갑자기 조용해진 상점 앞길을 열어놓은 유리창 밖으로 내어다보고 등상에 앉았던 정례가 눈살을 찌푸리며 돌아다본다. 그렇지 않아도 돈 걱정에 팔려서 테이블 앞에 멀거니 앉았던 정례 모친도 저절로 양미간이 짜붓하여졌다. 점방 안에는 학교가 파해 가는 길에 공짜 만화를 보느라고 아이들이 저편 구석 진열대에 옹기종기 몰려섰다가, 교장이라는 말에 귀가 반짝하였는지 조그만 얼굴들을 쳐든다. 그러나 모시 두루마기 자락이 펄럭하며, 우둥퉁한 중늙은이가 단장을 짚고 쑥 들어서는 것을 보고, 학생 아이들은 저희들끼리 눈짓을 하고 킥킥 웃어 보인다. 저희 학교 교장이 온다는 줄 알았던 모양이다.

"어째 이렇게 쓸쓸하우?"

영감은 언제나 오면 하는 버릇으로 상점 안을 휘휘 둘러보며 말을 건넨다.

"어서 옵쇼. 아침 한때와 점심 한나절이 한창 붐비죠. 지금쯤야 다 파해 가지 않았에요."

| **등상**: 등의 줄기로 만든 걸상

안주인은 일어나지도 않은 채 무관히 대꾸를 하였다. 교장은 정례가 앉았던 등상을 내어주니까 대신 걸터앉으며,

"딴은 그렇겠군요. 그래도 팔리는 거야 여전하겠죠."

하고 눈이 저절로 테이블 위의 손금고로 갔다. 이 역시 올 때마다 늘 캐어묻는 말이지마는, 또 무슨 딴 까닭이 있어서 붙이는 수작 같아서 정례 어머니는,

"그야 다소 들쑥날쑥이야 있죠마는, 온 요새 같아서는."

하고 시들이 대답을 하여준다.

"어쨌든 좌처²가 좋으니까……. 하루에 두어 번쯤 바쁘고, 편히 앉아서 네다섯 식구가 뜯어먹고 살면야, 아낙네 소일루 그만 장사가 어디 있을까마는, 그래 그리구두 빚에 쫄리다니 알 수 없는 일이로군."

왜 그런지 이 영감이 싫고 멸시하는 정례는, '누가 해달라는 걱정인감!' 하는 생각에 입이 빼쭉하여졌다.

"날마다 쑬쑬히 나가기야 하지만 원체 물건이 자[細]니까³ 남는 게 변변해야죠."

여주인은 마지못해 늘 파는 수작을 뇌었다. 그러나 오늘은 이 영감이 더 유난히 물건 쌓인 것이며 진열장에 늘어 놓인 것을 눈여겨보는 것이었다. 정례 모녀는 그 뜻을 짐작하겠느니만큼 더욱 불쾌하였다.

여기는 여자중학교와 국민학교가 길 건너로 마주 붙은 네거리에서 조금 외진 골목 안이기도 하나, 두 학교를 상대로 하고 벌인 학용품 상점으로는 그야말로 좌처가 좋은 셈이다. 원체는 선술집이었다든가 하는 방 한 칸 달린 이 점

---

2 **좌처**: (가게가) 들어앉아 있는 곳
3 **자[細]니까**: 자질구레하니까

방을 작년 봄에 팔천 원 월세로 얻어가지고 이것을 벌이고 앉을 제, 국민학교 앞에는 벌써 매점(賣店)이 있어서 어떨까도 하였으나, 여학교만은 시작하기 전부터 아는 선생을 새에 넣고 선전도 하고 특약하다시피 하였던 관계인지, 이때껏 재미를 보는 편이지 이 장삿속으로만은 꿀리는 셈속은 아니다.

"이번에, 두 달 셈을 한꺼번에 드리쟀더니 또 역시 꿀립니다그려. 우선 밀린 거 한 달치만 받아가시죠."

정례 어머니는 테이블 위에 놓인 손 금고를 땡그렁 열고서 백 원짜리를 척척 센다.

"이번에는 본전까지 될 줄 알았는데 이자나마 또 밀리니……. 장사는 깔축없이 잘 되는데, 그 원 어째 그렇단 말씀유?"

하며, 영감은 혀를 찬다. 저편에서 만화를 보며 소곤거리던 아이들은 교장이라던 이 늙은이가 본전이니 변리니 하는 소리에 눈들이 휘둥그레 건너다본다.

"칠천오백 원입니다. 세 보십쇼. 그러니 댁 한 군델 세야 말이죠. 제일 무거운 짐이 아시다시피 김옥임이네 십만 원의 일할오 부, 일만오천 원이죠. 은행 조건 삼십만 원의 이자가 또 있죠……. 기껏 벌어서 남 좋은 일하는 거예요. 당신에게 이자 벌어드리고 앉았는 셈이죠."

영감은 옆에서 주인댁이 하는 말은 귀담아듣지도 않고 골똘히 돈을 헤이더니, 커다란 검정 헝겊주머니를 허리춤에서 꺼내서 넣는다. 옆에 섰는 정례는 그 돈이 아깝고 영감의 푸둥푸둥한 넓적한 손까지 밉기도 하여, 가만히 내려다보고 있으려니까,

---

4 **깔축없이** : 조금도 축나거나 버릴 것 없이

"그래 이달 치는 또 언제쯤 들르리까? 급해 내가 쓸 데가 있으니까 아무래도 본전까지 해 주어야 하겠는데……"

하고, 아까와는 딴판으로 퉁명스럽게 볼멘소리를 하였다. 만화를 들여다보던 아이들은 또 한번 이편을 건너다본다.

부옇고 점잖게 생긴 신수가 딴은 교장선생 같고, 저기다가 양복이나 입고 운동장의 교단에 올라서면 저희들도 꿈질하려니 싶은 생각이 드는데, 이자 돈을 받아 넣고 나서도 또 조르고 투덜대는 소리를 들으니, 설마 저런 교장이 어디 있으랴 싶어서 저희들끼리 또 눈짓을 하였다.

"되는 대로 갖다드리죠. 허지만 본전은 조금만 더 참아주십쇼. 선생님 같으신 어른이 돈 오만 원쯤에 무얼 그렇게 시급히 구십니까?"

정례 어머니는 본전을 해내라는 데에 얼레발⁵을 치며 설설 기는 수작을 한다.

"아니, 이자 안 물구 어서 갚는 게 수가 아니겠나요?"

"선생님두 속 시원하신 말씀두 하십니다."

정례 어머니는 기가 막혀 웃어 보인다.

"참, 그런데 김옥임 여사가 무어라지 않습디까?"

그만 일어설 줄 알았던 교장은 담배를 붙이어 새 판으로 말을 꺼낸다.

"왜, 무어라구 해요?"

정례 모녀는 무슨 말이 나오려는지 벌써 알아채고 입이 삐죽하여졌다.

"글쎄, 그 이십만 원 조건을 대지루구 날더러 예서 받아가라니 그래 어떻게들 이야기가 귀정이 났지요?"

---

⁵ **얼레발** : 남의 환심을 사기 위하여 어벌쩡하게 서두르는 짓

영감의 말이 떨어지기가 무섭게 정례는 잔뜩 벼르고 있었던 듯이 모친의 앞장을 서서 가로 탄한다.

"교장선생님! 그따위 경위 없는 말이 어디 있에요? 그건 요나마 우리 가게를 판들어 먹게 하구 말겠단 말이지 뭐에요!"

하고, 얼굴이 빨끈해지며 눈을 샐룩 뜬다.

"응? 교장이라니? 교장은 별안간 무슨 교장? 허허허……."

영감은 허청 나오는 웃음을 터뜨리며 저편, 아이들을 잠깐 거들떠보고 나서,

"글쎄, 그러니 빤히 사정을 아는 터에 이럴 수도 없고 저럴 수도 없고……."

하며 말끝을 어물어물해 버린다. 이 영감이 해방 전까지 어느 시골선지 오랫동안 보통학교 교장 노릇을 하였다는 말을 옥임에게서 들었기에 이 집에서는 이름은 자세 모르고 하여 교장, 교장하고 불러왔던 것이 입버릇으로 급히 튀어나온 말이나, 고리대금업의 패를 차고 나선 지금에는 그것을 내세우기도 싫고, 더구나 저런 소학교 아이들 앞에서는 창피한 생각도 드는 눈치였다.

"교장선생님이 이럴 수도 없구 저럴 수도 없으실 게 뭐에요. 그 아주머니한테 받으실 건 그 아주머니한테 받으십쇼 그려."

정례는 또 모친이 입을 벌릴 새도 없이 풍풍 쏘아준다.

"앤 왜 이러니?"

모친은 딸을 나무라놓고,

"그렇겐 못하겠다구 벌써 끝낸 말인데, 또 왜 그럴꾸."

6_ **귀정이 나다**: (사물)이 그릇되어 가다가 옳게 돌아와 끝나다.

하며, 말을 잘라버린다.

"아, 그런데 김 씨 편에서는 댁에서 승낙한 듯이 말하던데요?"

영감의 말눈치는 김옥임이 편을 들어서 이십만 원 조건인가를 여기서 받아내려는 생각인 모양이다.

"딴소리! 내가 아무리 어수룩하기루 제 사폐 만 봐 주구 제 춤에만 놀까요?"

정례 어머니는 코웃음을 쳤다.

김옥임이의 이십만 원 조건이라는 것이, 요사이 이 두 모녀의 자나깨나 큰 걱정거리요, 그것을 생각하면 밥맛이 다 없을 지경이지마는, 자초(自初)는, 정례 모녀가 이 상점을 벌이고 나자, 장사가 잘될 성부르니까 김옥임이가 저도 한몫 끼우자고 자청을 하여 십만 원을 들여놓고 들어왔던 것이다. 그리고 그 가지고 들어온 동사 밑천 십만 원의 두 곱을 빼가고도 또 새끼를 쳐서 오늘에 와서는 이십이만 원까지 달라는 것이다.

2

정례 모친은 남편을 졸라서 집문서를 은행에 넣고 천신만고하여 삼십만 원을 얻어 가지고, 부비 쓰고 당장 급한 것 가리고 한 나머지 이십이삼만 원을 들고 이 가게를 벌였던 것이었다. 팔천 원 월세의 보증금 팔만 원은 말고라도 점방 꾸미고 탁자 들이고 진열대 세 채 들여놓고 하기에만도 육칠만 원 들었으니, 갖다놓은 물건이라야 십만 원어치도 못 되는 것이었다. 그러나 학생아이들이 차츰 꾀게 될수록 찾는 것은 많아가고 점심때에 찾는 빵

7 **사폐** : 일의 폐단
8 **동사** : 장사를 같이 함. 동업

114

이며 과자라도 벌여놓고 싶고, 수(繡)실이니 수틀이니 여학교의 수예(手藝) 재료들도 갖추어 갖다놓고는 싶은데, 매일 시내로 팔리는 것을 가지고는 미처 무더깃돈을 돌려 빼내는 수도 없는데, 쫄끔쫄끔 들어오는 그 돈 중에서 조금씩 뜯어서 당장 그날그날 살아 가야는 하겠으니, 자연 쫄리는 판에 김옥임이가 한 다리 걸치자고 덤비니, 동사란 애초에 재미없는 일이거니와, 요 조그만 구멍가게를 동사로 해서 뜯어먹을 것이 무에 있겠느냐는 생각도 없지 않았으나, 당장에 아쉬우니 오만 원씩 두 번에 질러서 십만 원 밑천을 받아들였던 것이었다. 그러나 말이 동사지 이할(二割) 넘는 고리(高利)로 십만 원 빚을 쓴 거나 다름없었다. 빚놀이에 눈이 벌개 다니는 옥임이는 제 벌이가 바빠서도 그렇겠지마는, 하루 한번이고 이틀에 한번 저녁때 슬쩍 들러서 물건 판 치부장이나 떠들어보고 가는 것밖에는 별로 거드는 일도 없었다. 실상은 그것이 쌩이질 치나 하고 부라퀴 같이 덤비는 것보다는 정례 모녀에게는 편하기도 하였던 것이다. 하여튼 그러면서도 월말이 되면 이익의 삼분지 일가량은 되는 이만 원 돈을 또박또박 따가곤 하였다. 담보물이 있으면 일할, 신용대부로 일할 오부 변(邊)인데, 동사란 말만 걸고 이 할 — 이할이 안 될 때도 있었지마는 셈속 좋은 때면 이할 이상의 배당도 차례에 오니, 옥임이 생각에는 사실 이익이 좀더 되려니 하는 의심도 없지 않았으나, 그래도 별로 힘 드는 일을 하는 것도 아니요, 가만히 앉아서 이 할이면, 하고한날 뻴뻴거리고 싸지르면서 긁어 들이는 변리돈보다는 나은 셈이라고 생각하였던 것이다. 하여간 올 들어서 밑천을 떼어가겠다고 하기까지 아홉 달

---

9 **쌩이질** : 한창 바쁠 때 쓸데없는 일로 남을 귀찮게 구는 짓. '씨양이질'의 준말
10 **부라퀴** : 제게 이로운 일이면 기를 쓰고 덤비는 사람

동안에 이십만 원 가까운 돈을 벌어갔던 것이다.

그러나 정례 부친이 만날 요 구멍가게서 용돈을 얻어다 쓰는 것도 못할 일이라고, 작년 겨울에 들어서 마지막 남은 땅뙈기를, 그야 예전과 달라서 삼칠제(三七制)인데다가 세금이니 비료니 하고 부담에 얽매이니까 그렇겠지마는 — 하여간 아버지 전장으로 물려받은 것의 마지막으로 남은 것을 팔아 가지고 전래에 없는 눈[降雪]이라고 하여, 서울 시내에서 전차가 사흘을 못 통할 동안에, 택시를 부리면 땅 짚고 기기라 하여, 하이어¹¹를 한 대 사들여 놓고 택시를 부려보았던 것이라서 이것이 사흘돌이로 말썽을 부려 고장이요 수선이요 하고, 나중에는 이 상점의 돈까지 하루만 돌려라, 이틀만 참어라 하고, 만 원 이만 원 빼내가고는 시치미 떼기 시작하니 점방의 타격은 의외로 큰 것이었다. 이 꼴을 본 옥임이는 에그머니나 하는 생각이 들었던지, 올 들어서면서부터 제 밑천은 빼내가겠다는 것이었다. 사실 잘못하다가는 자동차가 이 저자터까지 들어먹을 판인데, 별안간 옥임이가 빠져나간다니 한편으로는 시원하나 십만 원을 모개로¹² 빼내주는 도리가 없었다.

"이렇게 거덜거덜할 바에야 집어치우지."

겨울방학 때라, 더구나 팔리는 것은 없고 쓸쓸하기도 하였지마는, 옥임이는 날마다 십만 원 재촉을 하러 와서는 이런 소리도 하는 것이었다. 남은 집 문서를 잡혀서 이거나마 시작해놓고, 다섯 식구의 입을 매달고 있는 터인데 제 발만 쏙 빼놓았다고 이런 야멸친 소리를 할 제, 정례 모녀는 얼굴을 빤히 쳐다보곤 하였다.

---

11 **하이어** : [일본어] 운전수가 딸린 전세승용차
12 **모개로** : 한데 몰아서

"세전 보증금이나 빼내구 뉘께 넘겨버리지? 설비한 것 하구 물건 남은 것 얼러서 한 십만 원은 받을까? 그렇다면 내 누구 하나 지시해줄까?"

이렇게 권하기도 하는 것이었다. 뉘께 넘기게 해서 자기가 십만 원만 어서 뽑아가려는 말이겠지마는, 어떻게 보면 십만 원에 이 점방을 자기가 맡아 잡겠다는 말눈치인 듯도 싶었다.

"내가 바쁘지만 않으면 도틀어 맡아가지고 훨씬 확장을 해놓으면 이 꼴은 안 되겠지만, 어디 내가 틈이 있는 몸이어야지……."

이렇게 운자를 떼는 것을 들으면 한 발 들여놓고 한 발 내놓는 수작 같기도 하였다. 자동차 동티로 밑천을 홀짝 집어 먹힐까 보아서 발을 뺀다는 수작이다. 한편으로는 이렇게 한참 꿀리고, 학교들은 방학을 하여 흥정이 없는 이 판에, 번연히 나올 구멍이 없는 십만 원을 해내라고 못살게 굴면, 성이 가시니 상점을 맡아가라는 말이 나오고 말리라는 배짱같이 보이는 것이었다. 모녀는 그것이 더 분하였다.

"저의 자수로는 엄두두 안 나구 남이 해놓으니까 괜 듯싶어서, 솔개미가 까치집 채어들 듯이 이거나마 뺏어가지고 저의 판을 만들어보겠다는 것이지만, 첫째 이런 좋은 좌처를 왜 내놓을라구."

누구보다도 정례가 바르르 떨었다.

"매사가 그렇게 될 성부르니까 뺏어차구 앉았지. 거덜거덜하면 누가 눈이나 떠본다든!"

정례 모친은 코웃음을 치기만 하였다.

하여간 이렇게 쫄리기를 반달쯤이나 하다가, 급기야 팔만 원 보증금의 영수증을 옥임에게 담보로 내주고, 출자금 십만 원은 일할 오분 변의 빚으로 돌아매고 말았다. 옥임으로서는 매삭[13] 이할 배당의 맛도 잊을 수 없었으나,

기위[14] 상점을 제 손으로 못 휘두를 바에는 이편이 든든은 하였던 것이다.

그리고도 정례 모친은 옥임이와 가끔 함께 들러서 알게 된 교장선생님의 돈 오만 원을 얻어가지고. 개학 초부터 찌부러져가던 상점의 만회책(挽回策)을 다시 세웠던 것이다. 그러나 땅뙈기는 자동차 바람에 날려 보내고, 자동차는 수선비로 녹여버리고 나니, 상점에서 흘려 내간 칠팔만 원이라는 돈은 고스란히 떼버렸고 그 보충으로 짊어진 것이 교장의 빚 오만 원이었다. 점점 더 심해 가는 물가에, 뜯어먹고 살아야는 하겠고, 내남직없이 종이 한 장, 연필 한 자루라도 덜 사겠지 더 팔리지는 않으니, 매삭[13] 두 자국 세 자국의 변리만 꺼가기도 극난이었다. 그러고 보니 자연 좋지 못한 감정으로 헤어진 옥임이한테 보낼 변리가 한 달, 두 달 밀리기 시작했던 것이다. 팔만 원 증서가 집문서만큼 믿음직하지 못하다고 그예 일할 오분으로 떼를 써서 제멋대로 매놓은 것이 얄미워서, 어디 네가 그 이자를 긁어다가 먹나, 내가 안 내고 배기나 해보자는 뱃심도 정례 모친에게는 없지 않았다. 옥임이 역시 제가 좀 과하게 하였다고 뉘우쳤던지, 또 혹은 팔만 원 증서를 가졌느니 만큼 마음이 놓여서 그런지 별로 들르지도 않으려니와, 들러서도 변리 재촉은 그리 아니하였다. 도리어 정례 어머니 편에서 변리가 밀려 미안하다는 말을 꺼내고 그 끝에,

"이 여름방학이나 지내고 개학 초에 한몫 보면 모개 내리다마는 원체 일할 오부야 과한 것이오. 그때 형편에는 한 달 후면 자동차를 팔아서라두 곧 갚겠거니 해서 아무러나 해둔 것이지만 벌써 이월서부터 여덟 달이나 됐으

---

13 **매삭**: 다달이
14 **기위**: 이미, 벌써

118

니 무슨 수로 그걸 다 내우. 일할씩만 해두 팔만 원이구료. 어이구……,
한 반만 깎읍시다."

하고, 슬쩍 비쳐보면 옥임이도 그럴싸한 듯이,

"아무려나 좋도록 합시다그려."

하고 웃어버리곤 하였다. 그러던 것이 개학이 되자, 이 달 들어서 부쩍 잦히
면서 일할 오분 여덟 달치 변리 십이만 원, 아울러서 이십이만 원을 이 교장
영감에게 치러 달라는 것이다. 급한 사정으로 이 영감에게 이십만 원을
돌려썼는데, 한 달 변리 일할 이만 원을 얹으면 이십이만 원 부리가 맞으니,
셈치기도 좋고 마침 잘 되었다고 생글생글 웃어가며 조르는 옥임이의 늙어
가는 얼굴이, 더 모질어 보이고 얄밉상스러워 보였다.

마치 이십이만 원 부리를 채우느라고 그동안 여덟 달을 모른 체하고 내버
려두었던 것 같다. 정례 어머니는 기가 막혀 말이 아니 나왔다. 옥임이에게
속아 넘어간 것 같아서 분하였다.

그러나 분한 것은 고사하고 이러다가 이 구멍가게나마 들어먹고 집 한 채
남은 것마저 까불리지나 않을까 하는 생각을 곰곰 하면 가슴이 더럭 내려
앉는 것이었다. 소학교 적부터 한반에서 콧물을 흘리며 같이 자라났고, 동
경 가서 여자 대학을 다닐 때도 함께 고생하던 옥임이다. 더구나 제가 내놓
은 십만 원은 한 푼 깔축을 안내고 이십만 원 가까운 돈을 벌어주었으니,
아무리 눈에 돈 동록[15]이 슬었기로 제가 설마 내게 일할 오분 변을 다 받으
러 들기야 하랴! 한 반절 얹어서 십육만 원쯤 해주면 되려니 하는 속셈만 치
고 있던 자기가 어리보기라고 혼자 어이가 없는 실소를 하였다. 그러나 십오

---

[15] **동록** : 銅綠. 구리 거죽에 생기는 푸른빛의 물질. 독이 있음. '동록이 슬다' : 동록이 생겨서 퍼렇게 되다.

륙만 원이기로 한꺼번에 빼내는 수는 없으니, 이번에 변리 육만 원만 마감을 하고서 본전을 오만 원씩 두 번에 갚자는 요량이었다. 집안 식구는 조밥에 새우젓 꽁댕이로 우겨대더라도 어떻든지 이 겨울방학이 돌아오기 전에 그 아니꼬운 옥임이 조건만이라도 끝을 내고야 말겠다고 이를 악무는 판인데, 이렇게 둘러대고 보니 살겠다고 기를 쓰고 기어 올라가는 놈의 발목을 아래에서 붙들고 늘어지는 것 같아서, 맥이 풀리고 사는 것이 귀찮은 생각만 드는 것이었다. 평생에 빚이라고는 모르고 지냈는데 펀펀히 노는 남편만 바라보고 있을 수가 없어서 시작한 노릇이라서 은행에 삼십만 원이 그대로 있고, 옥임에게 이십이만 원, 교장 영감에게 오만 원, 도합 오십칠만 원 빚을 어느덧 걸머지고 앉은 생각을 하면, 밤에 잠이 아니 오고 앞이 캄캄하여 양잿물이라도 먹고 싶은 요사이의 정례 어머니다.

"하여간 제게 십만 원 썼으면 썼지, 그걸 못 받을까봐 선생님을 팔구 선생님더러 받아오라는 것이지만, 내가 아무리 죽게 돼두 제 돈 떼먹지는 않을 거니 염려 말라구 하셔요."

정례 어머니는 화를 바락 내었다. 해방 덕에 빚놀이를 시작해 가지고 돈 백만 원이나 착실히 잡았고, 깔려 있는 것만도 백만 원 이상은 되리라는 소문인데, 이 영감에게 이십만 원 빚을 쓰다니 말이 되는 소린가. 못 받을까 애도 쓰이겠지마는, 십이만 원 변리를 본전으로 돌라매어놓고, 변리의 새끼 변리, 손자 변리까지 우려먹자는 수단인 것이 뻔한 노릇이었다. 십만 원에 일할 오분이면 오천 원밖에 안 되나, 이십이만 원으로 돌라매 놓으면 일할 변만 해도 매삭 이만이천 원이니, 칠천 원이 더 붙는 것이다.

"그야, 내 돈 안 쓴 것을 썼다겠소. 깔려만 있고 회수가 안 되면 피차 돌려두 쓰는 것이지마는, 나 역시 한 자국에 이십만 원씩 모개 내놓고 오래 둘

수는 없으니까 이렇게 하면 어떻겠소……."

영감은 무척 생색을 내고, 이편 사폐를 보아서 석 달 기한하고 자기 조카의 돈 이십만 원을 돌려주게 할 터이니 — 다시 말하면 조카에게 이십만 원을 일할로 얻어쓸 터이니, 우수리[16] 이만 원만 현금으로 내놓고 표를 한 장 써내라는 것이다. 옥임이는 이 영감에게로 미루고 영감은 또 조카의 돈을 돌려쓴다고 표를 받겠다는 꼴이, 저희끼리 무슨 꿍꿍잇속인지 알 수가 없으나, 요컨대 석 달 한의 표를 받아놓자는 것이요, 그 사품에 칠천 원 변리를 더 받겠다는 수작이다. 특별히 일할 변인 대신에 석 달 기한이라는 조건을 붙이는 것도 무슨 계교 속인지 알 수가 없다. 석 달 동안에 이십만 원을 만드는 재주도 없지마는, 석 달 후면 마침 겨울방학이 될 때니 차차 꿀려 들어가는 제일 어려운 고비인 것이다. 정례 어머니는 이 년놈들이 무슨 원수를 졌다고 이렇게 짜고서들 못살게 구는 것인가 하는 생각에 한바탕 들이대고 싶은 것을 꾹 참으며,

"선생님께 쓴 돈 아니니, 교장선생님은 아랑곳 마세요. 옥임이더러, 와서 조르든, 이 상점을 떠메어 가든, 마음대로 하라죠."
하고 딱 잘라 말을 하여 쫓아 보냈다.

3
그 후 근 일주일은 옥임이의 그림자도 보이지 않았다. 정례 모녀는 맞닥 뜨리면 말수도 부족하거니와 아귀다툼하는 것이 싫어서 그날그날 소리 없이 넘어가는 것만 다행하나, 어느 때 달려들어서 무슨 조건을 내놓고 졸라

---
16 **우수리** : 물건값을 셈하고 거슬러 받는 잔돈

댈지 불안은 한층 더하였다.

"응, 마침 잘 만났군. 그런데 그만하면 얘기는 끝났을 텐데, 웬 세도가 그리 좋아서 누구를 오너라 가너라 허구 아니꼽게 야단야……."

정례 모친이 황토현 정류장에서 차를 기다리며 열 틈에 섰으려니까, 이리로 향하여 오던 옥임이가 옆에 와서 딱 서며 시비를 건다.

"바쁘기야 하겠지만 좀 못 들를 건 뭐구."

정례 모친은 옥임이의 기색이 좋지는 않아 보이나 실없는 말이거니 하고 대꾸를 하며 열에서 빠져 나서려니까,

"그래, 그 돈은 갚는다는 거야, 안 갚을 작정야? 세도 좋은 젊은 서방을 믿고 그 떠세루 남의 돈을 무쪽같이 떼먹으려드나부다마는, 김옥임이두 그렇게 호락호락하지는 않어……."

원체 예쁘장한 상판이기는 하면서도 쌀쌀한 편이지마는, 눈을 곤두세우고 대드는 품이 어려서부터 삼십 년 동안을 보던 옥임이는 아니다. 전부터 '네 영감은 어째 점점 더 젊어가니? 거기다 대면 넌 어머니 같구나.' 하고 새룽새룽 놀리기도 하고, 육십이 넘은 아버지 같은 영감 밑에 쓸쓸히 사는 옥임이는 은근히 부러워도 하는 눈치였지마는, 밑도 끝도 없이 길바닥에서 '젊은 서방'을 들추어내는 것을 보고 정례 어머니는 어이가 없었다.

"늙은 영감에 넌더리가 나거든 젊은 서방 하나 또 얻으려무나."

히고, 정례 모친도 비꼬아주고 싶었으나 열을 지어 서 있는 사람들이 쳐다보며 픽픽 웃는 바람에,

"이거 미쳐나려나? 이건 무슨 객설야."

17 **객설** : 쓸데없이 싱거운 말

하고, 달래며 나무라며 끌고 가려 하였다.

"그래, 내 돈을 곱게 먹겠는가 생각을 해보렴. 매달린 식솔은 많구, 병들어 누운 늙은 영감의 약값이라두 뜯어 쓰랴구, 이렇게 쩔쩔거리구 다니는 이년의 돈을 먹겠다는 너 같은 의리가 없는 년은 욕을 좀 단단히 봬야 정신이 날 거다마는, 제 사정 보아서 싼 변리에 좋은 자국을 지시해 바친 밖에! 그것도 마다니 남의 돈 생으루 먹자는 도둑년 같은 배짱 아니구 뭐야?"

오고가는 사람이 우중우중 서며 구경났다고 바라보는데, 원체 히스테리증이 있는 줄은 짐작하지마는 창피한 줄도 모르고 기가 나서 대든다. 히스테리는 고사하고, 이것도 빚장이의 돈 받는 상투수단인가 싶었다.

"누가 안 갚는대나? 돈두 중하지만 이게 무슨 꼬락서니냔 말야."

정례 어머니는 그래도 달래서 뒷골목으로 끌고 들어가려 하였다.

"난 돈밖에 몰라. 내일 모레면 거리로 나앉게 된 년이 체면은 뭐구, 우정은 다 뭐냐? 어쨌든 내 돈만 내놓으면 이러니저러니 너 같은 장래 대신 부인께 나 같은 년야 감히 말이나 붙여보려 들겠다든!"

하고, 허청 나오는 코웃음을 친다. 구경꾼은 자꾸 꾀어드는데, 정례 모친은 생전에 처음 당하는 이런 봉욕에 눈앞이 아찔하여지고 가슴에 꼭 메어 올랐으나, 언제까지 이러고 섰다가는 예서 더 무슨 창피한 꼴을 볼까 무서워서 선뜻 몸을 빼져 옆 골목으로 줄달음질을 쳐 들어갔다. 뒤에서 발소리가 없으니 옥임이든 제대로 간 모양이다.

정례 모친은 눈물이 핑 돌았다.

스물예닐곱까지 동경 바닥에서 신여성 운동이네, 연애네, 어쩌네 하고 멋대로 놀다가, 지금 영감의 후실로 들어앉아서 세상 고생을 알까, 아이를 한번 낳아보았을까. 사십 전의 젊은 한때를 도지사 대감의 실내 마님으로 떠받들려 제멋대로 호강도 하여본 옥임이다. 지금도 어디가 사십이 훨씬 넘은 중늙은이로 보이랴.

머리를 곱게 지지고 엷은 얼굴 단장에, 번질거리는 미국제 핸드백을 착 끼고 나선 맵시가 어느 댁 유한마담[18]으로 알 것이지, 설마 일할, 일할 오 분으로 아귀다툼을 하고, 어려운 예전 동무를 좇아다니며 울리는 고리대금업자로야 누가 짐작이나 할까? 해방이 되자, 고리대금이 전당국[19] 대신으로 터놓고 하는 큰 생화가 되었지마는. 옥임이는 반민자(反民者)[20]의 아내가 되리라는 것을 도리어 간판으로 내세우고 부라퀴같이 덤빈 것이다. 증경(曾經) 도지사요, 전쟁 말기에는 무슨 군수품 회사의 취체역인가 감사역을 지냈으니, 반민법이 국회에서 통과되는 날이면, 중풍으로 삼 년째나 누웠는 영감이 어서 돌아가 주기나 하기 전에야 으레 걸리고 말 것이요, 걸리는 날이면 떠메어다 징역은 시키지 않을지 모르되, 지니고 있는 집칸이며 땅섬지기나마 몰수를 당할 것이니. 비록 자식은 없을망정 자기는 자기대로 살 길을 차려야 하겠다고 나선 길이 이 길이었다.

상하 식솔을 혼자 떠맡고 영감의 약값을 제 손으로 벌어야 될 가련한 신세같이 우는 소리를 하지마는, 그래야 남의 욕을 덜 먹는 발뺌이 되는 것이다.

옥임이는 정례 모친이 혼쭐이 나서 달아나는 꼴을 그것 보라는 듯이 곁눈으로 흘겨보고 입귀를 샐룩하여 비웃으며, 버젓이 사람 틈을 헤치고 종로 편으로 내려갔다. 의기양양할 것도 없지마는, 가슴속이 후련하니 머릿속이고 가슴속이고 무언지 뭉치고 비비꼬이고 하던 것이 확 풀어져 스러지고 화

---

18 **유한마담**: 생활이 넉넉하여 놀러 다니는 것을 일삼는 부인
19 **전당국**: 물건을 담보로 돈을 꾸어 주는 곳
20 **반민자(反民者)**: 반민족주의자(反民族主義者)

가 제대로 도는 것 같아서 기분이 시원하다. 그러나 그 뭉치고 비비꼬인 것이라는 것이 반드시 정례 어머니에게 대한 악감정은 아니었다. 옥임이가 그 오랜 동무에게 이렇다 할 감정이 있을 까닭은 없었다. 다만 아무리 요새 돈이라도 이십여 만 원이라는 대금을 받아내려면 한번 혼을 단단히 내고 제독을 주어야[21] 하겠다고 벼르기는 하였지마는, 얼떨결에 나온다는 말이 젊은 서방을 둔 떠세[22] 냐 무어냐고 한 것은 구석 없는 말이었고, 지금 생각하니 우스웠다. 그러나 자기보다도 훨씬 늙어 보이고 살림에 찌든 정례 모친에게는 과분한 남편이라는 생각은 늘 하는 옥임이기는 하였다. 남의 남편을 보고 부럽다거나 샘이 가거나 하는 그런 몰상식한 옥임이도 아니지마는 자식도 없이 군식구들만 들썩거리는 집에 들어가서 몸도 제대로 가누지 못하는 늙은 영감의 방을 들여다보면 공연히 짜증이 나고, 정례 어머니가 자식들을 공부시키느라고 어려운 살림에 얽매고 고생은 하나, 자기보다 팔자가 좋다는 생각도 나는 것이었다. 내년이면 공과대학을 나오는 맏아들에, 중학교에 다니는 어머니보다도 키가 큰 둘째 아들이 있고, 딸은 지금이라도 사위를 보게 다 길러놓았고, 남편은 편둥편둥 놀며 마누라가 조리차를 하는 용돈이나 받아쓰고, 자동차로 땅뙈기는 까불렸을망정 신수가 멀쩡한 호남자가 무슨 정당이라나 하는 데 조직부장이니 훈련부장이니 하고 돌아다니니, 때를 만나면 아닌 게 아니라 장래 대신이 되지 말라는 법도 없을 것이다. 팔구삭[23] 동안 장사를 하느라고 매일 들러서 보면, 젊은 영감을 등이라도 두드리고 머리를 쓰다듬어줄 듯이 지성으로 고이는[24] 꼴이란 아닌 게 아니라 옆에서 보기에도 부러운 생각이 들 때가 없지 않았지마는, 결혼들을 처음 했을 예전 시절이나, 도지사(道知事) 관사에 들어서 드날릴 때에야 어디 존재나 있던 위인들인가? 그것이 처지가 뒤바뀌어서 관속에 한 발을 들여놓은 영감이나마 반민자로 지목이 가다니, 이런 것 저런 것을 생각하면 쭉쭉 뽑아놓은 자식들과, 한참 활동적인 허우대 좋은 남편에 둘러싸여 재미있고 기운꼴 차게 사는 양이 역시 부럽고 저희만 잘 된다는 것이 시기도 나는 것이었다. 보기 좋게 이년 저년을 붙이며 한바탕 해대고 나서 속이 후련한 것도 그러한 은연중의 시기였고, 공연한 자기 화풀이였는지 모른다.

옥임이는 그 길로 교장영감 집에 들러서,

"혼을 단단히 내주었으니까 인제는 딴소리 안 할 거외다. 내일 가서 표라두 받아다주슈."

하고 일러놓았다.

4

"오늘은 아퀴¹를 지어주시렵니까? 언제 갚으나 갚고 말 것인데 그걸루 의(義) 상할 거야 있나요?"

이튿날 교장이 슬쩍 들러서 매우 점잖은 수작을 하는 것이다.

"이렇게 말씀하신 교장선생님부터가 어떻게 들으실지 모르지만 김옥임이가 그렇게 되다니 불쌍해 못 견디겠어요. 예전에 셰익스피어의 원서를 끼구 다니구 '인형의 집'에 신이 나 하구, 엘렌 케이의 숭배자요 하던 그런 옥임이가,

---

 고이는 : 괴는. 유난히 사랑하는
 아퀴 : 아퀴를 짓다 : 일을 끝마무리하다.

동냥자루 같은 돈 전대를 차구 나서면 세상이 모두 노랑 돈닢으로 보이는지? 어린애 코 묻은 돈푼이나 바라고 이런 구멍가게에 나와 앉았는 나두 불쌍한 신세이지마는, 난 옥임이가 가엾어서 어제 울었습니다. 난 살림이나 파산 지경이지 옥임이는 성격 파산인가 보드군요……."

정례 어머니는 분하다 할지, 딱하다 할지, 속에 맺히고 서린 불쾌한 감정을 스스로 풀어버리려는 듯이 웃으며 하소연을 하는 것이었다.

"그런 말씀을 하시니 나두 듣기에 좀 괴란쩍습니다마는   다 어려운 세상에 살자니까 그런 거죠. 별수 있나요. 그래도 제 돈 내놓고 싸든 비싸든 이자라고 명토 있는 돈을 어엿이 받아먹는 것은 아직도 양심이 있는 생활입니다. 입만 가지고 속여먹고, 등쳐먹고, 알로 먹고, 꿩으로 먹는 허울 좋은 불한당 아니고는 밥알이 올곧게 들어가지 못하는 지금 세상 아닙니까… 허허허."
하고 교장은 자기변명인지 옥임이 역성인지를 하는 것이었다.

이날 정례 어머니는 딸이 옆에서 한사코 말리며,

"그따위 돈은 안 갚아도 좋으니 정장을 하든 어쩌든 마음대로 하라구 내버려 두세요."
하며 팔팔 뛰는 것을 모른 체하고, 이십만 원 표에 이만 원 현금을 얹어서 옥임이 갔다가 주라고 내놓았다.

정례 모친은 그 후 두 달 걸려서 교장 영감의 오만 원 빚은 갚았으나, 석 달째 가서는 이 상점 주인이 바뀌어들고야 말았다. 정말 교장 영감의 조카가 나서나 하였더니 교장의 딸 내외가 들어앉았다. 상점을 내놓고 만 바에는 자질구레한 셈속을 따진대야 죽은 아이 귀 만져보기지 별수 없지마는,

---

26 **괴란쩍다** : 부끄러워 얼굴이 붉어지는 느낌이 있다.

하여튼 이십만 원의 석 달 변리 육만 원이 또 늘어서 이십육만 원인데, 정례 모녀가 사글세의 보증금 팔만 원마저 못 찾고 두 손 털고 나선 것을 보면, 그 팔만 원을 애끼고 남은 십팔만 원이 점방의 설비와 남은 물건값으로 치운 것이었다. 물론 옥임이가 뒤에 앉아 맡은 것이나, 권리 값으로 오만 원 더 얹어서 교장 영감에게 팔아넘긴 것이었다. 옥임이는 좀더 남겨먹었을 것이로되, 교장 영감이 그 빚 받아내는 데에 공로가 있었기 때문에 오만 원만 얹어먹고 말았다. 또 교장은 이북에서 내려온 딸 내외에게는 똑 알맞은 장사라고 생각이 있어서 애초부터 침을 삼키고 눈독을 들이던 것이라, 이 상점을 손에 넣으려고 애도 썼지마는, 매득²⁷ 하였다고 좋아하였다.

정례 모녀는 일년 반 동안이나 죽도록 벌어서 죽 쑤어 개 좋은 일 한 셈이라고 절통²⁸ 을 하였으나, 그보다도 정례 모친은 오래간만에 몸 편해져서 그렇기도 하였겠지마는, 몸살감기에 울화가 터져서 그만 누운 것이 반달이나 끌었다.

"마누라, 염려 말아요. 김옥임이 돈쯤 먹자만 들면 삼사십만 원쯤 금세루 녹여내지. 가만있어요."

정례 부친은 앓는 마누라 앞에 앉아서 이렇게 위로하였다.

"옥임이 돈을 먹자는 것두 아니지마는 무슨 재주루?"

마누라는 말리는 것도 아니요 부채질하는 것도 아닌 소리를 하였다.

"김옥임이도 요새 자동차를 놀려 보구 싶어 한다는데, 마침 어수룩한 자동차 한 대가 나셨단 말이지. 조금만 참어요, 우리 집 문서는 아무래두

27_ **매득**: 싸게 사는 것
28_ **절통**: 몹시 원통함.

김옥임 요사의 돈으로 찾아놓고 말 것이니……."

하며, 정례 부친은 앓는 아내를 위하여 뱃속 유하게 껄껄 웃었다.

염상섭의 두 파산 을 다 읽으셨나요?

그러면 작품의 내용을 생각하면서 이 소설의 인물, 사건, 배경 등 여러 요소들에 대한 자신만의 마인드맵을 그려 보세요~!

문방구를 하는 정례 모친한테 교장을 했던 영감이 변리 이자를 받으러 와 김옥임의 빚 20만 원도 갚으라고 한다. 이 돈은 동업 조건으로 썼던 돈이 빚이 된 것이다. 정례 모친은 생활이 어렵게 되자 집을 잡히고 30만 원을 은행에서 얻어 문방구를 하다 돈이 모자라 친구인 옥임에게 손을 벌리게 되었다. 그런데 남편이 남은 땅을 팔아 택시를 운영하다 도리어 문방구의 돈을 돌려쓰고 못 갚게 되자 교장 영감의 돈 5만 원도 빌려 쓰게 된 것이다. 옥임은 이익금으로 20만 원을 챙기고도 동업자금을 빚으로 만들어 교장과 손을 잡고 문방구를 빼앗으려는 것이다. 20만 원은 옥임에게 빚졌으니 그녀에게 갚겠다고 한다. 일주일 후 정례 모친은 정류장에서 옥임을 만나게 되고 창피를 당한다. 옥임은 동경 유학 후 일제시대 도지사 남편의 후실로 들어가 호강하다 해방 후 반민법이 국회를 통과하는 날 중풍으로 누운 남편과 살고 있었으며 앞날이 불투명해지자 고리대금업자로 나섰고 아이가 없었다. 그녀는 자식과 젊은 남편이 있는 정례 모친에 대한 열등의식이 있어 은연중 화풀이하는 면도 있었다. 정거장 사건 다음 날 옥임의 말을 듣고 온 교장에게 정례 모친은 자신은 물리적 파산자이고 옥임은 정신적 파산자라고 말하며 20만 원 표에 현금을 얹어 옥임에게 주라고 한다. 두 달 후 교장의 빚은 갚았으나, 석 달째 문방구는 교장의 딸에게 넘어가게 되고 옥임은 그 과정에서 값을 더 얹어 이익을 보았고 정례 모친은 빈손으로 나갔다. 그 후 정례 모친은 앓아눕게 되고 남편은 옥임에게 보복하겠다고 아내를 위로한다.

혼란한 사회에서 물질적 · 정신적으로 파산하는 인간

핵심 정리

등장인물
· 정례 모친 : 친구와 영감에 의해 가계를 잃어버리는 물질적 파산자
· 김옥임 : 돈놀이에 매달려 친구도 저버리는 정신적 파산자
· 정례 부친 : 생활력이 없는 무기력한 인물
· 교장 영감 : 돈놀이를 하는 전직 교장

배경 – 해방 이후 1940년대 후반의 서울
시점 – 3인칭 작가 관찰자 시점
성격 – 사실적, 비판적
출전 – 「신천지」(1949)

문제 풀기

모범답 → p. 268

1. 이 글에서 '옥임'과 '교장'은 어떤 공통점을 가진 인물인가? (   )

   ① 긍정적으로 세상을 살다가 경제적으로 파탄지경에 빠짐.

   ② 모든 일에 소극적이며 세상에 대해 두려움을 가지고 있음.

   ③ 혼란한 사회에서 양심을 버리고 오직 개인의 이익만을 추구함.

   ④ 올바른 가치관을 바탕으로 사회의 문제를 해결하는 데 앞장섬.

   ⑤ 자기 가족의 생계를 해결하기 위해 어쩔 수 없이 사람들을 속임.

2. 이 글의 제목인 '두 파산'이 의미하는 두 가지의 파산은 무엇일까요?

   ....

   ....

   ....

감상 쓰기
주인공이나 지은이에게 하고 싶은 말, 알게 된 점, 느낀 점 등

감상 쓰기

주인공이나 지은이에게 하고 싶은 말, 알게 된 점, 느낀 점 등

_____

_____

_____

_____

_____

_____

_____

_____

_____

_____

_____

_____

_____

_____

_____

_____

_____

_____

사수(射手)

 전광용 (全光鏞, 1919~1988)

전광용 全光鏞

1919~1988

20세기 후반기에 활동한 소설가. 냉철한 사실적 태도를 바탕으로 현실사회의 모순과 부조리를 고발하면서도 인간 생명의 존엄성을 강조하는 일관된 작가 의식을 견지하고 있으며, 감각적이며 간결하고 정확한 문장과 현실성이 강한 소재를 특징으로 함.

연보

- 1919년 3월 1일 함경남도 북청에서 출생
- 1937년 북청공립농업학교 졸업
- 1945년 경성경제전문학교 입학, 2년 수료
- 1947년 서울대학교 문리대 국문학과 입학, 1951년 졸업
- 1948년 정한숙, 정한모 등과 함께 '주막' 동인 창립
- 1955년 서울대학교 교수로 부임, 1984년 정년퇴직
- 1955년 『조선일보』 신춘문예에 단편소설 「흑산도」 당선
- 1962년 단편소설 「꺼삐딴 리」로 제7회 동인문학상 수상
- 1985년 서울대학교 명예교수 역임
- 1988년 6월 21일 사망

❶ 전광용은 초기 1950년대의 작품들에서 전쟁 후 현실의 모순과 어두운 인간의 삶을 치밀하게 묘사하는 데 중점을 두었으며, 대표작 「꺼삐딴 리」를 통하여 일제 강점기, 해방, 한국전쟁 등을 관통하는 역사적 격동기 속에서 한국의 상류층 사회에 널리 포진해 있는 문제의식을 풍자적으로 묘사함으로써 민족의 수난사를 크게 부각시켰다.

❷ 전광용은 한국전쟁을 소재로 한 작품들을 창작하면서 냉철한 사실적 시선을 바탕으로 현실의 부조리한 실상을 고발하려는 작가의식을 표출함으로써 작품의 리얼리티를 실감 있게 살렸다는 면에서 높게 평가받고 있다.

주요 작품들

경동맥(1956)	G.M.C(1959)
사수(1959)	충매화(1960)
꺼삐딴 리(1962)	죽음의 자세(1963)
태백산맥(1964)	젊은 소용돌이(1968)

「사수」는 1959년 『현대문학』에 발표된 단편소설로서 다양한 대립 관계 속에 살아가는 인간의 모습을 그리고 있습니다. 그런데 이 모든 대립은 개인의 의지보다는 그러한 대립을 강요하는 외부의 상황에 의해서 이루어지는 경우가 더 많다는 것을 보여줍니다. 지은이는 이 소설에서 미묘한 대립적 인간관계로 인해 일어나는 비극과 그 책임의 문제를 탐구하고 있다고 할 수 있지요.

    어릴 때부터 맞수였던 이 작품의 인물들은 6·25전쟁 통에 사형수와 시수라는 극한상황에 맞닥뜨립니다. 그런데 6·25전쟁과 민족 분단이 우리의 선택이 아니었던 것처럼 이러한 상황은 그들이 원한 것이 아니었지요. 이 작품에서 개인의 비극은 민족의 비극을 상징하기도 합니다. 대립적인 인간관계는 왜 형성되며, 그것은 인간의 삶에 어떤 영향을 끼칠 수 있는지 생각하며 읽어 보세요.

사수(射手)

·

·

·

내가 언제 이런 곳에 왔는지 전연 알 길이 없다.

분명 경희임에 틀림없다. 겨드랑이에서 체온계를 빼려는 손을 꼭 잡았다. 손가락이 차다. 경희의 손은 이렇게 냉랭한 적이 없었다. 따뜻하던 지난날의 감촉이 포근히 되살아온다. 눈을 떴다. 그러나 아직도 머리는 안개가 서린 듯 보야니 흐리멍덩하다.

"정신이 드나봐…."

경희의 음성이 아니다. 이렇게 싸늘하지는 않았다. 간호원이다. 새하얀 옷이 소복 같은 거리감을 가져온다. 꿈인 것 같다. 그러나 아무리 따져보아도 꿈은 아닌 성싶다. 내 숨소리가 확실히 거세게 들려온다. 틀림없이 심장이 뛰고 있다.

총소리가 — 그것도 다섯 방의 총소리가 거의 같은 순간에 울리던 그 총소리가 — 아직도 고막에 달라붙어 있다. B가 맞은 건지 내가 맞은 건지 분간이 안간 대로 그 시간이 지금까지 지속되고 있다. B가 거꾸러진 건지 내가 거꾸러진 건지 그것조차 확인할 길이 없다. 승부는 났다. 그러나 내가 이겼는지 B가 이겼는지는 알 길이 없다. 귀를 만져본다. 찢어졌던 귓바퀴를 꿰맨 상흔(傷痕)이 사마귀처럼 두툴하다. 그때는 내가 졌다. 아니 계속해서 내가 지고만 있었다. 지금도 어쩌면 내가 지고 있는지도 모른다.

곰이라는 별명을 가진 뚱뚱보 선생이었다. 좀 심술궂은 성품이다. 그것이 수업시간에도 곧잘 나타났다. 아이들의 귀를 잡아끌거나 뺨을 꼬집어 당기는 것쯤은 시간마다 있는 일이었다. 추석 다음 날이었나 보다. 그날은 나도 B도 숙제를 안 해갔기에 꾸중을 듣고 난 뒤였다. 설명 한마디에 '엠' 소리를 거의 하나씩 섞는 그의 버릇은 종내 떨어지질 않았다. 나는 곰의 설명은 듣는 둥 마는 둥, 공책에다 '엠' 소리 날 때마다 연필로 점을 하나씩 찍어갔다. 일흔아홉, 여든, 여든하나…. 하학' 종이 거의 울릴 것만 같다. 나는 늘 하는 버릇대로 백이 되기만을 기다리는 조바심으로 표를 하고 있었고, 나와 한 책상에 앉아 있는 B는 거기에만 정신이 쏠려서 한눈을 팔고 있었다. 아마도 곰의 시선은 우리 둘 책상만을 노리고 있었을 것이다. 아흔아홉…. 하학종이 울렸다. 아쉬움을 삼키면서 머리를 들었다. 그때다. '엠!', '백!' 하고 내가 혼자 뇌까리는 순간 B가 웃음을 터뜨렸다.

"왜 웃어?"

고함소리에 정신이 바짝 차려졌다. 우리 앞으로 다가오는 곰을 보면서 닥쳐올 벌을 각오했다. 내 공책에서 눈을 뗀 곰은 둘 다 일으켜 세웠다.

"서로 뺨을 때려!"

몇 번 외쳐야 아무 반응도 없다. 이 험악한 공기 속에서도 나는 흘낏 유리창 밑줄에 앉아 있는 경희 쪽으로 눈길을 훔쳤다. 경희는 제가 당하기나 하는 것처럼 불안한 표정으로 이쪽을 지키고 있다. 다른 애들의 눈초리도

하학 : 下學. 학교에서 그 날의 수업을 마침.

140

그러했겠지만 그때의 내 눈에는 경희의 표정밖에 보이지 않았다.

"이렇게 때리래두!"

곰의 손바닥이 내 뺨에 찰싹 붙었다 떨어졌다. 눈알에서는 불이 튀는 것같았다. 그것만으로 끝나는 것이 아니다. 곰의 손은 다시 B의 뺨으로 옮겨갔고, B의 손을 들어서 내 뺨을 때리게 하였다. 나와 B는 하는 수없이 흉내만을 내는 정도로 서로의 뺨을 쳤다. B의 눈동자는 아무런 악의 없이 나를 건너가보고 있다.

적당히 해치워버리자는 암시의 빛과 같은 것이라고 느꼈다.

"더 세게 때리래두! 자, 이렇게 !"

다시 곰의 손이 B의 뺨을 후려갈겼다. 다음에 와 닿은 B의 손바닥은 전보다 훨씬 거세게 내 뺨을 때렸다. 나도 별다른 생각 없이 앞서보다는 좀 세게 B를 때렸다. 이번에는 B의 손바닥에서 오는 탄력이 먼저 번보다 더 거세었다. 내 손도 또 그랬다.

"더, 더!"

하는 곰의 응원 같은 구령에 B의 손바닥과 내 뺨 사이에서 울리는 소리가 더 커지자, 내 손도 거기에 맞대꾸를 했고, 결국에는 슬그머니 뱃이 꼴려왔다. 곰에 대한 반감이 어느 사이엔지 B에게로 옮겨져 B에 대한 적의를 느끼면서 B를 후려갈겼다.

"이 자식이, 정말이야?"

하며 B는 있는 힘을 다하여 나를 때렸다. B의 눈동자에는 확실히 노기 같은 것이 서렸다. 나도 팔에 온힘을 주어 후려쳤다.

"너, 다했니?"

하고 뺨에서 코빼기로 비낀 B의 손바닥이 지나가자마자 잉얼대던 뺨의 아폼을 넘어 코허리가 저리면서 전신이 아찔했다. 시뻘건 코피가 교실 널바닥에 떨어졌다. 내가 다시 B를 치려는 순간 '그만.' 하는 곰의 명령소리가 B를 한 걸음 물러서게 하였고, 내 손은 허공으로 빗나갔다. 아무 근거도 없는 승부는 이것으로 끝난 것이다. 끝 장면만으로 따진다면 B가 이긴 것임에 틀림없다.

선반 위에 나란히 서 있는 약병들이 눈에 들어온다. 흰 병, 자주 병, 파랑, 초록…. 머리가 흔들린다. 테이블 위 주사기의 알코올 탈지면[2]에 싸인 바늘이 오히려 가슴에 따끔한 자극을 준다. 그렇다. 그날 그 공기총알의 심장에 짜릿하던 자극 같은 것이다.

B와 나는 중학도 같은 학교였다. 그것도 한 학급에 편성되었으니 말이다. 우리 둘은 학교 안에서는 물론 집에 돌아와서도 자는 시간 외에는 거의 한 군데서 뒹굴었다. 아니 B가 우리 집에서, 내가 B의 집에서 자는 일도 번번이 있었다. 성적도 그와 나는 늘 백중[3]이었다. 초저녁까지는 나와 함께 놀기만 하던 B가, 내가 돌아온 후부터 밤늦게까지 공부를 한다는 이야기를 듣고 나도 그 방법을 취했다. B와 나는 서로 표면에는 공부를 안 하는 체하면서 몰래 경쟁을 하였던 것이다. 그러기 때문에 우리 집에서 늦게까지 놀다가 B가 자고 가게 되거나, 내가 B의 집에서 자는 경우에는 둘의 공부가 합동작전이 되지 않으면 둘 다 아무 것도 하지 않고 자는 날이 되는 것이다.

---

2 _ **탈지면** : 불순물이나 지방분을 제거하고 소독한 솜
3 _ **백중** : 伯仲. 재주나 지식 따위가 서로 비슷하여 우열이 없음.

여기에 경희의 존재는 우리 둘에게 퍽이나 미묘한 것이었다. 나도 B도 경희를 좋아했다. 나는 내가 경희를 더 사랑하는 것으로 생각했고, B는 B대로 자기의 사랑이 더 열렬한 것으로 생각해왔음이 분명하다. 그러나 경희 자신은 B보다는 나와 만나는 것을 더 좋아하는 눈치였다. B는 몇 번씩이나 편지를 해도 답장이 없지만 나에게 대하여는 그때그때 답장이 왔었다. B와 나는 다른 이야기는 다 털어놓아도 경희에 관한 문제에 한해서는 어느 쪽에서든지 말을 끄집어내는 것을 꺼렸다.

졸업반으로 진급되던 해 봄이었다. 그때의 성적은 B가 나를 넘어뛰었다. 표면에는 나타나지 않았지만 내심으로는 약간의 울화 같은 것이 치밀어서 이번에는 졌구나 하는 생각이 들었다. 다음에는 틀림없이 만회하리라는 결심이 복받쳐 올랐다.

그러던 어느 날 우리 집에 놀러왔던 B는 내 책갈피에 끼여 있는 경희의 편지를 발견하게 되었다. 나는 이쯤 하여 경희와의 문제도, 나와 B와의 우정에 여자로 말미암은 금이 가기 전에 내 편에서 솔직한 고백을 하는 것이 좋겠다는 생각이 들어서, 경희와의 약혼 의사를 B에게 솔직히 토로하였다. 나는 은근히 B의 선선한 양보를 기대했던 것이다. 그러나 사태는 의외의 방향으로 벌어졌다. B편에서 나에게 자기의 그러한 의사를 표시하려고 적절한 기회만을 노렸다는 것이다.

그 먼저 일요일, 나와 B는 경희, 경희 친구 하여 넷이서 교외로 나갔다. 공기총으로 참새 잡이를 시작하여 내가 까치 두 마리와 참새 두 마리를 잡고, B는 참새 세 마리를 잡았다. 돌아오는 길에 개울가 과수원에 달려 있는 사과를 겨누어 정확률을 시합한 결과 내가 이기게 되었다. 그날 저녁 중국집에서 패배한 B가 짜장면을 내면서도 안타까움이 가시지 못하여, 다음 주일에 다시 시합을 하자는 제이차의 대전을 제기하였다. 나도 쾌히 승낙했다.

이날 나와 B간의 경희를 싸고도는 미묘한 감정에도 약간 농조[*] 는 섞였지만 아무 쪽에서도 시원한 양보는 하지 않았다. 나 자신은 이미 머릿속이 경희로 가득 찼었고, 어느 정도 경희의 마음속도 다짐한 후이기에, 이제 여기서 경희를 빼앗긴다는 것은 내 일생에 패한 중대 문제로 생각되었고, B는 B대로 경희가 보통 다정하게 대하면서도 진심은 토로하여주지 않는 것에 더한층 이성으로서의 매력 같은 것을 느껴왔던 것이다.

"할 수 없지, 또 시합이다⋯."

B는 내 손목을 이끌고 밖으로 나가는 것이다. 우리 둘은 공기총을 들고 거리를 벗어났다.

이 총으로 상대편을 나무 옆에 세워놓고 귀의 높이 되는 나무통 복판을 정확하게 맞히는 쪽이 경희를 양보 받기로 하자는, B의 정말 상상 외의 제안이었다. 나는 처음에는 거절하였으나 B의 너무나 의기양양한 데 비하여 그 이상의 비굴은 보이고 싶지 않아서 하는 수없이 응낙했다. 이번에는 누가 먼저 쏘느냐는 순번이었다. 그것은 경희의 양보 문제를 제기한 것이 나이니까, 나부터 먼저 쏘라는 B의 일방적인 통고 비슷한 제의였다. 당사자 경희가 알면 참 어처구니없는 일이라고 하겠지만, 그때의 나로서는 어찌하는 수가 없었다.

나는 총을 들어 숨을 크게 들이쉬고 나무 옆에 서 있는 B의 귀에 평행으로 나무통 복판에 가늠하여 방아쇠를 당겼다. 총을 내리고 서서히 나무 밑으로 걸어갔다. 총알은 조금 위로 올라갔으나 나무 한복판에 맞았다. 일순

농조 : 弄調. 농담하는 투

B와 나의 시선은 마주쳤다.

다음은 B의 차례였다. B는 나를 나무 옆에 꽉 붙여 세워놓고는 정한 위치로 갔다. 총을 들어 개머리판을 오른편 어깨에 대고, 바른 뺨을 그 위에 비스듬히 얹고, 한눈을 쪼그러지게 감으며 조심스레 조준을 맞추는 것이었다. 나는 B의 너무도 심각하게 정성들이는 표정이 우스워서 그만 웃음을 터뜨렸다. 그 순간 방아쇠는 당겨졌다. 나는 '악' 비명을 치면서 뺑뺑 돌다가 주저앉았다. 총알은 내 오른쪽 귓불을 찢고 날아갔던 것이다. 피가 뺨으로 스쳐 흘렀다. 만지고 난 손가락 사이가 찐득거렸다.

이런 일뿐이 아니다. 나와 B의 사고방식이나 행동 속에는 너무나 우연한 일치 같은 것이 많았다. 내가 문득 머리에 떠올라 시작한 일이면, 벌써 B도 나와 때를 거의 같이하여 서로의 상의나 연락도 없으면서 그런 생각을 토로하거나, 그 일에 손을 대고 있는 것이다. 이러한 일들은 자칫하면 본능적인 경쟁의식이나 또는 자기만의 우월감 같은 것을 유발하여 둘의 우정에 거미줄 같은 금을 그어놓는 것이었다. 그러한 예들은 B와 나 사이의 동심에서부터의 긴 교우관계에 있어 너무나도 많았다.

간호원이 머리의 찬 물수건을 갈아 붙이고 있다. 이마의 차가움이 시원하게 느껴진다. 흐릿하던 생각들이 제자리를 찾아 헤매다가 타래못처럼 호비고 막다 들어온다. 그러나 눈꺼풀은 아직도 무거워서 팽팽하게 떠지지 않는다.

스리쿼타에 실려서 사형 집행장으로 가는 다른 네 명의 사수(射手)들

은 어저께 공일날 외출했던 이야기에 흥을 돋우고 있다. 그 중의 하나는, 전라도에서 새로 왔다는 열일곱 살 난 풋내기의 육체미에 녹아떨어진 이야기를, 손짓을 섞어 침을 입술에 튕겨가며 자랑하고 있다. 그러나 나에게는 그런 이야기들이 신통한 반응을 주지 않는다. 지금 내 머릿속은 B에 대한 생각으로 가득 차 있다.

만약 경희의 행방을 모르는 대로 B와 다시 만났던들 그렇게 내 머릿속이 뒤엉클어지지는 않았을 것이다. 내가 새로 전속되어 오던 날 부대장에게 신고를 하고 나오던 길에 복도에서 B를 만났다. 서로 생사를 모르다가 기적같이 처음 맞닿는 이 순간, 나는 함성을 올리며 B의 손을 덥석 잡았다. 그러나 B의 표정 속에는 사선을 넘어온 인간의 담박한 반가움보다는 멋쩍고 어쩔 줄 모르는 머뭇거림이 나에게 열쩍게[8] 감득되었다. 실로 몇 해만인가! 허탈한 감격밖에 없을 이 순간에 B는 무엇인가 복잡한 생각에 휩싸이는 눈초리를 감추려는 당황함이 엿보이게 하고 있다.

나와 경희는 형식적인 절차는 밟지 않았다 할지라도 약혼한 바나 다름없었고, 주위의 사람들도 또한 그렇게 보아왔던 것이다. 그 중에서도 B는 그러한 나와 경희와의 관계를 억지로 부인하려는 자세였지만, 객관적인 조건은 그렇게 시인하지 않을 수 없었던 것이다. 말하자면 나와 경희와의 사이를 가장 정밀하게 측정하고 있는 것이 B의 위치였던 것이다.

사변[9] 전 우리 주변에 있던 사람들의 생사에 관한 안부가, 자연히 나와 B

6 **스리쿼타**: three-quarter. 지프와 트럭 중간의 자동차로 적재량이 3/4톤
7 **사수(射手)**: 대포, 총, 활 등을 쏘는 사람
8 **열쩍게**: 열없게. 조금 겸연쩍고 부끄럽게
9 **사변**: 6·25전쟁

의 대화의 주요한 말거리였고, 내가 가장 알고 싶었던 경희의 이야기도 따라 나오게 외었다. 그러나 B가 잘 모른다고 대답하는 그 어감 속에는 그의 표정까지를 보지 않아도 께름칙하고 불투명한 구석이 적지 않게 섞여 있음이 느껴져 왔다. B를 아까 처음 만났을 때의 나의 이상한 육감은, 지금 더 굳어져 가는 어떤 방향의 시사를 받은 것이 분명하다. 그도 바쁜 시간이어서 그날은 그것으로 끝났다.

그러나 더 결정적인 사태가 정작 내 앞에 벌어지게 되었다. 그것은 내가 휴가 중의 외출에서 돌아올 때에 공교롭게도 B의 가족 동반의 기회에 마주친 일이다. 여기에서 오래도록 감추어졌던 모든 자물쇠는 열렸다. B의 옆에는 벌써 어머니가 된 경희가 서 있는 것이 아닌가. 경희는 충격적인 고함소리 한마디를 치고는 이상하게도 기계라도 정지하는 것처럼 다시 태연해지는 것이었다. 아마도 B에게서 나의 생존을 알고, 이미 결정지어진 과거에 대하여 어쩔 수 없는 체념으로 마음을 다져먹었지만, 이 불의의 경우에 나와 정면으로 마주치고 보니 격동되지 않을 수 없었던 것 같다. 물론 이것은 과거의 경희를 가장 잘 아는 나 혼자만의 추측에 불과하다. 그리고 그 이상으로 경희의 심정을 내 쪽으로 접근시켜 더욱 높게 추리하고 싶지도 않았으며, 또한 경희를 배신적인 것으로 혐하여 탓할 수도 없는, 말하자면 전란이라는 환경이 주어진 어쩔 수 없는 경우로 극히 평범하고도 관대한 단정을 나는 나 자신에게 내리는 것이다. 이 시간의 착잡한 표정 속의 침묵은 나에게 비길 수 없는 중압감을 덮씌웠던 것이다. 그것은 또한 침묵 뒤의 경희의 표정이 B와 나를 번갈아 곁눈질하는 속에서도 나의 단정은 어느 정도 정확하다는 것을 시인하게 하는 것이었다.

그러나 그 다음 경희의 입으로 터져 나오는 말이 나를 더 놀라게 하였다.

나더러 애기가 몇이냐는 것이다. 결혼은 했느냐는 여부도 없이 선 자리에서 한 단계를 뛰어넘는 것이다. 비범하게 좋았던 경희의 두뇌에서 튀어나올 법한 기지(機智)임에 틀림없다. 그것도 이 무거운 질식 상태의 분위기를 완화하려는 여자의 얇은 재치인지도 몰랐다. 그러나 그 이야기들은 모두 나에 대한 절실했던 애정의 환원이나 회상에서가 아니라, 지금의 자기 남편인 B에 대한 아내로서의 내조적인 협조나, 그렇지 않으면 지난날에 그렇게도 못 잊어했던 나에 대한 흘러간 추억 속의 동정 같은 값싼 것으로만 나는 여겨지는 것이었다. 나는 어느 말부터 끄집어내야 할지 이야기의 실마리를 잃고 멍추같이 아연할 수밖에 없었다. 둘이서 얼싸안고 실컷 울어도 시원치 않을 이 자리에서….

이 얼마를 두고 머릿속에 감아 붙던 B에 대한 적의(敵意)가 차츰 경희에게로 옮겨져 가는 것 같은 미묘한 감정을 의식했다. 그러면서도 나의 경희에 대한 미련 같은 아쉬움은 완전히 가셔지지 않았다. 그것이 다시 B에 대한 적개심으로 이동되었다가 또다시 경희에게로 옮겨졌다가 하는 유동이 얼마 동안 지속되었다.

그러다가는 결국에 가서는 어쩔 수 없이 박탈되어간 것같이 경희에게 변호가 가게 되고, 나중에는 B에 배한 배신감만이 완전히 고정적인 자리를 차지해가게 되어버렸다.

흐려가던 머리가 또렷해진다. 그러나 그것이 끝끝내 지속되지는 않는다. 반딧불마냥 깜박거린다. 단속적으로 나타나는 장면만은 선명하다.

흰 눈이 쌓인 산록(山麓)의 바람소리가 시리다. 그것은 바로 사형 집행장에서의 일임에 틀림없다. 나는 권총 사격에 몇 점, 카빈[11]에 몇 점, 엠원 소총에는 몇 점하는 명사수의 하나로, 나의 소속 부대에서도 알려져 있다. 그러나 나 자신이 이 사형집행의 사수로 지명될 줄은 몰랐다. 또 그렇게 달갑지도 않은 일이다. 더욱이 일단 지명된 이상에는 피해낼 도리가 없다. 아무도 이런 일을 선두에 서서 하겠다고 좋아하는 사람은 없다. 그것도 전기장치로 된 집행장에서 단추 하나를 누르면 보이지 않는 곳에서 기계가 스스로 모든 일을 처리하여주는 경우라면 몰라도, 이런 경우는 따분하기 짝이 없는 일이다. 그렇지 않아도 나는 전에 형무소에서 사형을 집행하는 관리들의 고역을 상상해본 일이 있다. 그럴 때마다 소름이 끼쳐 그런 일을 어떤 불우한 사람들이 직업으로 삼고 맡아할 것인가 하고 동정했던 것이다. 사실 그 경우의 죽는 사람과 죽이는 사람 사이에는, 개인적으로 생명을 여탈(與奪)[12] 할 하등의 이해관계가 없는 것이 거의 전부의 경우이기에….

지금 나의 경우는 약간 다르다. B가 오늘 집행되는 수형(受刑)의 당사자라는 것을 알았을 때 나는 순간 — 그것은 참말 계량할 수 없는 눈 깜짝할 찰나였지만 — 복수의 만족감 같은 회심의 미소를 지을 뻔했던 것이다. B의 얼굴에 겹쳐 경희의 모습이 떠올랐다. 그러나 그것들이 다 어릴 때부터의 벗이던 순진하고 아름다운 정에 얽매인 인간의 모습이 아니라, 언젠가 가족 동반에서 만난 당황하는 표정들이 점점 혐오를 느끼게 하던 그런 모습들인 것이다.

나는 눈을 떴다.

십 미터의 거리. 전방에는 B가 서 있다. 목사의 기도는 끝났다. 유언(遺言)이 없느냐고 물었다. B는 고개를 가로 저었다. 지금까지 한번도 내 앞에서 졌다고 항복한 일이 없는 B다. 그렇게 서로 대결이 있는 경우는 늘 내가 양보하는 위치에 서게 되었었다. 오늘도 이 숨가쁜 마지막 고비에서, B의 목숨을 앞에 두고 B와 나는 여기 우리 둘이 한번도 같이 와본 적이 없는 눈 덮인 산골짜기에서 이렇게 대결하고 있는 것이다. 나를 알아보는 B의 눈은 조금도 경악의 표정은 없다. 일체의 체념이 나까지도 안중에 없게 하는가 보다. 그러면 나는 벌써 이 마지막 순간에도 이미 B에게 지고 있는 것이다. 만일 내가 이 자리에 사수로 나타나지만 않았다면 B는 무슨 말이던 한마디 남겼을는지도 모른다. 적어도 경희에게만은 무슨 마지막 당부의 한마디를 전하여 주고자 했을 것이 아닌가.

다섯 명의 사수는 일렬로 같은 간격을 두고 나란히 횡대로 늘어섰다. B의 손은 묶인 대로이다. 그의 눈은 검은 천으로 가려졌다. 왼쪽 가슴 심장 위에 붙인 빨간 헝겊의 표지가 햇빛에 반사되어 더 또렷하다. 헛기침소리 이외에는 아무의 입에서도 말이 없다. 다만 몸들의 움직임이 있을 뿐이다.

B가 이적적인 모반(謀反) 혐의로 구속되었다는 신문보도를 본 얼마 후 나는 B의 집으로 경희를 찾아갔다. 이 근래의 B의 의식 상태에는 약간의 이상적인 징조가 나타나 발작적인 행동이 집안에서도 거듭되었다는 사실은 이날 들은 이야기이다. B는 나의 절친한 친구의 한사람이었다고 나는 지금도 그 생각은 버리지 않는다. 그와의 개인적인 대결이 치열할수록 나는 그를 잊어본 적이 없다. 내 삼십 년의 지나온 세월에 있어서 B는 내 마음속에 새겨진 가장 오랜 친구였고 접촉된 시간도 가장 긴 인간이기 때문이다. 나와 그는 이해관계를 초월하여 사귀어왔다. 다만 경희의 경우를 비롯한 몇

고비의 치열한 대결은 B와 나의 의식적인 적대 행위가 아니라, 환경적인 조건이 주어진 불가피한 운명 같은 것이 더 컸다고 나는 생각하고 싶은 것이다. 그러기 때문에 나는 나의 아끼던, 아니 현재도 아끼고 있는 유일한 친구이고, 그와의 어쩔 수 없는 대결이 거세면 거셀수록 그에 대한 관심이 더 강력하게 작용했던 만큼 그의 혐의를 받는 죄상에 대한 내막은 이 이상 더 소상하게 늘어놓고 싶지는 않다.

나를 만난 경희는 시종 울기만 하였다. 그것은 오랫동안 떨어졌다가 만난 육친의 애정 같은 것이어서 그 자리에서는 그와 나 사이에 아무런 장벽도 없는 것만 같았다. 경희는 남편인 B의 구출 문제보다도 나에게 대한 자신의 변명 같은 호소로 일관하였다. 사변통에 나의 행방은 알 길이 없었고, 수복 후에 우연히 만난 것이 나와 자기와의 과거를 가장 잘 아는 B였기에 나의 생사에 대한 수소문를 서두르는 사이에 나의 소식은 묘연했고, B와의 결혼이 정식으로 성립되었다는 것이다. 나로서는 지금이라도 경희가 B를 버리고 나의 품으로 뛰어오겠다면 받아들일 수 있는 애정의 여신(餘燼)[13]이나 아량이 없는 바도 아니었지마는, 몇 번이고 죽음에 직면했던 나로서, 경희의 행방에 대한 관심에 얼마동안 적극적이 되지 못하였던 나 자신에 대한 자책이 이제야 더욱 거세게 싹터 나로 하여금 아무의 힐난(詰難)도 못하게 만들었고, 오히려 경희에 대한 미안한 생각으로 가슴이 뿌듯해지게 하는 것이었다. 그러나 이미 때는 늦었다. B의 구명운동이 우리 둘의 긴급한 일로 당면될 뿐이었다.

안전장치를 푸는 쇠붙이 소리가 산골짜기의 정적 속에 음산하다.

13_ **여신(餘燼)**: 타고 남은 불기운

나는 무심중 귓바퀴의 상처에 손이 갔다. 호두껍질처럼 까칠한 감촉이 손끝에 어린다. 지나간 조각조각의 단상들이 질서 없이 한 덩어리로 뭉쳐져 엄습해온다. B와, 경희와, 곰과, 공기총과, 걷잡을 수 없는 착잡한 감정이었다.

"겨누어, 총!"

구령에 맞추어 사수는 일제히 개머리판을 어깨에 대고 B의 심장에 붙인 붉은 딱지에 총을 겨누었다.

순간 나는 내 정신으로 돌아왔다. 최종에는 내가 이긴 것이라는 승리감 같은 것이 가늠쇠[14] 구멍으로 내다보이는 B의 심장 위에 어린다. 그러나 나는 곧 나의 차디찬 의식을 부정해본다. 어떻게 기적 같은 것이라도, 정말 기적 같은 것이 있어 이 종언의 위기에 선 B를 들고 달아날 수는 없는 것인가고……. 방아쇠의 차디찬 감촉이 인지(人指)[15]의 안 배에 싸늘하게 연결된다. 내가 쏘지 않아도 다른 네 사수의 탄환은 분명 저 B의 가슴의 빨간 딱지 표지를 뚫고 심장을 관통할 것이다.

"쏘아!"

구령이 끝나기가 바쁘게 일제히 '빵' 소리가 났다. 나는 아직 방아쇠를 당기지 않고 있는 것을 깨달았다. 지금 여기 B와의 최후 순간의 대결에서 나는 또 지각을 하고 있는 것이다. 나는 이제나마 그와의 대결의 대열에서 제외되어서는 안 될 것 같다. 방아쇠를 힘껏 당겼다. 총신이 위로 튕겨 올라가는 반동을 느꼈을 뿐이다. 화약 냄새가 코를 쿡 지른다. 그때는 이미 B는 다른 네 방의 탄환을 맞고 쓰러진 뒤였다. 그는 넘어지면서도 끝까지 나에게

---

14 **가늠쇠** : 총의 가늠을 보기 위하여 총구 가까이에 붙인, 삼각형의 작은 쇳조각
15 **인지(人指)** : 집게손가락

이겼다고 생각했는지도 모른다. 총소리와 함께 나 자신도 그 자리에 비틀비틀 고꾸라졌다. 극도의 빈혈이었다.

"이제 의식이 완전히 회복돼 가는가 봐요."

눈을 떴다.

옆에 경희가 서 있다. 찬 수건으로 내 콧등의 땀을 닦아내고 있다. B와 나란히! 아니, B는 없다. 경희도 아니다. 무표정하게 싸늘한 아까의 간호원이다. 내가 이겼는지, B가 이겼는지, 내가 이겼어도 비굴하게 이긴 것만 같은 혼몽한 속에서 나는 다시 깊은 잠에 떨어졌다.

전광용의「사수」를 다 읽으셨나요?
그러면 작품의 내용을 생각하면서 이 소설의 인물, 사건, 배경 등 여러 요소들에 대한
자신만의 마인드맵을 그려 보세요~!

줄거리 & 주제 정리

줄거리

　　나는 병원에서 눈을 뜬 후, B와의 마지막 대결을 회상하며 어쩌면 지금도 자신이 B에게 지고 있다고 생각한다.

　　B와의 첫 대결은 우연히 이루어졌다. 곰이라는 별명을 가진 선생에게 서로의 뺨을 때리는 벌을 받게 되었다. 곰 선생에 대한 반감이 B에게 옮겨지며 서로 손에 힘을 더하게 되고, 나는 B의 손에 맞아 코피를 흘렸다. 같은 중학교 한 반이었던 나와 B는 실력 경쟁에서도 치열했으며, 둘 다 경희를 좋아했다. 졸업반이 되던 해 나는 경희와의 관계를 B에게 고백하지만, B는 양보보다 대결을 택했다. 공기총으로 대결을 벌였는데, 나는 헛방을 쏘았지만 그의 총알은 내 귓바퀴에 상처를 내면서 목표물을 명중시켰다. 그 후 나와 경희는 형식적인 절차를 밟지는 않았지만 약혼한 바나 다름없었다. 그러던 중 6·25전쟁을 계기로 모두 흩어지고 나는 새로 전속된 부대에서 B를 다시 만났다. B는 경희의 소식을 모른다고 했으나 휴가 중 B의 아내가 된 경희를 우연히 만나고, 나는 B에 대한 배신감과 자신에 대한 패배감을 맛보게 되었다.

　　B가 모반 혐의로 구속되었다는 신문 보도를 본 후 나는 경희를 찾아갔다. 나는 그간 B와의 대결은 의식적인 적대 행위가 아니라, 환경적인 조건에 의한 불가피한 운명 때문이었다고 생각하고 있었다. 그래서 나는 B의 구명 운동을 한다. 그러나 허사였다. B의 사형 집행 사수로 나를 비롯한 다섯 명이 지목된다. B를 들고 달아날 수는 없을까 생각하며, 마지막으로 허공에 총을 쏘고 나는 의식을 잃는다.

주제

인간 사이에 운명적으로 내재해 있는 대결 의식

- **등장인물**
 - **나** : 친구 B와 끝없는 대결 속에 패배감을 느끼는 인물
 - **B** : '나'의 영원한 적수
 - **경희** : 어린 시절 '나'의 연인. B의 아내
 - **배경** – 어린 시절의 학교, 6 · 25전쟁 중의 사형 집행장과 병원
 - **시점** – 1인칭 주인공 시점
 - **성격** – 사실적, 비판적, 심리적
 - **출전** – 『현대문학』(1959)

문제 풀기

모범답 → p. 268

1. 이 글에서 '뺨 때리기' 일화가 내포하는 의미로 가장 바른 것은? (   )

　① 인생은 운명적인 타의에 의해서 결정되기도 한다.

　② 세상을 살아가려면 친구조차도 적으로 생각해야 한다.

　③ 인간은 본능적으로 타인과 투쟁하며 살아갈 수밖에 없다.

　④ 사회는 각 개인에게 친구, 아니면 적이 될 것을 강요한다.

　⑤ 개인은 어느 시대에나 무력하게 권력 앞에 굴복할 수밖에 없다.

2. 이 글에서 두 친구를 적대적 관계로 만든 것은 무엇이었을까요?

....

....

....

감상 쓰기

주인공이나 지은이에게 하고 싶은 말, 알게 된 점, 느낀 점 등

29

꺼삐딴 리

 전광용 (全光鏞, 1919~1988)

「꺼삐딴 리」는 1962년 7월 『사상계』에 발표된 단편소설로서 제7회 동인문학상 수상작입니다. 이 작품은 일제 시대부터 해방 시기를 거쳐 1950년대에 이르기까지 권력에 아부하며 오직 출세만을 위해 살아온 한 상류층 인물의 삶을 풍자하고 있습니다. 주인공 이인국 박사는 타락한 인간들의 삶을 비판하기 위해 채택된 인물이지요. 권력을 좇아 일본어와 러시아어를 익히고, 다시 영어에 매달리는 그의 삶은 권력에 대한 무조건적인 복종으로 일관하는 기회주의자의 모습을 전형적으로 보여주고 있습니다.

이 작품의 주인공은 일제 강점기와 6·25전쟁이라는 민족의 고난기에 양심을 버리고 자신만을 위한 처세술로써 자신의 위기만을 벗어나려고 한 도덕적 파탄자입니다. 시류에 편승하며 기회주의적 태도로 살아가는 인간의 양면성을 어떤 관점에서 비판할 것인지 오늘날의 사회 모습과 견주어 보며 읽어 보세요.

꺼삐딴 리

·

·

·

수술실에서 나온 이인국(李仁國) 박사는 응접실 소파에 파묻히듯이 깊숙이 기대어 앉았다. 그는 백금 무테안경을 벗어 들고 이마의 땀을 닦았다. 등골에 축축이 밴 땀이 잦아 들어감에 따라 피로가 스며왔다. 두 시간 이십 분의 집도. 위장 속의 균종(菌腫) 적출. 환자는 아직 혼수상태에서 깨지 못하고 있다.

수술을 끝낸 찰나 스쳐 가는 육감, 그것은 성공 여부의 적중률을 암시하는 계시 같은 것이다. 그러나 오늘은 웬일인지 뒷맛이 꺼림칙하다. 그는 항생질 의약품이 그다지 발달하지 않았던 일제 시대부터 개복 수술에 최단 시간의 기록을 세웠던 것을 회상해 본다.

맹장염이나 포경 수술, 그 정도의 것은 약과다. 젊은 의사들에게 맡겨 버리면 그만이다. 대수술의 경우에는 그렇게 방임할 수만은 없다. 환자 측에서도 대개 원장의 직접 집도를 조건부로 입원시킨다. 그는 그것을 자랑으로 삼아 왔고 스스로 집도하는 쾌감을 느꼈었다.

그의 병원 부근은 거의 한 집 건너 병원이랄 수 있을 정도로 밀집한 지대다. 이름 없는 신설 병원 같은 것은 숫제 비 장날 시골 전방처럼 한산한 속에 찾아오는 손님을 기다리고 있는 형편이다.

그러나 이인국 박사는 일류 대학병원에까지 손을 쓰지 못하여 밀려오는 급환자들 틈에 끼여 환자의 감별에는 각별한 신경을 쓰고 있다. 그것은 마치 여관 보이가 현관으로 들어서는 손님의 옷차림을 훑어보고 그 등급에 맞는 방을 순간적으로 결정하거나 즉석에서 서슴지 않고 거절하는 경우와 흡사한 것이라고나 할까.

이인국 박사의 병원은 두 가지의 전통적인 특징을 가지고 있다. 병원 안이 먼지 하나도 없이 정결하다는 것과, 치료비가 여느 병원의 갑절이나 비싸다는 점이다.

그는 새로운 환자의 초진(初診)에서는 병에 앞서 우선 그 부담 능력을 감정하는 데서부터 시작한다. 신통하지 않다고 느껴지는 경우에는 무슨 핑계를 대든가, 그것도 자기가 직접 나서는 것이 아니라 간호원더러 따돌리게 하는 것이다. 그렇게 중환자가 아닌 한 대부분의 경우, 예진(豫診)은 젊은 의사들이 했다. 원장은 다만 기록된 진찰 카드에 따라 환자의 증세와 아울러 경제 제도를 판정하는 최종 진단을 내리면 된다.

상대가 지기(知己)나 거물급이 아닌 한 외상이라는 명목은 붙을 수가 없었다. 설령, 있다 해도 이 양면 진단은 한 푼의 미수(未收)나 결손도 없게 한, 그의 인생을 통한 의술 생활의 신조요 비결이었다. 그러기에 그의 고객은, 왜정 시대는 주로 일본인이었고, 현재는 권력층이 아니면 재벌의 셈속에 드는 축이어야만 했다.

그의 일과는 아침에 진찰실에 나오자 손가락 끝으로 창틀이나 탁자 위를 훑어 무테안경 속 움푹한 눈으로 응시하는 일에서 출발한다. 이때 손가락 끝에 먼지만 묻으면 불호령이 터지고, 간호원은 하루 종일 원장의 신경질에 부대껴야만 한다. 아무튼 그의 단골 고객들은 그의 정결한 결벽성에 감탄과 경의를 표해 마지않는다.

1·4후퇴 시 청진기가 든 손가방 하나를 들고 월남한 이인국 박사다. 그는 수복되자 재빨리 셋방 하나를 얻어 병원을 차렸다. 그러나 이제는 평당 50만 환을 호가하는 도심지에 타일을 바른 2층 양옥을 소유하게 되었다. 그는 자기 전문인 외과 외에 내과, 소아과, 산부인과 등 개인 병원을 집결시켰다. 운영은 각자의 호주머니 셈속이었지만, 종합 병원의 원장 자리는 의젓이 자기가 차지하고 있다.

이인국 박사는 양복 조끼 호주머니에서 십팔금 회중시계 를 꺼내어 시간을 보았다.

2시 40분!

미국 대사관 브라운 씨와의 약속 시간은 이십 분밖에 남지 않았다. 이 시계에도 몇 가닥의 유서 깊은 이야기가 숨어 있다. 이인국 박사는 시계를 볼 때마다 참말 '기적'임에 틀림없었던 사태를 연상하게 된다.

왕진 가방과 38선을 넘어온 피난 유물의 하나인 시계, 가방은 미군 의사에게서 얻은 새것으로 갈아매어 흔적도 없게 된 지금, 시계는 목숨을 걸고 삶의 도피행을 같이 한 유일품이요, 어찌 보면 인생의 반려(伴侶)이기도 한 것이다.

밤에 잘 때에도 그는 시계를 머리맡에 풀어놓거나 호주머니에 넣은 채로 버려두지 않는다. 반드시 풀어서 등기 서류, 저금통장 등이 들어 있는 비상용 캐비닛 속에 넣고야 잠자리에 드는 것이었다. 거기에는 또 그럴 만한 연유가 있었다. 이 시계는 제국 대학을 졸업할 때 받은 영예로운 수상품이다.

회중시계 : 몸시계. 호주머니에 넣고 다닐 수 있게 만든 시계

뒤쪽에는 자기 이름이 새겨져 있다.

그 후 삼십여 년, 자기 주변의 모든 것이 변하여 갔지만 시계만은 옛 모습 그대로다. 주변뿐만 아니라 자기 자신은 얼마나 변한 것인가. 이십대 홍안을 자랑하던 젊음은 어디로 사라진 것인지 머리카락도 반백이 넘었고 이마의 주름은 깊어만 간다. 일제 시대, 소련국 점령하의 감옥 생활, 6·25 사변, 삼 팔선, 미군 부대, 그 동안 몇 차례의 아슬아슬한 죽음의 고비를 넘긴 것인가.

'월삼 17석'

우여곡절 많은 세월 속에서 아직도 제 시간을 유지하는 것만도 신기하다. 시간을 보고는 습성처럼 째각째각 소리에 귀 기울이는 때의 그의 가느다란 눈매에는 흘러간 인생의 축도가 서리는 것이었다. 그 속에서도 각모(角帽)와 쓰메에리 학생복을 벗어버리고 신사복으로 갈아입던 그날의 감회를 더욱 새롭게 해주는 충동을 금할 길 없는 것이었다.

이인국 박사는 수술 직전에 서랍에 집어넣었던 편지에 생각이 미쳤다.

미국에 가 있는 딸 나미. 본래의 이름은 일본식의 나미꼬다. 해방 후 그 것이 거슬린다기에 나미로 불렀고 새로 기류계에 올릴 때에는 꼬(子)를 완전 히 떼어 버렸다.

나미짱! 딸의 모습은 단란하던 지난날의 추억과 더불어 떠올랐다. 온 집 안의 재롱둥이였던 나미, 그도 이젠 성숙했다. 그마저 자기 옆에서 떠난 지 금, 새로운 정에서 산다고는 하지만 이인국 박사는 가끔 물밀어 오는 허전 한 감을 금할 길이 없었다.

각모(角帽) : 사각모
쓰메에리 : 목닫이 양복

아내는 거제도 수용소에 있을 때 죽었고, 아들의 생사는 지금껏 알 길이 없다. 서울에서 다시 만나 후처로 들어온 혜숙(蕙淑), 이십 년의 연령차에서 오는 세대의 거리감을 그는 억지로 부인해 본다. 그러나 혜숙의 피둥피둥한 탄력에 윤기가 더해가는 살결에 비해 자기의 주름 잡힌 까칠한 피부는 육체적 위축함마저 느끼게 하는 때가 없지 않았다. 그들 사이에서 난 돌 지난 어린것, 앞날이 아득한 이 핏덩이만이 지금의 이인국 박사의 곁을 지켜주는 유일한 피붙이다.

이인국 박사는 기대와 호기에 가득 찬 심정으로 항공 우편의 피봉을 뜯었다. 전번 편지에서 가타부타 단안은 내리지 않고 잘 생각해서 결정하라고 한 그 후의 경과다.

'결국은 그렇게 되고야 마는 건가…….'

그는 편지를 탁자 위에 밀어 놓았다. 어쩌면 이러한 결말은 딸의 출국 이전에서부터 이미 싹튼 것인지도 모른다는 생각이 들었다. 대학에서 영문과를 택한 딸, 개인 지도를 하여 준 외인 교수, 스칼라십을 얻어 준 것도 그고, 유학 절차의 재정 보증인을 알선해 준 것도 그가 아닌가. 우연한 일은 아니다. 그러한 시류에 따라 미국 유학을 해야만 한다고 주장한 것은 오히려 아버지 자기가 아닌가.

동양학을 연구하고 있는 외인 교수. 이왕이면 한국 여성과 결혼했으면 좋겠다던 솔직한 고백에, 자기의 학문을 위한 탁월한 견해라고 무심코 찬의를 표한 것도 자기가 아니던가. 그것도 지금 생각하면 하나의 암시였음이 분명하지 않은가.

이인국 박사는 상아로 된 '오존 파이프'를 앞니에 힘을 주어 지그시 깨물며 눈을 감았다. 꼭 풀 쑤어 개 좋은 일을 한 것만 같은 분하고도 허황한 심정이다.

'코쟁이 사위.'

생각만 하여도 전신의 피가 역류하는 것 같은 몸서리가 느껴졌다.

'더러운 년 같으니, 기어코……'

그는 큰기침을 내뱉었다.

그의 생각은 왜정 시대 내선 일체(內鮮一體)의 혼인론이 떠돌던 이야기
에 꼬리를 물었다. 그때는 그것을 비방하거나 굴욕처럼 느끼지는 않았다. 오
히려 당연한 것으로 해석했고 어찌 보면 우월한 것으로 생각하지 않았던가.
그런데 이 경우는…….

그는 딸의 편지 구절을 곱씹었다.

'애정에 국경이 있어요?'

이것은 벌써 진부하다. 아비도 학창 시절에 그런 풍조는 다 마스터했다.
건방지게, 이게 새삼스레 아비에게 설교조로……좀더 솔직하지 못하고…….

그러니 외딸인 제가 그런 국제결혼의 시금석이 되겠단 말인가.

'아무튼 아버지께서 쉬 한 번 오신다니 최종 결정은 아버지의 의향에 따
라 결정할 예정입니다만……'

그래 아버지가 안 가면 그대로 정하겠단 말인가. 이인국 박사는 일대 잡
종(一代雜種)의 유전 법칙이 떠오르자 머리를 내저었다. '흰둥이 손자' 생각
만 해도 징그럽다.

그는 내던졌던 사진을 다시 집어 들었다. 대학 캠퍼스 같은 석조전의 거
대한 건물, 그 앞의 정원, 뒤쪽에 짝을 지어 걸어가는 남녀 학생, 이 배경 속

내선 일체(內鮮一體) : 일본인과 조선인은 하나라는 뜻으로 일본의 식민지 동화 정책이었음.

에 딸과 그 외인 교수가 나란히 어깨를 짚고 서서 웃음을 짓고 있다.

'흥 놀기는 잘들 논다……'

응, 신음 소리를 치며 그는 자리에서 일어섰다. 아무튼 미스터 브라운을 만나 이왕 가는 길이면 좀더 서둘러야겠다. 그 가장 대우가 좋다는 국무성 초청 케이스의 혹정 여부를 빨리 확인해야겠다는 생각이 조바심을 쳤다.

그는 아내 혜숙이 있는 살림방 쪽으로 건너갔다.

"여보, 나미가 기어코 결혼하겠다는구려."

"그래요……."

아내의 어조에는 별다른 감동이나 의아도 없음을 이인국 박사는 직감했다. 그는 가능한 한 혜숙이 앞에서 전실 소생의 애들 이야기를 하는 것을 삼가 왔다. 어떻게 보면 나미의 미국 유학을 간접적으로 자극한 것은 가정 분위기의 소치라는 자격지심이 없지 않기도 했다.

나미는 물론 혜숙을 단 한 번도 어머니라고 불러 준 일이 없었다. 혜숙이 또한 나미 앞에서 어머니라고 버젓이 행세한 일도 없었다. 지난날의 간호원 이고 오늘의 어머니, 그 사이에는 따져서 표현할 수 없는 미묘한 감정들이 복제되어 있었다.

"선생님의 일이라면 무엇이든지 돕겠어요."

서울에서 이인국 박사를 다시 만났을 때 마음속 그대로 털어놓은 혜숙의 첫마디였다. 처음에는 혜숙이도 부인의 별세를 몰랐고, 이인국 박사도 혜숙 이의 혼인 여부를 참견하지 않았다.

혜숙은 곧 대학병원을 그만두고 이리로 옮겨 왔다. 나미는 옛정이 다시 살아 혜숙을 언니처럼 따랐다. 이들의 혼인이 익어 갈 때 이인국 박사는 목 에 걸리는 딸의 의향을 우선 듣기로 했다.

딸도 아버지의 외로움을 동정하고 있었다. 자기 자신 아버지의 시중이 힘에 겨웠고 또 그 사이 실지의 아버지 뒤치다꺼리를 혜숙이 해왔으므로 딸은 즉석에서 진심으로 찬의를 표했다.

　　그러나 시간이 흐를수록 혜숙과 나미의 간격은 벌어졌고, 혜숙은 남편과의 정상적인 가정생활에서 나미가 장애물이 되는 것 같은 느낌을 차츰 가지게 되었다. 혜숙 자신도 처음에는 마음 놓고 이인국 박사를 남편이랍시고 일대일로 부르진 못했다.

　　나미의 출발, 그 후 어린애의 해산, 이러한 몇 고개를 넘는 사이에 이제 겨우 아내답게 늠름히 남편을 대할 수 있고 이인국 박사 또한 제대로의 남편의 체모로 아내에게 농을 걸 수 있게끔 되었다.

　　"기어코 그 외인 교수와 가까워지는 모양인데."

　　이인국 박사는 안내의 얼굴을 직시하지는 못하고 마치 독백하듯이 뇌까렸다.

　　"할 수 있어요. 제 좋다는 대로 해야지요."

　　마치 남의 이야기를 하는 것처럼 이인국 박사에게는 들려왔다.

　　"글쎄, 하기는 그렇지만……."

　　그는 입맛만 다시며 더 이상 계속하지 못했다.

　　잠을 깨어 울고 있는 어린것에게 젖을 물리고 있는 아내의 젊은 육체에서 자극을 느끼면서 이인국 박사는 자기 자신이 죄를 지은 것만 같은 나미에 대한 강박 관념을 금할 길이 없었다.

　　저 어린것이 자라서 아들 원식(元植)이나 또 나미 정도의 말상대가 될래도 아직 이십여 년의 세월이 흘러야 한다. 그때 자기는 칠십이 넘는 할아버지다. 현대 의학이 인간의 평균 수명을 연장하고, 암 같은 고질이 아닌 한 불의의 죽음은 없다 하지만, 자기 자신이 의사이면서 스스로의 생명 하나를 보장할 수 없다.

'마누라는 눈앞에서 나는 새 놓치듯이 죽이지 않았던가.'

아무리 해도 조놈이 대학을 나올 때까지는 살아야 한다. 아무렴, 때가 때인 만큼 미국 유학까지는 내 생전에 시켜주어야지. 하기야 그런 의미에서도 일찌감치 미국 혼반을 맺어 두는 것도 그리 해로울 건 없지 않나. 아무렴 우리보다는 낫게 사는 사람들인데. 남 좀 보기 체면이 안 서서 그렇지.

그는 자위인지 체념인지 모를 푸념을 곱씹었다.

"여보, 저걸 좀 꾸려요."

이인국 박사의 말씨는 점잖게 가라앉았다.

"뭐 말이에요?"

아내는 젖꼭지를 물린 채 고개만을 돌려 되묻는다.

"저 병 말이오."

그는 화장대 위에 놓은 골동품을 가리켰다.

"어디 가져 가셔요?"

"저 미 대사관 브라운 씨말이야. 늘 신세만 졌는데……."

아내가 꼼꼼히 싸놓은 포장물을 들고 이인국 박사는 천천히 현관을 나섰다. 벌써 석간신문이 배달되었다.

아무리 생각해도 그것은 분명 기적임에 틀림없는 일이었다. 간헐적으로 반복되어 공포와 감격을 함께 휘몰아치는 착잡한 추억. 늘 어제일 마냥 생생하기만 하다.

1945년 8월 하순.

아직 해방의 감격이 온 누리를 뒤덮어 소용돌이칠 때였다.

말복(末伏)도 지난 날씨건만 여전히 무더웠다. 이인국 박사는 이 며칠 동안 불안과 초조에 휘둘려 잠도 제대로 자지 못했다. 무엇인가 닥쳐올 사태를 오들오들 떨면서 대기하는 상태였다.

그렇게 붐비던 환자도 얼씬하지 않고 쉴 사이 없던 전화도 뜸하여졌다. 입원실은 최후의 복막염 환자였던 도청의 일본인 과장이 끌려간 후 텅 비었다. 조수와 약제사는 궁금증이 나서 고향에 다녀오겠다고 떠나갔고 서울 태생인 간호원 혜숙만이 남아 빈집 같은 병원을 지키고 있었다. 이 층 삼 조다다미방에 혼도시와 유까다 바람에 뒹굴고 있던 이인국 박사는 견디다 못해 부채를 내던지고 일어났다. 그는 목욕탕으로 갔다. 찬물을 펴서 대야째로 머리에서부터 몇 번이고 내리부었다. 등줄기가 시리고 몸이 가벼워졌다. 그러나 수건으로 몸을 닦으면서도 무엇인가 짓눌려 있는 것 같은 가슴 속의 갑갑증을 가셔 낼 수는 없었다.

그는 창문으로 기웃이 한 길가를 내려다보았다. 우글거리는 군중들은 아직도 소음 속으로 밀려가고 있다. 굳게 닫혀 있는 은행 철문에 붙은 벽보가 한길을 건너 하얀 윤곽만이 두드러져 보인다. 아니 그곳에 씌어 있는 구절.

'친일파, 민족 반역자를 타도하자.'

옆에 붙은 동그라미를 두 겹으로 친 글자가 그대로 눈앞에 선명하게 보이는 것만 같다. 어제 저물녘에 그것을 처음 보았을 때의 전율이 되살아왔다.

순간 이인국 박사는 방 쪽으로 머리를 홱 돌렸다.

혼도시 : 남자의 속옷
유까다 : 목욕 후 입는 옷

'나야 괜찮겠지…….'

혼자 뇌까리면서 그는 다시 부채를 들었다. 그러나 벽보를 들여다보고 있을 때 자기와 눈이 마주치는 순간, 일그러지는 얼굴에 경멸인지 통쾌인지 모를 웃음을 비죽이 흘리면서 아래위로 훑어보던 그 춘석이 녀석의 모습이 자꾸만 머릿속으로 엄습하여 어두운 밤에 거미줄을 뒤집어쓴 것처럼 께름텁텁하기만 했다.

그깐 놈하고 머리에서 씻어 버리려 해도 거머리처럼 자꾸만 감아 붙는 것만 같았다.

벌써 육 개월 전의 일이다.

형무소에서 병보석으로 가출옥되었다는 중환자가 업혀서 왔다. 휑뎅그런 눈에 앙상하게 뼈만 남은 몸을 제대로 가누지도 못하는 환자. 그는 간호원의 부축으로 겨우 진찰을 받았다. 청진기의 상아 꼭지를 환자의 가슴에서 등으로 옮겨 두 줄기의 고무줄에서 감득되는 숨소리를 감별하면서도, 이인국 박사의 머릿속은 최후 판정의 분기점을 방황하고 있었다.

입원시킬 것인가, 거절할 것인가……. 환자의 몰골이나 업고 온 사람의 옷매무새로 보아 경제 정도는 뻔한 일이라 생각되었다.

그러나 그것보다도 더 마음에 켕기는 것이 있었다. 일본인 간부급들이 자기 집처럼 들락날락하는 이 병원에 이런 사상범을 입원시킨다는 것은 관선 시의원이라는 체면에서도 떳떳치 못할뿐더러, 자타가 공인하는 모범적인 황국 신민(皇國新民)의 공든 탑이 하루아침에 무너지는 결과를 가져오는 것이라는 생각이 들었다.

순간 그는 이런 경우의 가부 결정에 일도양단하는 자기 식으로 찰나적인 단안을 내렸다. 그는 응급 치료만 하여 주고 입원실이 없다는 가장 떳떳하고도 정당한 구실로 애걸하는 환자를 돌려보냈다.

환자의 집이 병원에서 멀지 않은 건너편 골목 안에 있다는 것은 후에 간호원에게서 들었다. 그러나 그쯤은 예사로운 일이었기에 그는 그대로 아무렇지도 않게 흘려버렸다.

그런데 며칠 전 시민대회 끝에 있는 해방 경축 시가행진을 자기도 흥분에 차 구경하느라고 혜숙이와 함께 대문 앞에 나갔다가, 자위대 완장을 두르고 대열에 끼인 젊은이와 눈이 마주쳤다.

이쪽을 노려보는 청년의 눈에서 불똥이 튀는 것 같은 살기를 느꼈다. 무슨 영문인지 모르고 어리벙벙하던 이인국 박사는, 그것이 언젠가 입원을 거절당한 사상범 환자 춘석이라는 것을 혜숙에게서 듣고야 슬금슬금 주위의 눈치를 살피며 집으로 기어 들어왔다.

그 후 그는 될 수 있는 대로 거리로 나가는 것을 피하였지마는 공교롭게도 어제 저녁에 그 벽보 앞에서 마주쳤었다.

갑자기 밖이 와자지껄 떠들어대었다. 머리에 깍지를 끼고 비스듬히 누워서 갈피를 잡을 수 없는 생각에 골몰하던 이인국 박사는 일어나 앉아 한길 쪽에 귀를 기울였다. 들끓는 소리는 더 커갔다. 궁금증에 견디다 못해 그는 엉거주춤 꾸부린 자세로 밖을 내다보았다. 포도에 뒤끓는 사람들은 손에 손에 태극기와 적기(赤旗)를 들고 환성을 울리고 있었다.

'무엇일까?'

그는 고개를 갸웃하며 다시 자리에 주저앉았다. 계단을 구르며 급히 올라오는 발자국 소리가 들려 왔다. 혜숙이다.

"아마 소련군이 들어오나 봐요. 모두들 야단법석이에요……."

숨을 헐떡이며 이야기하는 혜숙이의 말에 이인국 박사는 아무 대꾸도 없이 눈만 껌벅이며 도로 앉았다. 여러 날에 라디오에서 오늘 입성 예정이라고 했으니 인제 정말 오는가 보다 싶었다.

혜숙이 내려간 뒤에도 이인국 박사는 한참 동안 아무 거동도 못 하고 바깥쪽을 내다보고만 있었다. 무엇을 생각했던지 그는 움찔 자리에서 일어났다. 그리고는 벽장문을 열었다. 안쪽에 손을 뻗쳐 액자들을 끄집어내었다.

'국어[日語] 상용의 가(家)'

해방되던 날 떼어서 집어넣어 둔 것을 그동안 깜박 잊고 있었다. 그는 액자의 뒤를 열어 음식점 면허장 같은 두터운 모조지를 빼내어 글자 한자도 제대로 남지 않게 손끝에 힘을 주어 꼼꼼히 찢었다. 이 종잇장 하나만 해도 일본인과의 교제에 있어서 얼마나 떳떳한 구실을 할 수 있었던 것인가. 야릇한 미련 같은 것이 섬광처럼 머릿속을 스쳐갔다.

환자도 일본말 모르는 축은 거의 오는 일이 없었지만 대의 관계는 물론 집안에서도 일체 일본말만을 써왔다. 해방 뒤 부득이 써 오는 제 나라 말이 오히려 의사 표현에 어색함을 느낄 만큼 그에게는 거리가 먼 것이었다.

마누라의 솔선수범하는 내조지공도 컸지만 애들까지도 곧잘 지켜 주었기에 이 종잇장을 탄 것이 아니던가. 그것을 탄 날은 온 집안이 무슨 경사나 난 것처럼 기뻐들 했다. '잠꼬대까지 국어로 할 정도가 아니면 이 영예로운 기회야 얻을 수 있겠소.' 하던 국민 총력 연맹 지부장의 웃음 띤 치하 소리가 떠올랐다. 그 순간, 자기 자신은 아이들을 소학교로부터 일본 학교에 보낸 것을 얼마나 다행으로 여겼던 것인가.

그는 후 한숨을 내뿜었다. 그리고는 지금 통장의 잔액을 깡그리 내주던 은행 지점장의 호의에 새삼 고마움을 느끼는 것이었다.

그것마저 없었더라면……등골에 오싹하는 한기가 느껴왔다. 무슨 정치가 오든 그것만 있으면 시내 사람의 절반 이상이 굶어 죽기 전에야 우리 집 차례는 아니겠지. 그는 손금고가 들어 있는 안방 단스를 생각하면서 혼자 중얼거렸다. 이인국 박사는 무슨 일이 일어나도 꼭 자기만은 살아남을 것 같은 막연한 기대를 곱씹고 있다.

주위가 어두워왔다. 지축이 흔들리는 것 같은 동요와 소름이 가까워졌다. 군중들의 환호성이 터져 나왔다. 만세 소리가 연방 계속되었다. 세상 형편을 알아보려고 거리에 나갔던 아내가 돌아왔다.

"여보, 당꾸 부대 가 들어왔어요. 거리는 온통 사람들 사태가 났는데 집 안에 처박혀 뭘 하구 있어요……."

어둠 속에서 아내의 음성은 격했으나 감격인지 당황인지 알 길이 없었다.

'계집이란 저렇게 우둔하구두 대담한 것일까…….'

이인국 박사는 엷은 어둠 속에서 마누라 쪽을 주시하면서 입맛을 다셨다.

"불두 엽때 안 켜구."

마누라가 전등 스위치를 틀었다. 이인국 박사는 백 촉 전등이 너무 환한 것이 못마땅했다.

"불은 왜 켜는 거요?"

"그럼 켜지 않구, 캄캄한데……자 어서 나가 봅시다."

마누라가 이끄는 데 따라 이인국 박사는 마지못하면서 시침을 떼고 따라나섰다. 헤드라이트의 눈부신 광선. 탱크 부대의 진주는 끝을 알 수 없이 계속되고 있다. 이인국 박사는 부신 불빛을 피하면서 가로수에 기대어 섰다. 박수와 환호성, 만세 소리가 그칠 줄 모르는 양안(兩岸)을 끼고 탱크는 물밀듯

당꾸 부대 : 탱크 부대

174

서서히 흘러간다. 위 뚜껑을 열고 반신을 내민 중대가리의 병정은 간간이 '우라아' 하면서 손을 내흔들고 있다.

이인국 박사는 자기와는 아무 관련도 없는 이방 부대라는 환각을 느끼면서 박수도 환성도 안 나가는 멋쩍은 속에서 멍하니 쳐다보고만 있다. 그는 자기의 거동을 주시하지나 않나 해서 주위를 두리번거렸다. 그러나 아무도 그에게는 관심을 두는 일없이 탱크를 향하여 목청이 터지도록 거듭 만세만 부르고 있지 않은가.

'어떻게 되겠지…….'

그는 밑도 끝도 없는 한마디를 뇌이면서 유유히 집으로 들어왔다.

민요 뒤에 계속 되던 행진곡이 그치고 주둔군 사령관의 포고문이 방송되고 있다. 이인국 박사는 라디오 앞에 다가앉아 귀를 기울였다. 시민의 생명 재산은 절대 보장한다. 각자는 안심하고 자기의 직장을 수호하라. 총기 일본도 등 일체의 무기 소지는 금하니 즉시 반납하라는 등의 요지였다.

그는 문득 단스 속에 넣어 둔 엽총에 생각이 미치었다. 그러면 저거도 바쳐야 하는 것일까. 영국제 쌍발, 손때 묻은 애완물같이 느껴져 누구에게 단 한 번 빌려주지 않았던 최신형 특제품이었다.

이인국 박사는 다이얼을 돌렸다. 대체 서울에서는 어떻게들 하고 있는 것일까. 거기도 마찬가지다. 민요가 아니면 행진곡이 나오고 그러다가는 건국준비위원회의 누구인가의 연설이 계속된다. 대체 앞으로 어떻게 될 것인가 궁금증을 해결할 방법이 없다. 해방 직후 이삼 일 동안은 자기도 태연하였지만, 뻔질나게 드나들던 몇몇 친구들도 소련군 입성이 보도된 이후부터는 거의 나타나질 않는다. 그렇다고 자기 자신이 뛰어다니며 물을 경황은 더욱 없다.

밤이 이슥해서야 중학교와 국민학교를 다니는 아들딸이 굉장한 구경이나 한 것처럼 탱크와 로스케의 이야기를 늘어놓으며 돌아왔다. 그들은 아버지의 심중은 아랑곳없다는 듯이 어머니, 혜숙이와 함께 저희들 이야기에만 꽃을 피우고 있었다.

앞일은 대체 어떻게 전개될 것인지 뛰어넘을 수가 없는 큰 바다가 가로놓인 것만 같았다. 풀어낼 수 있는 실마리가 전연 다듬어지지 않는 뒤헝클어진 상념 속에서 그래도 이인국 박사는 꺼지려는 짚불을 불어 일으키는 심정으로 막연한 한 가닥의 기대만을 끝내 포기하지 않은 채 천장을 멍청히 쳐다보고만 있었다. 지난 일에 대한 뉘우침이나 가책 같은 건 아예 있을 수 없었다.

자동차 속에서 이인국 박사는 들고 나온 석간을 폈다. 일면의 제목을 대강 훑고 난 그는 신문을 뒤집어 꺾어 삼면으로 눈을 옮겼다.

'북한 소련 유학생 서독으로 탈출'

바둑돌 같은 굵은 활자의 제목. 왼편 전단을 차지한 외신 기사. 손바닥만한 사진까지 곁들여 있다. 그는 코허리에 내려온 안경을 올리면서 눈을 부릅떴다. 그의 시각은 활자 속을 헤치고 머릿속에는 아들의 환상이 뒤엉켜 들이차왔다. 아들을 모스크바로 유학시킨 것은 자기의 억지에서였던 것만 같았다.

출신 계급, 성분, 어디 하나나 부합될 조건이 있었단 말인가. 고급 중학을 졸업하고 의과 대학에 입학된 바로 그해다.

이인국 박사는 그때나 지금이나 자기의 처세 방법에 대하여 절대적인 자신을 가지고 있다.

"애, 너 그 노어 공부를 열심히 해라."

"왜요?"

아들은 갑자기 튀어나오는 아버지의 말에 의아를 느끼면서 반문했다.

"야, 원식아. 별수 없다. 왜정 때는 그래도 일본말이 출세를 하게 했고 이제는 노어가 또 판을 치지 않니. 고기가 물을 떠나서 살 수 없는 바에야 그 물 속에서 살 방도를 궁리해야지. 아무튼 그 노서아 말 꾸준히 해라."

아들은 아버지 말에 새삼스러이 자극을 받는 것 같진 않았다.

"내 나이로도 인제 이만큼 뜨내기 회화쯤은 할 수 있는데, 새파란 너희 낫세로야 그걸 못하겠니?"

"염려 마세요, 아버지……."

아들의 대답이 그에게는 믿음직스럽게 여겨졌다. 이인국 박사는 심각한 표정으로 말을 이었다.

"어디 코 큰 놈이라구 별것이겠니, 말 잘해서 진정이 통하기만 하면 그것들두 다 그렇지……."

이인국 박사는 끝내 스텐코프 소좌의 배경으로 요직에 있는 당 간부의 추천을 받아 아들의 소련 유학을 결정짓고야 말았다.

"여보, 보통으로 삽시다. 거저 표 나지 않게 사는 것이 이런 세상에선 가장 편안할 것 같아요. 이제 겨우 죽을 고비를 면했는데 또 쟤까지 그 '높이 드는' 복판에 휘몰아 넣으면 어쩔라구……."

"가만있어요. 호랑이두 굴에 가야 잡는 법이오. 무슨 세상이 되든 할대로 해 봅시다."

"그래도 저 어린것을 어떻게 노서아까지 보낸단 말이오."

"아니, 중학교 야들도 가지 못해 골들을 싸매는데, 대학생이 못 가 견딜라구."

"그래도 어디 앞일을 알겠소……."

"괜한 소리, 쟤가 소련 바람을 쏘이구 와야 내게 허튼 소리 하는 놈들도 찍소리를 못할 거요. 어디 보란 듯이 다시 한 번 살아 봅시다."

아들의 출발을 앞두고, 걱정하는 마누라를 우격다짐으로 무마시키고 그는 아들의 유학을 관철하였다.

'흥. 혁명 유가족두 가기 힘든 구멍을 이인국의 아들이 뚫었으니 어디 두구 보자……'

그는 만장의 기염을 토하며 혼자 중얼거리고는 희망에 찬 미소를 풍겼다.

그 다음해에 사변이 터졌다. 잘 있노라는 서신이 계속하여 왔지만 동란 후 후퇴할 때까지 소식은 두절된 대로였다. 마누라의 죽음은 외아들을 사지로 보낸 것 같은 수심에도 그 원인이 있었다고 그는 생각하고 있다.

이인국 박사는 신문 다찌끼리 속에 채워진 글자를 하나도 빼지 않고 다 훑어 내려갔다. 그러나 아들의 이름에 연관되는 사연은 한마디도 없었다.

'이 자식은 무얼 꾸물꾸물하느라고 이런 축에도 끼지 못한담……. 사태를 판별하고 임기응변의 선수를 쓸 줄 알아야지, 멍추 같이……'

그는 신문을 포개어 되는대로 말아 쥐었다.

'개천에서 용마가 난다는데 이건 제 애비만도 못한 자식이야.'

그는 혀를 찍찍 갈겼다.

'어쩌면 가족이 월남한 것조차 모르고 주저하고 있는 것이나 아닐까. 아니 이제는 그쪽에도 소식이 가서 제게도 무언중의 압력이 퍼져 갈 터인데……역시 고지식한 놈이 아무래도 모자라……'

그는 자동차에서 내리자 건가래침을 내뱉었다.

'독또오루 리, 내가 책임지고 보장하겠소. 아들을 우리 조국 소련에 유학

다찌끼리 : 신문 가장자리의 재단선

시키시오.'

스텐코프의 목소리가 고막에 와 부딪는 것만 같았다.

자위대가 치안대로 바뀐 다음날이다. 이인국 박사는 치안대에 연행되었다. 시멘트 바닥에 무릎을 꿇고 앉은 그는 입술이 파랗게 질려 있었다. 하반신이 저려 오고 옆구리가 쑤신다. 이것만으로도 자기의 생애를 통한 가장 큰 고역이라고 그는 생각하고 있다. 그러나 그것보다는 앞으로 닥쳐올 얘기할 수 없는 사태가 공포 속에 그를 휘몰았다.

지나가고 지나오는 구둣발 소리와 목덜미에 퍼부어지는 욕설을 들으면서 꺾이듯이 축 늘어진 그의 머리는 들릴 줄을 몰랐다. 시간만이 흘러가고 있었다. 그의 머릿속에는 짓눌렸던 생각들이 하나씩 꼬리를 치켜들기 시작했다.

'이럴 줄 알았더라면 어디든지 가 숨거나, 진작으로 남으로라도 도피했을 걸……. 그러나 이 판국에 나를 감싸줄 사람이 어디 있담. 의지할 곳은 다 나와 같은 코스를 밟았거나 조만간에 밟을 사람들이 아닌가. 일본인! 가장 믿었던 성벽이 다 무너지고 난 지금 누구를…….'

'그래도 어떻게 되겠지…….'

이 막연한 기대는 절박한 이 순간에도 그에게서 완전히 떠나 버리지는 않았다.

'다행이다. 인민재판의 첫 코에 걸리지 않은 것만 해도. 끌려간 사람들의 행방은 전혀 알 길이 없다. 즉결 처형을 당했다는 소문도 떠돈다. 사흘의 여유만 더 있었더라면 나는 이미 이곳을 떴을지도 모른다. 다 운명이다. 아니

---

9 **독또오루** : 닥터(doctor)

그래도 무슨 수가 있겠지······.'

"쪽발이[10] 끄나풀, 야 이 새끼야."

고함소리에 놀라 이인국 박사는 흠칫 머리를 들었다. 때도 묻지 않은 일본 병사 군복에 완장을 찬 젊은이가 쏘아보고 있다. 춘석이다. 이인국 박사는 다시 쳐다볼 힘도 없었다. 모든 사태는 짐작되었다. 이제는 죽는구나, 그는 입 속으로 뇌까렸다.

"왜놈의 밑받이, 이 개새끼야."

일본 군용화가 그의 옆구리를 들이찬다.

"이 새끼, 어디 죽어 봐라."

구둣발은 앞뒤를 가리지 않고 전신을 내지른다.

등골 척수에 다급한 충격을 받자 이인국 박사는 비명을 지르고 꼬꾸라졌다. 그는 현기증을 일으켰다. 어깻죽지를 끌어 바로 앉혀도 몸을 가누지 못하고 한쪽으로 쓰러졌다.

"민족과 조국을 팔아먹은 이 개돼지 같은 놈아. 너는 총살이야, 총살······."

어렴풋이 꿈속에서처럼 들려왔다. 그러나 그에게는 그 말도 아무런 반향을 일으키지 못했다.

시간이 얼마나 흘렀을까. 자기 앞자락에서 부스럭거리는 감촉과 금속성의 부스럭거리는 소리를 듣고 어렴풋이 정신을 차렸다. 노란 털이 엉성한 손목이 시곗줄을 끄르고 있다. 그는 반사적으로 앞자락의 시계 주머니를 부둥켜 쥐면서 손의 임자를 힐끔 쳐다보았다. 눈동자가 파란 중대가리 소련 병사가 시곗줄을 거머쥔 채 이빨을 드러내고 히죽이 웃고 있다. 그는 두 손으로 있는

---

[10] **쪽발이** : 왜나막신을 신는다는 데서 온 말로, 일본인을 욕으로 이르는 말

힘을 다해 양복 안주머니를 감싸 쥐었다.

"흥……야뽄스키[11]……."

병사의 눈동자는 점점 노기를 띠어 갔다.

"아니, 이것만은!"

그들의 대화는 서로 통하지 않는 대로 손아귀와 눈동자의 대결은 그대로 지속되고 있었다. 병사는 됫박만한 손으로 이인국 박사의 손가락 끝에서 시계를 채어 냈다. 시곗줄은 끊어져 고리가 달린 끝머리가 이인국 박사의 손가락 끝에서 달랑거렸다. 병사는 밖으로 나가 버렸다.

"죽음과 시계……."

이인국 박사는 토막 난 푸념을 되풀이하고 있다. 양쪽 팔목에 팔뚝시계를 둘씩이나 차고도 만족이 안 가 자기의 회중시계까지 앗아 가는 그 병정의 모습을 머릿속에 똑똑히 되새겨 갈 뿐이다.

감방 속은 빼곡히 찼다. 그러나 고참자와 신입자의 서열은 분명했다. 달포가 지나는 사이에 맨 안쪽 똥통 위에 자리 잡았던 이인국 박사는 삼분지 이의 지점으로 점차 승격되었다.

그는 하루 종일 말이 없었다. 범인 속에 섞여 있던 감방 밀정이 출감된 다음날부터 불평만을 늘어놓던 축들이 불려 나가 반송장이 되어 들어왔지만, 또 하루 이틀이 지나자 감방 속의 분위기는 여전히 불평과 음식 이야기로 소일되었다.

이인국 박사는 자기의 죄상이라는 것을 폭로하기도 싫었지만 예전에 고등계 형사들에게서 실컷 얻어들은 지식이 약이 되어 함구령이 지상 명령이

---

11 **야뽄스키** : [러시아어] 일본인

라는 신념을 일관하고 있었다. 그는 간밤에 출감한 학생이 내던지고 간 노어 회화 책을 첫 장부터 꼼꼼히 뒤지고 있을 뿐이다.

등골이 쏘고 옆구리가 결려 온다. 이것으로 고질이 되는가 하는 생각이 없지 않다. 아침저녁으로 기온이 사뭇 내려가고 있다. 아무리 체념한다면서도 초조감을 막을 길 없다.

노어 책을 읽으면서도 그의 청각은 늘 감방 속의 이야기를 놓치지 않고 있다. 그들이 예측하는 식대로의 중형으로 치른다면 자기의 죄상은 너무도 어마어마하다. 양곡 조합의 쌀을 몰래 팔아먹은 것이 칠 년, 양민을 강제로 보국대에 동원했다는 것이 십 년, 감정적인 즉결이 아니라 법에 의한 처단이라고 내대지만 이 난리 판국에 법이고 뭣이고 있을까. 마음에만 거슬리면 총살일 판인데…….

'친일파, 민족 반역자, 반일 투사 치료 거부, 일제의 간첩 행위…….'

이건 너무도 어마어마한 죄상이다. 취조할 때 나열하던 그대로 한다면 고작해야 무기 징역, 사형감인지도 모른다.

그는 방안을 둘러보며 후 큰 숨을 내쉬었다. 처마 밑에 바싹 달라붙은 환기창에서 들이비치던 손수건만한 햇살이 참대자처럼 길어졌다가 실오리만큼 가늘게 떨리며 사라졌다. 그 창살을 거쳐 아득히 보이는 가을 하늘이 잊었던 지난 일을 한 덩어리로 얽어 휘몰아 오곤 했다. 가슴이 짜릿했다.

밖의 세계와는 영원한 단절이다. 그는 눈을 감았다. 마누라, 아들, 딸, 혜숙이, 누구누구……그러다가 외과계의 원로 이인국 박사에 이르자, 목구멍이 타는 것 같이 꽉 막혔다. 그는 헛기침을 하고 침을 삼켰다.

'그럼, 어쩐단 말이야, 식민지 백성이 별수 있었어. 날구 뛴들 소용이 있었느냐 말이야, 어느 놈은 일본놈한테 아첨을 안 했어. 주는 떡을 안 먹은

놈이 바보지. 흥, 다 그놈이 그놈이었지.'

이인국 박사는 자기변명을 합리화시키고 나면 가슴이 좀 후련해 왔다. 거기다 어저께의 최종 취조 장면에서 얻은 소련 고문관의 표정은 그에게 일루의 희망을 던져 주는 것이 있었다. 물론 그것이 억지의 자위일지도 모른다고 생각되었지만. 아마 스텐코프 소좌라고 했지. 그 혹부리 장교, 직업이 의사라고 했을 때, '독또오루, 독또오루' 하고 고개를 기웃거리던 순간의 표정, 그것이 무슨 기적의 예감 같기만 했다.

이인국 박사는 신음소리에 놀라 눈을 떴다. 복도에 켜져 있는 엷은 전등 불빛이 쇠창살을 거처 방 안에 줄무늬를 놓으며 비쳐 들어왔다. 그는 환기창 쪽을 올려다보았다. 아직도 동도 트지 않은 깜깜한 밤이다.

생똥 냄새가 코를 찌른다. 바짓가랑이 한쪽이 축축하다. 만져 본 손을 코에 갔다 댔다. 구역질이 난다. 역시 똥 냄새다. 옆에 누운 청년의 앓는 소리는 계속되고 있다. 찬찬히 눈여겨보았다. 청년 궁둥이도 젖어 있다.

'설산가 보다.'

그는 살창문을 흔들며 교화 소원을 고함쳐 불렀다.

"뭐야!"

자다가 깬 듯한 흐린 소리가 들려 왔다.

"환자가……이거, 봐요."

창살 사이로 들여다보는 소원의 얼굴은 역광 속에서 챙 붙은 모자 밑의 둥그스름한 윤곽밖에 알려지지 않는다. 이인국 박사는 청년의 궁둥이께를 손가락으로 가리키며 들여다보고 있다.

"이거, 피로군, 피야."

그는 그제서야 붉은빛을 발견하곤 놀란 소리를 쳤다.

"적리야, 이질……."

그는 직업의식에서 떠오르는 대로 큰 소리를 질렀다.

"뭐, 적리?"

바깥 소리는 확실히 납득이 안 간 음성이다.

"피똥 쌌소, 피똥을……이것 봐요."

그는 언성을 더욱 높였다.

"응, 피똥……."

아우성 소리에 감방 안의 사람들은 하나 둘 눈을 뜨며 저마다 놀란 소리를 쳤다.

"적리, 이건 전염병이오, 전염병."

"뭐, 전염병……."

그제서야 교화소원이 문을 열고 들어왔다. 얼마 후 환자는 격리되었고 남은 사람들은 똥을 닦느라고 한참 법석을 치고 다시 잠을 불러일으키질 못했다.

이튿날 미결감 다른 감방에서 또 같은 증세의 환자가 두셋 발생했다. 날이 갈수록 환자는 늘기만 했다. 이 판국에 병만 나면 열의 아홉은 죽는 길밖에 없다고 생각한 이인국 박사는 새로운 위험에 사로잡히기 시작했다.

저녁 후 이인국 박사는 고문관실로 불려 나갔다.

"동무는 당분간 환자의 응급 치료실에서 일하시오."

이게 무슨 청천벽력 같은 기적일까, 그는 통역의 말을 의심했다. 소련 장교와 통역관을 번갈아 쳐다보고 있는 그의 눈동자는 생기를 띠어 갔다.

"알겠소, 엥……?"

"네."

다짐에 따라 이인국 박사는 기쁨을 억지로 감추며 평범한 어조로 대답했다.

'글쎄, 하늘이 무너져도 솟아날 구멍은 있다니까.'

그는 아무 표정도 나타내지 않으려고 이를 악물었다.

죽어 넘어진 송장이 개 치우듯 꾸려져 나가는 것을 보고 이인국 박사는 꼭 자기 일 같이만 느껴졌다.

'의사, 이것은 나의 천직이다.'

그는 몇 번이고 감격에 차 중얼거렸다. 그는 있는 힘을 다해 자기 담당의 환자를 치료했다. 이러한 일은 그의 실력이 혹부리 고문관의 유다른 관심을 끌게 한 계기를 만들어 주었다. 사상범을 옥사시키는 경우는 책임자에게 큰 문책이 온다는 것은 훨씬 후에야 그가 안 일이다.

소련 군의관에게 기술이 인정된 이인국 박사는 계속 병원에서 근무하게 되었다. 그러나 죄상 처벌의 결말에 대해서는 알 길이 없었다. 그는 이 절호의 기회를 최대한으로 활용하고 싶었다. 이제는 죽어도 여한이 없을 것만 같았다. 이렇게 하여 이 보이지 않는 구속에서까지 완전히 벗어날 수는 없을까.

그는 환자의 치료를 하면서도 늘 스텐코프의 왼쪽 뺨에 붙은 오리알만한 혹을 생각하고 있었다. 불구라면 불구로 볼 수 있는 그 혹을 가지고 고급 장교에까지 승진했다는 것은, 소위 말하는 당성(黨性)이 강하거나 그렇지 않으면 전공(戰功)이 특별했음에 틀림없다는 생각이 들었다.

그것 하나만 물고 늘어지면 무엇인가 완전히 살아날 틈새기가 생길 것만 같았다. 이인국 박사의 뜨내기 노어도 가끔 순시하는 스텐코프와 인사말을 주고받을 수 있을 정도로 진전되었다. 이 안에서의 모든 독서는 금지되었지만 노어 교본과 당사(黨史)만은 허용되었다. 이인국 박사는 마치 생명의 열쇠나 되는 듯이 초보 노어 책을 거의 암송하다시피 했다.

크리스마스를 전후하여 장교들의 주연이 베풀어지는 기회가 거듭되었다. 얼근히 주기를 띤 스텐코프가 순시를 돌았다. 이인국 박사는 오늘의 이 기회를 놓치지 않겠다고 마음먹었다. 수일 전 소군 장교 한 사람이 급성 맹장염이 터져 복막염으로 번졌다. 그 환자의 실을 뽑는 옆에 온 스텐코프에게 이인국 박사는 말 절반 손짓 절반으로 혹을 수술하겠다는 의사를 표명했다.

스텐코프는 '하라쇼'를 연발했다. 그 후 몇 번 통역을 사이에 두고 수술 계획에 대한 자세한 의사를 진술할 기회가 생겼다. 이인국 박사는 일본인 시장의 혹을 수술하던 일을 회상하면서 자신 있는 설복을 했다.

'동경 경응 대학 병원에서도 못하겠다는 것을 내가 거뜬히 해치우지 않았던가.'

그는 혼자 머릿속에서 자문자답하면서 이번 일에 도박 같은 심정으로 생명을 걸었다. 소련 군의관을 입회시키고 몇 차례의 예비 진단이 치러졌다.

수술일은 왔다. 이인국 박사는 손에 익은 자기 병원의 의료 기재를 전부 운반하여 오게 했다. 군의관 세 사람이 보조하기로 했지만 집도는 이인국 박사 자신이 했다. 야전 병원의 젊은 군의관들이란 그에게 있어선 한갓 풋내기로밖에 보이지 않았다.

그는 수술을 진행하는 동안 그들 군의관들을 자기 집 조수 부리듯 했다. 집도 이후의 수술대는 완전히 자기 진단하의 왕국이라고 생각되었다. 그러

---

12 **하라쇼** : 좋아요.

나 아까 수술 직전에 사인한, 실패되는 경우에는 총살에 처한다는 서약서가 통일된 정신을 순간순간 흐려 놓곤 했다.

수술대에 누운 스텐코프의 침착하면서도 긴장에 찼던 얼굴, 그것도 전신마취가 끝난 후 삼 분이 못 갔다. 간호부는 가제로 이인국 박사의 이마에 내맺힌 땀방울을 연방 찍어내고 있다. 기구가 부딪는 금속성과 서로의 숨소리만이 고촉의 반사등이 내리비치는 방안의 질식할 것 같은 침묵을 헤살 짓고 있다. 수술은 예상 이상의 단시간으로 끝났다. 위생복을 벗은 이인국 박사의 전신은 땀으로 흠뻑 젖었다.

완치되어 퇴원하는 날 스텐코프는 이인국 박사의 손은 부서져라 쥐면서 외쳤다.

"꺼뻬딴 리, 스바씨보."

이인국 박사는 입을 헤벌리고 웃기만 했다. 마음의 감옥에서 해방된 것만 같았다.

"아진, 아진……오첸 하라쇼."

스텐코프는 엄지손가락을 높이 들면서 네가 첫째라는 듯이 이인국 박사의 어깨를 치며 칭찬했다.

다음날 스텐코프는 이인국 박사를 자기 방으로 불렀다. 그가 이인국 박사에게 스스로 손을 내밀어 예절적인 악수를 청한 것은 이것이 처음이었다.

'적과 적이 맞부딪치면서 이렇게 백팔십 도로 전환될 수가 있을까. 노랑

---

13 **꺼비딴** : 영어의 'captain'에 해당하는 러시아어
14 **스바씨보** : 감사합니다.

대가리도 역시 본심에서는 하나의 인간임에는 틀림없는 것이 아닌가.'

"내일부터는 집에서 통근해도 좋소."

이인국 박사는 막혔던 둑이 터지는 것 같은 큰 숨을 삼켜 가면서 내쉬었다. 이번에는 이인국 박사가 스텐코프의 손을 잡았다.

"스바씨보, 스바씨보."

"혹 나한테 무슨 부탁이 없소?"

이인국 박사는 문득 시계가 머리에 떠올랐다. 그러면서도 곧이어 이 마당에 그런 이야기를 꺼낸다는 것은 오히려 꾀죄죄하게 보이지 않을까 하는 생각이 뒤따랐다. 그러나 아무래도 그 미련이 가셔지지 않았다. 이인국 박사는 비록 찾지 못하는 경우가 있더라도 솔직히 심중을 털어놓으리라고 마음먹었다.

그는 통역의 보조를 받아 가며 시간과 장소를 정확히 회상하면서 시계를 약탈당한 경위를 상세히 설명했다. 스텐코프는 혹이 붙었던 뺨을 쓰다듬으면서 긴장된 모습으로 듣고 있었다.

"염려 없소, 독또우루 리. 위대한 붉은 군대가 그럴 리가 없소. 만약 있었다 하더라도 그것은 무슨 착각이었을 것이오. 내가 책임지고 찾도록 하겠소."

스텐코프의 얼굴에 결의를 띤 심각한 표정이 스쳐 가는 것을 이인국 박사는 똑바로 쳐다보았다.

'공연한 말을 끄집어내어 일껏 잘되어 가는 일이 부스럼을 만드는 것은 아닐까.'

그는 솟구치는 불안과 후회를 짓눌렀다.

"안심하시오, 독또우리 리, 하하하."

스텐코프는 말을 큰 웃음으로 넌지시 말끝을 막았다. 이인국 박사는 죽음의 직전에서 풀려나 집으로 향했다. 어느 사이 저렇게 노어로 의사 표시를 할 수 있게 되었느냐고 스텐코프가 감탄하더라는 통역의 말을 되뇌이면서…….

차가 브라운 씨의 관사 앞에 닿았다. 성조기를 보면서 이인국 박사는 그날의 적기(赤旗)와 돌려온 시계를 생각하고 있었다. 응접실에 안내된 이인국 박사는 주인이 나오기를 기다리면서 방안을 둘러보았다. 대사관으로는 여러 번 찾아갔지만 집으로 찾아온 것은 이번이 처음이다.

삼 년 전 딸이 미국으로 갈 때부터 신세진 사람이다. 벽 쪽 책꽂이에는 〈조선왕조실록(朝鮮王朝實錄)〉, 〈대동야승(大東野乘)〉 등 한적(漢籍)[15]이 빼곡히 차 있고 한쪽에는 고서의 질책(帙冊)[16]이 가지런히 쌓여져 있다. 맞은편 책상 위에는 작은 금동 불상 곁에 몇 개의 골동품이 진열되어 있다. 십이 폭 예서(隸書) 병풍 앞 탁자 위에 놓인 재떨이도 세월의 때 묻은 백자다. 저것들도 다 누군가가 가져다 준 것이 아닐까 하는 데 생각이 미치자 이인국 박사는 얼굴이 화끈해졌다.

그는 자기가 들고 온 상감진사(象嵌辰砂) 고려청자 화병에 눈길을 돌렸다. 사실 그것을 내놓는 데는 얼마간의 아쉬움이 없지 않았다. 국외로 내어 보낸다는 자책감 같은 것은 아예 생각해 본 일이 없는 그였다. 차라리 이인국 박사에게는 저렇게 많으니 무엇이 그리 소중하고 달갑게 여겨지겠느냐는 망설임이 더 앞섰다.

브라운 씨가 나오자 이인국 박사는 웃으며 선물을 내어놓았다. 포장을

---

15 **한적(漢籍)** : 한문으로 된 서적
16 **질책(帙冊)** : 여러 권으로 된 한 벌의 책

풀고 난 브라운 씨는 만면에 미소를 띠며 기쁨을 참지 못하는 듯 탱큐를 거듭 부르짖었다.

"참, 이거 귀중한 것입니다."

"뭐 대단한 것이 아닙니다만 그저 제 성의입니다."

이인국 박사는 안도감에 잇닿은 만족을 느끼면서 브라운 씨의 기쁨에 맞장구를 쳤다. 브라운 씨가 영어 반 한국말 반으로 섞어 하는 이야기를 들으면서 이인국 박사는 흐뭇한 기분에 젖었다.

"닥터 리는 영어를 어디서 배웠습니까?"

"일제 시대에 일본말 식으로 배웠지요. 예를 들면 '잣도 이즈 아 갓도' 식으루요."

"그런데 지금 발음은 좋은데요. 문법이 아주 정확한 스텐더드 잉글리시입니다."

그는 이 말을 들을 때 문득 스텐코프의 말이 연상됐다. 그러고 보면 영국에 조상을 가진다는 브라운 씨는 알(R) 발음을 그렇게 나타내지 않는 것 같게 여겨졌다.

"얼마 전부터 개인 교수를 받고 있습니다."

"아, 그렇습니까?"

이인국 박사는 자기의 어학적 재질에 은근히 자긍을 느꼈다. 브라운 씨가 부엌 쪽으로 갔다오더니 양주 몇 병이 놓인 쟁반이 따라 나왔다.

"아무 거라도 마음에 드는 것으로 하십시오."

이인국 박사는 보드카 한 잔을 신통한 안주도 없이 억지로라도 단숨에 들이켜야 속이 시원해 하던 스텐코프를 브라운 씨 얼굴에 겹쳐 보고 있다. 그는 혈압 때문에 술을 조절해야 하는 자기 체질에 알맞게 스카치 한 잔을 핥듯이 조금씩 목을 축이면서 브라운 씨의 이야기를 들었다.

"그거, 국무실에서 통지 왔습니다."

이인국 박사는 뛸 듯이 기뻤으나 솟구치는 흥분을 억제하면서 천천히 손을 내밀어 악수를 청했다.

"탱큐, 탱큐."

어쩌면 이것은 수술 후의 스텐코프가 자기에게 하던 방식 그대로인지도 모른다는 생각이 들었다. 이인국 박사는 지성이면 감천이라고, 나의 처세법은 유에스에이에도 통하는구나 하는 기고만장한 기분이었다. 청자병을 몇 번이고 쓰다듬으면서 술잔을 거듭하는 브라운 씨도 몹시 즐거운 표정이었다.

"미국에 가서의 모든 일도 잘 부탁합니다."

"네, 염려 마십시오. 떠나실 때 소개장을 써드리지요."

"감사합니다."

"역사는 짧지만, 미국은 지상의 낙토입니다. 양국의 우호와 친선에 도움이 되기를 바랍니다……."

"탱큐……."

다음날 휴전선 지대로 같이 수렵하러 가기로 약속하고 이인국 박사는 브라운 씨 대문을 나섰다. 이번 새로 장만한 영국제 쌍발 엽총의 총신을 머리에 그리면서 그의 몸은 날기라도 할 듯이 두둥실 가벼웠다. 이인국 박사는 아까 수술한 환자의 경과가 궁금했으나 그것은 곧 씻겨져 갔다.

그의 마음속에는 새로운 포부와 희망이 부풀어 올랐다. 신체검사는 이미 끝난 것이고 외무부 출국 수속도 국무성 통지만 오면 즉일 될 수 있게 담당 책임자에게 교섭이 되어 있지 않은가? 빠르면 일주일 내에 떠나게 될지도 모른다는 브라운 씨의 말이 떠올랐다.

대학을 갓 나와 임상 경험도 신통치 않은 것들이 미국에만 갔다 오면 별이라도 딴 듯이 날치는 꼴이 사나왔다.

'어디 나두 댕겨오구 나면 보자!'

문득 딸 나미와 아들 원식의 얼굴이 한꺼번에 망막으로 휘몰아 왔다. 그는 두 주먹을 불끈 쥐며 얼굴에 경련을 일으키듯 긴장을 띠다가 어색한 미소를 흘려보냈다.

'흥, 그 사마귀 같은 일본놈들 틈에서도 살았고, 닥싸귀 같은 로스케 속에서 살아났는데, 양키라고 다를까……혁명이 일겠으면 일구, 나라가 바뀌겠으면 바뀌구, 아직 이 이인국의 살 구멍은 막히지 않았다. 나보다 얼마든지 날뛰던 놈들도 있는데, 나쯤이야…….'

그는 허공을 향하여 마음껏 소리치고 싶었다.

'그러면 우선 비행기회사에 들러 형편이나 알아볼까…….'

이인국 박사는 캘리포니아 특산 시가를 비스듬히 문 채 지나가는 택시를 불러 세웠다. 그는 스프링이 튈 듯이 부스에 털썩 주저앉았다.

"반도 호텔로……"

차창을 거쳐 보이는 맑은 가을 하늘이 이인국 박사에게는 더욱 푸르고 드높게만 느껴졌다.

전광용의 꺼삐딴 리 를 다 읽으셨나요?

그러면 작품의 내용을 생각하면서 이 소설의 인물, 사건, 배경 등 여러 요소들에 대한 자신만의 마인드맵을 그려 보세요~!

줄거리 & 주제 정리

줄거리

이인국은 외과 전문의다. 병원은 매우 정결하지만, 치료비가 다른 병원보다 갑절이나 비싸다. 그는 병의 증세보다 환자의 경제적 능력을 저울질하는 진단을 통해 철저히 부를 추구한다. 어느 날, 미국으로 가기 위해 미 대사관의 브라운과 만날 시간을 맞추려고 회중시계를 꺼내 보다가 30년 전 과거를 회상한다.

그는 일제 시대에 제국 대학을 졸업할 때, 회중시계를 상으로 받았다. 잠꼬대도 일본어로 할 정도로 완전한 황국 신민으로 동화되어 철저히 일본인으로 살아왔다. 해방 후 격변기의 북에서 소련군 점령 하에 사상범으로 낙인 찍혀 그는 감옥 생활을 하게 된다. 여기에서 이질 환자를 발견, 치료한 이인국은 수용소에서 응급 치료를 맡는 행운을 얻는다. 그는 소련군 스텐코프 장교의 뺨에 붙은 혹을 제거하는 수술에 성공, 그의 도움을 받아 위기에서 벗어나게 되며, 친소파로 돌변하여 영화를 누렸다. 이때 그는 아들을 모스크바로 유학시키게 되며, 이것이 부자간의 이별이 되고 말았다. 그는 1.4 후퇴 때 가족과 함께 월남, 거제도 수용소에서 아버지를 잃게 된다. 그는 미군 주둔 시에도 그 상황에 맞는 처세술로 현실에 적응하며, 일제 시대에 같이 일했던 간호원 혜숙과 재혼해 딸을 낳는다.

대사관에서 브라운을 만난 이인국은 고려청자를 그에게 선물하며, 한국인으로서의 자책감보다는 그의 취향을 생각하며 고민한다. 아무튼 이인국은 그 특유의 처세술로 브라운을 만족시키게 되어 미 국무성 초청장을 받는 목적을 달성한다. 미국에 가서도 반드시 성공을 거두리라고 생각하며 도미(渡美)하기에 이른다.

주제

시류에 따라 변절하는 이기적 · 기회주의적 인간 비판

핵심 정리

등장인물
· 이인국 : 주인공. 외과의사로서 이기적인 기회주의자
· 아들, 딸, 일본인, 소련인, 미국인 등 : 이인국의 생애를 그려내는 데 필요한 인물들
배경 — 8·15해방과 6·25전쟁 전후의 남북한
시점 — 3인칭 전지적 작가 시점
성격 — 풍자적, 비판적
출전 — 『사상계』(1962)

문제 풀기

모범답 → p. 268

1. 이 글의 주인공에 대한 다음 밑줄 친 부분의 표현이 의미하는 것은? (   )

> 아무튼 그의 단골 고객들은 그의 <u>정결한 결벽성</u>에 감탄과 경의를 표해 마지
> 않는다.

① 이상적인 삶을 추구하는 자기만족의 자세
② 위생 관념이 철저한 의사로서의 기본적인 행동
③ 비인간적인 자신의 행위를 감추려는 무의식적인 태도
④ 철저한 관리를 통해 고객에게 서비스를 다하려는 정신
⑤ 아랫사람들에게 일을 강하게 시키고 다스려는 의도적인 행동

2. 이 글의 주인공을 '박사'라고 한 지은이의 의도는 무엇일까요?

감상 쓰기

주인공이나 지은이에게 하고 싶은 말, 알게 된 점, 느낀 점 등

30

선학동(仙鶴洞)
나그네

 이청준 (李淸俊, 1939~2008)

이청준 李淸俊

1939-2008

한국 현대문학을 대표하는 소설가. 사회적인 체제의 폭력성에 대한 인간 정신의 대결을 주로 작품화하였으며, 언어의 진실과 자유에 대한 치열한 관심을 바탕으로 궁극적인 삶의 본질을 규명하고 인간 존재에 대응하는 예술 형식의 완결성을 추구함.

연보

- 1939년 8월 9일 전라남도 장흥군에서 출생
- 1960년 광주 제일고등학교 졸업
- 1965년 『사상계』 신인상에 단편소설 「퇴원」 당선
- 1966년 서울대학교 문리대 독문과 졸업
- 1967년 「병신과 머저리」로 제13회 동인문학상 수상
- 1971년 첫 창작집 『별을 보여드립니다』 간행
- 1978년 「잔인한 도시」로 제2회 이상문학상 수상
- 1985년 대한민국문학상 수상
- 1999년 순천대학교 문예창작학과 석좌교수 역임
- 2000년 장편소설 『낮은 데로 임하소서』 출간
- 2008년 7월 31일 사망

❶ 이청준은 초기 작품들에서 여러 계통의 장인들을 통하여 급격히 변화하는 산업사회 속에서 우리의 전통적 가치관이 어떻게 사라져 가는지를 그려내었으며, 허무와 의지의 대응관계를 구조적으로 파악하면서 경험적 현실을 관념적으로 해석하고 상징적으로 표현하고자 하였다.

❷ 이청준의 후기 작품들은 점차 정치·사회적인 체제와 그 폭력성에 대한 인간 정신의 대결 관계를 주로 형상화하는 모습으로 나타났으며, 이를 바탕으로 궁극적인 삶의 본질이 무엇인가를 탐구해 나갔고, 인간 존재에 대응하는 예술 형식의 완결성을 추구하고자 하였다.

주요 작품들

병신과 머저리(1968)	소문의 벽(1971)
이어도(1974)	서편제(1976)
당신들의 천국(1976)	잔인한 도시(1978)
살아 있는 늪(1979)	자유의 문(1989)

준비   "읽기 전에 알아두자."

「선학동 나그네」는 1979년 계간지 『문학과 지성』 여름호에 발표된 단편소설입니다. 지은이는 이 소설에서 자신의 한을 치열한 예술혼으로 승화시키는 한 예술가의 삶을 보여주고 있지요. 이 소설은 고통스러운 현실에서 소외된 사람들의 한 맺힌 삶의 모습과 그 한을 풀어내는 과정을 예술적으로 형상화함으로써 우리의 전통적 삶과 정서의 세계를 잘 표현하고 있는 작가의 대표작이라 할 수 있습니다.

집중   "이것만은 꼭 생각하며 읽자."

이 작품에 등장하는 소리꾼 여인은 '소리'에 자신의 온 삶을 바칩니다. 그리하여 자신의 눈을 멀게 한 아비에 대한 원망과 저주를 극복하여 자신의 영혼을 예술로 구원해내지요. 현실의 고통과 결핍을 오직 '소리'의 예술로 이겨낸 소리꾼 여인의 한맺힌 삶을 그려보며, 진정한 예술이란 과연 무엇인지 생각하며 읽어 보세요.

선학동(仙鶴洞) 나그네

-
-
-

남도 땅 장흥에서도 버스는 다시 비좁은 해안 도로를 한 시간 남짓 달린 끝에, 늦가을 해가 설핏해진 저녁 무렵이 다 되어서야 종점지인 회진으로 들어섰다.

차가 정류소에 멎어서자, 막판까지 넓은 차칸을 지키고 있던 칠팔 명 손님이 서둘러 자리를 일어섰다. 젊은 운전기사 녀석은 그새 운전석 옆 비상구로 차를 빠져나가 머리와 옷자락에 뒤집어쓴 흙먼지를 길가에서 훌훌 털어 대고 있었다.

사내는 맨 마지막으로 차를 내려섰다.

차를 내린 다른 손님들은 방금 완도 연락을 대기하고 있는 여객선의 뱃고동 소리에 발걸음들이 갑자기 바빠지고 있었다.

사내는 발길을 서두르지 않았다.

그는 배를 탈 일이 없었다. 발길을 서두르는 대신 그는 이제 전혀 할 일이 없는 사람처럼 한동안, 밀물이 차오르는 선창 쪽 바다만 바라보고 있었다. 하다가, 그는 뒤늦게 무슨 할 일이 떠오른 듯 눈에 들어오는 근처 약방으로 발길을 재촉해 들어갔다.

약방에서 사내는, 이마에 저녁 볕 조각을 받고 앉아 있는 젊은 아낙네에게서 바카스 한 병을 샀다. 그리고 거스름돈을 내주는 여자에게 그가 물었다.

"아주머니, 요즘 물때가 저녁 만조(慢潮) 겠지요?"

"그러겠지라우. 보름을 지낸 지가 엊그제니께요. 지금도 하마 물이 거의 차올랐을 텐디요."

거스름을 내주며 묘하게 게으르고 건성스러워 들리는 사투리의 여자에게 사내가 다시 재우쳐 물었다.

"선학동 쪽에 하룻밤 묵어갈 만한 곳이 있을까요? 옛날엔 그 쪽 길목에 술도 팔고 밥도 먹여 주는 조그만 주막이 하나 있었던 걸로 알고 있습니다만……."

여자는 그제서야 쉰 길을 거의 다 들어서고 있는 듯한 사내의 행적을 새삼 눈여겨보는 듯했다. 하지만, 그녀는 어딘가 짙은 피곤기 같은 것이 어려 있는 사내의 표정과 허름한 몰골에 금세 흥미가 떨어지는 어조였다.

"손님도 아마 선학동이 첫길은 아니신가 본디, 그야 사람 사는 동네에 하룻밤 길손 묵어 갈 곳이 없을랍디요? 동네로 건너가는 길목엔 아직 주막도 하나 남아 있고요……."

사내는 바카스 병을 열어 안엣 것을 마시고 나서 곧 약국을 나왔다. 그러고는 이내 선창거리를 빠져 나와 선학동 쪽으로 늦은 발길을 재촉해 나섰다.

서쪽 산마루 위로 낙조가 아직 한 뼘쯤 남아 있었다.

"서둘러 가면 늦지 않겠군."

사내는 혼자 중얼거리며 걸음걸이에 한층 속도를 주었다.

— 이곳을 지난 것이 30년쯤 저 쪽 일이던가. 그때 기억에 따르믄, 신학동 까지는 이 회진포에서도 아직 십 리 길은 족히 되고 남는 거리였다. 해 안으로

| 만조(慢潮) : 밀물이 꽉 차서 해면의 수위가 가장 높게 된 상태

그 십릿길을 모두 걸어 닿아야 할 필요는 없었다. 이 쪽 길목에 아직 주막이 남아 있다면, 그 선학동을 물 건너로 바라볼 수 있는 주막까지만 닿으면 되었다. 하다못해 선학동 포구를 내려다볼 수 있는 돌고개 고빗길만 돌아서게 되어도 그만이었다.

하지만, 해 안으로 어떻게든 선학동을 보아야 했다. 선학동과 선학동을 감싸 안고 뻗어 내린 물 건너 산자락을, 그리고 그 선학동 산자락을 거울처럼 비춰 올릴 선학동 포구의 만조를 놓치지 말아야 했다.

사내는 발길을 서둘러댔다.

한동안 물길을 따라 돌던 해변길이 이윽고 산길로 변하였다. 선학동으로 넘어가는 돌고개 산길이 시작되고 있었다. 왼쪽으로 파란 회진포의 물길을 내려다보며 산길은 소나무 숲 무성한 산굽이를 한참이나 구불구불 돌아가고 있었다.

솨 — 솨 —

솔바람 소리가 제법 시원스럽게 어우러져 들었으나, 갈 길이 조급한 사내의 이마에선 땀방울이 송글송글 돋아나고 있었다.

왼쪽 눈 아래로 때마침 포구를 빠져나가는 완도행 여객선의 바쁜 뱃길이 그림처럼 내려다보였는데, 사내는 그 여객선의 긴 뱃고동 소리에조차 공연히 마음이 쫓겨대는 심사였다. 그는 여객선과 시합이라도 벌이듯 허겁지겁 산길을 돌아들고 있었다. 하지만, 여객선의 속력과 사내의 걸음걸이는 처음부터 상대가 될 수 없었다. 배는 순식간에 포구를 빠져나가 넓은 남해 바다를 향해 까맣게 섬 기슭을 돌아서고 있었다.

사내도 이젠 거의 마지막 산굽이를 돌아들고 있었다. 선학동 쪽으로 길을 넘어설 돌고개 모롱이가 눈앞에 있었다.

사내는 새삼 표정이 긴장되기 시작했다. 산길이 제법 높아 그런지 저녁 해는 회진 쪽에서보다는 아직 한 뼘 길이나 남아 있었다. 이제 마지막 산모퉁이를 하나 올라서고 나면, 거기서 다시 오른쪽으로 길게 뻗어 들어간 선학동 포구의 긴 물길이 눈앞을 시원히 막아설 것이다. 그리고 거기서 그는 보게 될 것이었다. 장삼자락을 길게 벌려 선학동을 싸안은 도승(道僧) 형국(形局)의 관음봉과 만조에 실려 완연히 모습지어 오를 그 신비스런 선학(仙鶴)의 자태를. 그리고 또 재수가 좋으면 그는 어쩌면 듣게 될 것이었다. 그 도승의 품 속 어디선가로부터 포구를 울리면서 물을 건너오는 산령(山靈)의 북소리를. 그리고 그 종적 모를 여인의 한스런 후일담을.

사내는 억누를 수 없는 기대감 때문에 발걸음마저 차츰 더디어져 가고 있었다. 하지만, 사내에겐 오래 망설일 여유가 없었다. 그는 긴장한 자신을 달래기 위해 심호흡을 한 번 크게 내뱉고 나서는 이내 성큼성큼 마지막 산모퉁이를 올라서 버렸다.

순간 — 사내의 얼굴 표정이 커다랗게 흔들렸다. 눈앞에 펼쳐진 풍정(風情)이 너무도 의외였다. 돌고개 너머론 또 한 줄기 바다가 선학동 앞까지 길게 뻗어 들어가 있어야 하였다. 물이 있어야 할 곳에 물이 없었다. 바닷물은 언제부턴가 돌고개 기슭에서부터 출입이 끊겨 있었다. 돌고개 기슭과 관음봉의 오른쪽 산자락 끝을 건너 이은 제방이 포구의 물길을 끊어 버리고 있었다. 포구는 바닷물 대신 추수가 끝난 빈 들판으로 변해져 있었다. 들판 건너편으로 옹기종기 집들이 모여 앉은 선학동의 모습이 아득히 떠올랐다. 비상(飛翔)학의 모습은 자취를 찾을 수가 없었다. 포구에 물이 없으니 선학(仙鶴)은 처음부터 날아오를 수가 없었다. 둥둥. 관음봉 지심(地心)에서부터 물을 건너 들려온다던 그 산령(山靈)의 북 소리도 들려올 리 없었다. 변하지

않은 것은 다만 장삼자락을 좌우로 길게 펼쳐 앉은 법승 형국의 관음봉뿐
이었다. 그 기이한 관음봉의 자태도 포구에 물이 차올라 있을 때의 얘기였자.
마른 들판을 싸안은 관음봉은 전날과 같이 아늑하고 인자스런 지덕(地德)과
그 풍광(風光)을 깡그리 잃어버리고 있었다. 그것은 다만 들판을 둘러싸고
내려앉은 평범한 산줄기에 불과할 뿐이었다.

　사내는 모든 기대가 한꺼번에 무너져 내린 듯 그 자리에 털썩 주저앉고
말았다. 그러고는 이제 잃어버린 선학동의 옛 풍정을 되새기듯 아쉬운 상념
속을 헤매들기 시작했다.

　선학동 — 그곳엔 예부터 기이한 이야기 한 가지가 전해오고 있었다. 이
야기는 포구 안쪽에 자리 잡은 선학동의 뒷산 모습으로부터 연유된 것이다.
그 산세가 영락없는 법승의 자태를 닮고 있었기 때문이었다. 마을 뒤쪽으로
주봉을 이루고 있는 관음봉은 고깔처럼 뾰족하게 하늘로 치솟아 오른 모습
이 영락없는 법승의 머리통을 방불케 하였고 그 정봉(頂峰)을 한참 내려와
좌우로 길게 펼쳐 내려간 양쪽 산줄기는 앉아 있는 스님의 장삼자락을 형상
짓고 있었다. 선학동 마을은 이를테면 그 법승의 장삼 자락에 안겨든 형국
이었는데, 게다가 마을 앞 포구에 밀물이 차오르면 관음봉 쪽 산심의 어디
선가로부터 둥둥둥둥 법승이 북을 울려대는 듯한 신기한 지령음(地靈音)이
물 건너 돌고개 일대까지 들려 온 것은 말할 나위가 없었다.

　그러나 마을 사람들에게 보다 더 관심이 가는 일은 선대들의 묏자리를
위해 관음봉 산자락 가운데서도 진짜 지령음이 솟아오르는 명당(明堂)
줄기를 찾는 일이었다. 마을엔 예부터 그 지령음이 울려 나오는 곳에 진짜

2　**지령음(地靈音)** : 땅의 신령스러운 기운이 내는 소리

명당이 숨어 있다는 말이 전해져 오고 있는데다, 사람들은 그 명당을 찾아 조상의 뼈를 묻음으로써 관음봉의 음덕을 대대손손 누리고 싶어들 하였기 때문이다.

뿐더러, 관음봉 산록에 명당이 있다 함은 이 마을을 선학동이라 부르게 된 데에도 또 하나 깊은 내력이 있었다. 산의 이름이 관음봉이라 한다면 마을 이름도 마땅히 관음리 정도가 되는 게 관례였다. 그러나 마을은 예부터 이름이 선학동이라 하였다. 까닭인즉, 마을 앞 포구에 밀물이 차오르면 관음봉이 문득 한 마리 학으로 그 물 위를 날아오르기 때문이었다. 포구에 물이 들면 관음봉의 그림자가 영락없는 비상학의 형국을 지어냈다. 하늘로 치솟아 오른 고깔 모양의 주봉은 힘찬 비상을 시작하고 있는 학의 머리요, 길게 굽이쳐 내린 양쪽 산줄기는 그 날개의 형상이 완연했다.

포구에 물이 차오르면 관음봉은 그래 한 마리 학으로 물위를 떠돌았다. 선학동은 그 날아오르는 학의 품안에 안겨진 마을인 셈이었다. 동네 이름이 선학동이라 불리게 된 연유였다. 그리고 그런 연유로 관음봉의 명당은 더욱 굳게 믿어지고 있었다. 명당을 얻기 위해 관음봉 일대에 묻힌 유골은 헤아려 낼 수도 없을 정도였다.

그러나 이제는 그 포구에 물길이 막혀 버리고 있었다. 관음봉의 그림자가 내려 비칠 곳이 없었다. 포구의 물이 말라 버림으로 하여 이제는 더 이상 그 관음봉이 한 마리 선학으로 물 위를 날아오를 수가 없게 된 것이었다. 관음 봉은 이제 날개가 꺾이고 주저앉은 새였다. 그것은 이제 꿈을 잃은 산이었다.

사방은 어느 새 저녁 어스름이 짙게 젖어들어 오고 있었다. 어스름이 내리 깔린 들판 건너로 관음봉의 무심스런 자태가 더욱더 황량스럽게 멀어져 가고 있었다.

쏴― 쏴 ―

솔바람 소리가 시시각각으로 짙은 어둠을 몰아 왔다.

사내는 그제서야 자리를 일어섰다. 그리고 비로소 생각이 난 듯, 발 아래로 뻗어 내려간 들판과 어둠 속으로 눈길을 천천히 훑어 내리기 시작했다.

이제 여인의 소식을 만날 희망 따윈 머리에서 깡그리 사라지고 없었다. 고을 모습이 너무도 많이 달라져 있었다. 선학동엔 이제 선학이 날지 않았다. 학이 없는 선학동을 여자가 일부러 지나쳤을 리 없었다.

하지만, 이젠 날이 너무 어두워지고 있었다. 그리고 기왕 날을 잡아서 나서 온 길이었다. 주막에서 하룻밤을 묵어갈 수밖에 없었다.

약국 여자가 일러준 대로 주막은 금세 찾아낼 수 있었다. 산길이 들판으로 뻗어 내려간 솔밭 기슭에 십여 가호 정도의 작은 마을이 하나 새로 생겨나 있었다. 포구를 막아 들판이 되면서 길목 따라 생겨난 마을인 듯싶었다.

사내는 휘청휘청 힘없는 걸음걸이로 산길을 내려갔다. 주막은 마을 초입께에 마른 버섯처럼 낮게 쪼그려 붙어 앉아 있었다. 초가지붕을 인 옛 그대로의 모습이 어슴푸레 기억 속에서 되살아났다. 사내는 그 음습하고 쇠락해진 주막집 사립문 안으로 들어섰다.

"주인장 계십니까?"

사내의 인기척 소리에 어두운 부엌 쪽에서 이내 한 중년 연배의 아낙이 치맛자락에 물 묻은 손을 훔치며 나타났다.

얼핏 보아하니 기억이 전혀 떠오르지 않는 얼굴이었다. 주막 주인이 바뀐 모양이었다. 하기야, 그 무렵에 이미 쉰 고개를 훨씬 넘어서고 있던 주막집 노인이었다. 30년이면 강산이 변해도 세 번은 변했을 세월이었다. 그때의 노인이 아직 주막을 지키고 남아 있을 리 없었다.

"목 좀 축일 수 있겠소?"

그는 별 요량도 없이 아낙에게 말했다.

"약주를 드실라고요?"

아낙은 왠지 그리 달갑지 않은 어조로 그에게 되물어 왔다.

"그럽시다."

사내는 거의 건성으로 대꾸하고 나서 마루 위로 털썩 몸을 주저앉혔다.

"갖다 놓은 지가 며칠 돼서 술이 좀 안 좋을 것인디, 그래도 괜찮겠소?"

아낙은 마치 술을 팔기 싫은 사람처럼 한 번 더 다짐을 주고 나서야 부엌 쪽으로 몸을 비켜 나갔다.

알고 보니, 아낙은 웬일인지 이 날 밤 태도가 늘상 그런 식이었다.

잠시 후, 아낙이 초라한 목판 위에다 김치보시기 하나와 술 주전자를 얹어 내왔을 때, 사내가 다시 아낙에게 말했다.

"어떻게 저녁 요기도 좀 함께 부탁드릴 수 있겠소?"

아낙은 이때도 주막집 여편네답지 않게 심드렁한 소리로 되물어 오는 것이었다.

"왜, 이 골이 초행길이신 게라우?"

"예, 초행길이나 다름없습니다. 그래 오늘 하룻밤을 여기서 아주 묵어갔으면 싶소만."

내친 김에 사내가 밤까지 묵어갈 뜻을 말했으나, 아낙은 역시 마음이 금방 내켜 오지 않는 표정으로 사내의 눈치만 살피고 있었다.

"왜 묵고 가기가 어렵겠소?"

사내가 재차 묻고 드니까, 아낙은 그제서야 마지못한 듯 반허락을 해 왔다.

"글씨… 요샌 밤을 묵어가신 손님이 통 없어 놔서요. 상차림새도 마땅찮고 잠자리도 험할 것인디, 그래도 손님이 좋으시다면 할 수 없지라우."

사내는 그래도 상관이 없노라고 했다. 그리고 그게 돈 받고 남의 시중들어 주는 남도 사람들의 소박한 자존심이나 결벽성 때문이거니 여기며 그 역시 마음속에 크게 괘념(掛念)을 않으려 하였다.

"선학동 포구가 그새 모두 들판이 되었는데도 형편들은 그리 크게 나아지질 못한 것 같군요."

사내는 기둥 하나 너머로 부엌일을 서둘러 대고 있는 아낙에게 망연(茫然)스런 어조로 말하며, 혼자 술잔을 비워 내기 시작했다. 그런데 그 소리가 인연이 되어 사내와 아낙 사이에 오간 몇 마디가 뜻밖의 인물을 불러내고 있었다.

"글씨, 우리 같은 길갓집 살림이야 고을 인심에 기대 사는 처진디, 농사가 는다고 그런 인심까지 함께 따라 늘지는 않는갑습디다."

주막집 아낙은 사내가 말한 뒤 한 식경이나 지나서 솔불 연기 사이로 구정물을 버리러 나와서야 새삼 사내의 푸념에 아는 척을 해 왔다. 그러고는 빈 구정물 통을 한 손에 들고 서서 잠시 지난날의 주막일을 푸념 섞어 들춰 냈다.

"그야 한 십여 년 전엔 포구 일 땀시 공사판 사람들이 줄을 서 가며 찾아들 때도 있긴 했지만, 그것도 그저 그 한때뿐, 공사가 끝나고는 그만 아니었겠소?"

"선학동에 학이 날지를 못하게 됐으니 그런가 보군요."

---

1 **괘념(掛念)** : 마음에 두고 잊지 아니함.

아낙의 푸념에 사내는 문득 들판 건너 어둠 속에 싸여들고 있는 관음봉 쪽을 건너다보며 아직도 반 혼잣말처럼 무심스레 말했다.

"선학동은 이제 이름뿐 아닙니까? 관음봉이 그림자를 드리울 물을 잃었으니 학이 이제는 날아오를 수가 없지요. 그래 학마을에서 학이 날지를 못하게 됐으니 인심이 그렇게 말라든 거 아니겠소……."

그런데 그때였다.

"포구물이 말랐다고 학이 아주 못 날으는 것은 아니라오."

덜컹 하고 안방 문이 열리며 느닷없는 목소리가 밖으로 튀어나왔다. 말꼬리를 잇고 나서는 품이 여태까지 문 뒤에서 바깥 얘기를 귀담아들어 오고 있었음이 분명했다. 주인 사내쯤 되는 것 같았다.

그는 어느 새 등불까지 켜들고 인사말도 없이 불쑥 손에게로 다가왔다. 그러고는 다시 심상찮은 소리를 덧붙여 오는 것이었다.

"하기야, 이 포구의 물길이 막힌 뒤로는 우리도 한동안 그리 생각을 했지요. 물이 마른 포구에 진짜로 관음봉이 그림자를 드리울 수는 없었으니께요. 하지만, 요샌 사정이 다시 달라졌어요……. 노형은 보실 수가 없을지 모르지만, 이 물도 없는 포구에 학이 다시 날길 시작했거든요."

주인 사내는 말을 하면서 왠지 이 쪽 표정을 무척이나 세심하게 살피고 있는 기미가 역력했다. 하더니, 그는 마침내 어떤 확신이 서 오는 듯, 그래 어느 구석인가는 오히려 시치밀 떼고 있는 듯한 어조로 손의 호기심을 돋우고 들었다.

"연전에 한 여자가 이 동넬 찾아들었소. 그리고 그 여자가 지나간 다음부터 이 고을에 다시 학이 날기를 시작했어요……. 헌디, 손님도 아마 오래 전부터 이 선학동의 비상학 얘길 알고 기셨던 모양이지요?"

……죽었던 학이 다시 날기를 시작했다? 한 여자가 이 고을을 찾아 들고 나서부터?

사내에게 비로소 어떤 질긴 예감이 움직여 오기 시작했다. 사내의 말투는 어딘지 이미 이쪽 맘속을 환히 꿰뚫고 있는 것만 같았다. 그리고 일부러 그의 궁금증을 충동질해 오고 있는 것 같았다. 하지만, 그보다 사내가 긴장을 한 것은 그가 켜들고 온 희미한 불빛 아래로 주인 사내의 얼굴을 보았을 때였다. 불빛에 드러난 사내의 얼굴엔 이미 초로의 피곤기 같은 것이 짙게 어려 들고 있었다. 하지만, 그는 금세 그 사내의 불거진 광대뼈와 짙은 두 눈썹 모습에서 까맣게 잊고 있던 한 소년의 모습을 떠올리고 있었다.

그는 긴장감 때문에 가슴이 새삼 두근거려 오기 시작했다. 그리고 그럴 때 늘상 그래 왔듯이 목소리를 잔뜩 낮추고 있었다.

"그거 참 듣던 중 희한한 얘기로군요. 아닌 게 아니라, 나도 이 선학동 비상학 얘기는 오래 전에 한 번 들은 일이 있었소마는, 그래 어떤 여자가 이 골을 다녀갔길래 가라앉아 버린 학을 다시 날아오르게 했단 말이오?"

사내는 선학동을 찾은 것이 허사가 되지 않은 것 같았다.

주인은 손에게 너무도 많은 기대를 가지게 하였다. 손은 주인에게 은근히 여자의 이야기를 졸라댔다. 그는 여자가 선학동의 학을 다시 날아오르게 한 사연을 몹시도 듣고 싶어 하였다. 주인은 그러나 거기서부터는 왠지 이야기를 쉽게 털어놓으려 하질 않았다. 그는 손 앞에서 새삼 이야기의 서두를 망설이고 있었다.

"그거 뭐 노형한테는 상관이 되는 일도 아닐 텐디요……. 이따 저녁 요기나 끝내고 나시거든 심심풀이로나 들려 드릴까……."

이야기를 잠시 피해 두고 싶은 듯 자리까지 훌쩍 비켜 버리는 것이었다.

하지만, 손 쪽도 이제는 짐작이 있었다. 주인 사내는 손이 그토록 이야기를 듣고 싶어 하는 연유조차도 물어 오질 않았다. 그러나 그 주인 역시도 어딘지 이제는 손 앞에서 여자의 이야기를 털어놓고 싶은 기미가 역력했다. 작자는 짐짓 손의 조바심을 돋우려는 게 분명했다.

사내의 짐작은 과연 옳았다.

주인 사내는 그새 어디 마을이라도 나간 듯 손이 그럭저럭 저녁상을 물린 다음까지도 모습을 통 나타내지 않았다. 그래 혼자 술청 뒷방에서 막막한 예감에 부대끼던 사내가 참다못하다 다시 앞마루로 나가 보니, 작자가 또 어느 새 소리도 없이 그 곳에 돌아와 있었다. 뿐더러, 그는 벌써 술상까지 마루로 내받고 있었는데, 그것도 여태 손이 나오기를 기다리고 있었던 듯 빈 술잔 한 개를 남겨 놓고 있었다. 그리고 비로소 손이 나타나자, 그는 이번에는 말이 없이 남은 술잔을 다짜고짜 손 앞으로 채워 건넸다.

손도 말없이 주인 건너편 술상 앞으로 자리를 잡고 걸터앉았다.

보름 지난 달빛이 들판을 가득 내리비추고 있었다. 등잔불도 없는 술자리가 달빛으로 밝기가 그만저만하였다.

손이 이윽고 술잔을 비워 내어 주인에게 건넸다. 그러자 주인도 자기 앞의 술잔을 손에게로 비워 건네며 제물에 먼저 입을 열어 오기 시작했다.

"그러니께 지금서부터 한 삼십 년 전 내가 이 집에서 술심부름을 하고 지내던 시절이었소……."

주인은 이제 앞뒤 사정을 제쳐놓고 단도직입적으로 어렸을 직 이야기를 꺼내고 있었다. 손으로선 다소 갑작스런 이야기가 아닐 수 없었다. 하지만,

---

제물에 : 저 혼자 스스로의 바람에

주인이 거두절미(去頭截尾) 하고 어렸을 적 얘기를 꺼내고 있는 것처럼, 손쪽도 뭔가 이미 예상을 하고 있었던 듯 표정이 그리 설어 보이질 않았다.

"어느 해 가을이던가. 이 집에 참 빼어난 소리꾼 부녀가 찾아 든 일이 있었소. 머리가 반백이 다 되어 가는 늙은 아비하고 이제 열 살이 넘었을까 말까 한 어린 계집아이 부녀였는디, 철모를 적에 들은 기억이지만, 양쪽이 모두 명창으로 다 소리가 좋았지요……."

주인은 제법 소중스레 간직해 온 이야기를 털어놓듯 목소리가 차츰 낮게 가라앉아 가고 있었다. 주인의 이야기에 말없이 귀를 기울이고 있는 손의 표정도 그럴수록 조급하게 쫓겨 대고 있었다. 주인은 그 손이 뭔가 자신의 예감에 부대끼고 있는 아랑곳을 않은 채 혼자서 이야기를 이어 가고 있었다.

"소리는 주로 아비 되는 노인 쪽이 많이 하고, 딸아이에겐 아직 소리를 가르치기 겸해 어쩌다 한 번씩밖에 시키는 일이 없었지만서도, 우리가 듣기엔 그 딸아이의 목청도 노인에 진배없이 깊고 도도했소. 그 부녀가 온 뒤로 주막은 날마다 소리 즐기는 사람들 발길이 끊일 날이 없었어요. 헌디, 노인은 선학동 사람들이 소리를 들으러 이 주막으로 물을 건너오게 했을 뿐, 당신이 소리를 하러 주막을 떠나는 일은 한 번도 없었어요. 언제고 이 주막에 앉아서 소리를 했지요. 연고를 알고 보니 노인은 그때 이 주막에 앉아 소리를 하면서 선학동 비상학을 즐기셨던 거드구만요. 포구에 물이 차오르고 선학동 뒷산 관음봉이 물을 타고 한 마리 비상학으로 모습을 떠올리기 시작할 때면, 노인은 들어주는 사람이 있거나 없거나 그 비상학을 벗 삼아 혼자 소리를 시작하곤 했어요. 해질녘 포구에 물이 차오르고 부녀가 그 비상학

거두절미(去頭截尾) : 머리와 꼬리를 자름. 앞뒤의 잔사설은 빼고 요점만 말함.

과 더불어 소리를 시작하면, 선학이 소리를 불러 낸 것인지, 소리가 선학을 날게 한 것인지 분간을 짓기가 어려운 지경이었소. 헌디, 그렇게 한 서너 달쯤 지났을까요. 노인넨 그동안 맘속으로 깊이 목적한 일이 따로 있었던 거드구만요. 무어라 할까⋯⋯. 노인넨 그냥 비상학이 떠오르는 이 포구의 풍정을 심어 주려고 했다고나 할까⋯⋯. 하여튼 한 서너 달 그렇게 소리를 하고 나니 노인네 뜻이 그새 어느 만큼은 채워졌던가 봅디다. 계집아이의 소리가 처음 주막을 찾아들었을 때보다도 훨씬 더 도도하고 장중스러워지는구나 싶었을 때였어요. 부녀가 홀연 주막을 떠나가고 말았소. 그러곤 영 소식이 없었지요."

주인은 거기서 목이 맺히는 듯 다시 술잔을 비워 손에게로 건넸다. 손은 말없이 그 술잔을 받아 놓음으로써 주인의 이야기를 재촉하고 있었다.

주인이 다시 이야기를 계속했다.

"그 뒤로 이 선학동엔 부녀의 소리를 잊지 못해 하는 사람들이 꽤나 많았지요. 기약도 없이 떠나가 버린 부녀가 다시 한 번 이 고을을 찾아 주기를 기다리는 사람도 많았고요. 하여간에 그 부녀의 소리는 두고두고 이 고을 사람들 입에 오르내리는 이야깃거리로 남게 되었소. 하지만, 부녀는 다시 마을을 찾아온 일이 없었고, 그럭저럭 하다 보니 이 선학동 사람들도 종당에는 그 부녀의 일을 차츰 잊어 가기 시작했어요. 그리고 이 산 밑 포구가 마른 들판으로 변해 가고 관음봉이 다시 학이 되어 물 위를 날 수 없게 된 담부터선 부녀의 이야기도 영영 사람들 머리에서 잊혀지고 말았지요. 헌디, 아마 이태 전 봄이었을 거외다 ─. 그러니께 그때만 해도 벌써 포구가 맥힌 지 칠팔 년이 지난 뒤라 소리꾼 부녀는 물론 비상학의 기억까지도 까맣게들 잊고 지내던 참이었는디, 어느 날 느닷없이 여자가 여길 다시 왔어요."

이야기는 바야흐로 이제 줄기로 접어들어 가고 있었다. 손 쪽에서도 이젠 더 이상 조용히 예감을 견디고만 있기가 어려워진 것 같았다.

"여자라니요? 그때 그 소리를 하던 노인의 딸아이가 말이오?"

손이 자기 앞에 밀린 술잔을 하나 재빨리 비워 내어 주인 쪽으로 건네며 물었다.

"그 여자가 아니라면 누구겠소?"

주인은 손의 참견을 가볍게 나무라고 나서 다시 이야기를 계속해 나갔다.

"그새 많이 장성을 하였드구만요. 아니, 장성을 했다기보담은 소리에 세월이 많이 배어들었어요. 소리를 배워 준 옛날 노인네도 오래 전에 벌써 여읜 뒤였고. 허지만, 난 금방 여잘 알아봤소. 여자 쪽도 물론 이 쪽을 쉬 알아봐 줬고요……."

"무슨 일로 여자가 다시 이 고을을 찾아들었소?"

손이 다시 참을성 없이 끼어들고 있었다. 하지만, 사내를 굳이 허물하고 싶은 기색이 아니었다.

"그야 우선은 옛날 선학동의 비상학을 한 번 더 찾아보고 싶어서였겠지요. 허지만, 여자에겐 이 선학동 학이나 소리하는 것 말고도 진짜 치러야 할 일거리를 한 가지 지니고 왔소……."

주인은 간단히 손의 궁금증을 무지르듯 말하고 다음 이야기를 이으려 하였다.

그런데 그때 손이 또 한번 주인의 말 줄기를 끊고 들었다.

"치러야 할 일거리라뇨? 그 여자가 무슨 일거릴 가지고 왔었소?"

자기 예감에 부대껴 대다 못한 참견이었다. 그러나 주인은 이제 손의 참견은 아예 무시를 해 버리려는 눈치였다. 그는 이제 손 쪽에서 무얼 물어 오고 무얼 조급해하든 짐짓 아랑곳을 않으려는 어조로, 또는 누구에겐가 그 걸 전하기 위해 오랜 세월을 기다려 온 사람처럼 다소간의 무겁고 조급한 어조로 혼자 이야기를 계속해 나갔다.

여자에 관한 그 주인의 이야기는 대강 이런 것이었다.

여자는 옛날의 아비 대신 웬 초로(初老)의 남정 한 사람과 늦은 저녁길로 주막을 찾아왔다. 그때 그 초로의 남정은 여자의 소리 장단통 하나와 매동거지 가 제법 얌전한 나무 궤짝 하나를 등에 지고 왔는데, 그 나무 궤짝은 다름 아닌 여자의 옛날 아비의 유골을 모신 관구(棺柩)였다.

여자는 옛날 소리를 하고 떠돌다가 보성 고을 어디선가 숨이 걷혀 묻힌 아비의 유골을 20여 년 만에 다시 선학동으로 수습해 온 것이었다. 그것은 물론 이 선학동 산하에 당신의 유골을 묻어 드리기 위해서였는데, 그게 당신의 유언인 듯싶었고, 여자로서도 그게 오랜 소망이 되어 왔다는 것이었다.

그러나 선학동은 원래부터 명당이 숨어 있는 곳으로 소문이 나 있는 곳이었다. 선학동 산지엔 이미 다른 유골을 묻을 곳이 없었다. 묏자리를 잡을 만한 곳은 이미 모두 자리가 잡혀졌고, 설사 아직 그런 곳이 남아 있다 하여도 임자 없는 땅이 있을 리 없었다.

암장이나 도장 이 아니고는 여자는 이내 일을 치를 수가 없었다. 마을엔 아직 여자의 소리와 비상학의 기억을 지니고 있는 사람이 많았다. 여자의

무지르듯 : 중간을 끊어 두 동강이를 내듯
매동거지 : 매듭을 맺은 모양. '매동'은 '매듭'의 사투리
도장 : 암장(暗葬)=도장(盜葬). 몰래 장사지냄.

소문을 들은 마을 사람들은 은근히 자기네 산 단속들을 서두르고 나섰다. 암장이나 도장조차도 섣불리 엄두를 낼 수 없었다.

하지만, 여자는 서두르지 않았다. 일을 서두르거나 초조해하는 빛이 조금도 없었다. 여자는 그저 소리만 하면서 날을 보냈다. 해가 설핏해지면 여자의 소리가 주막 일대의 어둠을 흔들었다.

— 함평 천지 늙은 몸이……

여자가 소리를 하고 초로의 남정이 장단을 잡았다. 나이 든 여자의 도도한 목청은 차츰 선학동 사람들을 주막까지 건너오게 하였고, 그 소리는 또 날이 갈수록 듣는 사람의 애간장을 온통 들끓어 오르게 만들곤 하였다.

여자의 소리가 며칠 그렇게 계속되어 나가자, 선학동 사람들에게 이상스런 일이 일어나기 시작했다. 선학동 사람들 중엔 누구도 아직 여자의 아비에게 땅을 내주려는 사람이 없었다. 하지만, 여자의 소리를 들은 사람들은 그녀의 아비가 언젠가는 그곳에 땅을 얻어 묻히게 되리라는 것을 알았다. 그리고 그게 지극히도 당연한 일처럼 생각했다. 그게 누구네 산이 될지도 몰랐고, 어떤 식으로 그렇게 일이 되어 갈지도 몰랐지만, 어쨌거나 사람들은 여자의 소리를 듣고 막연히 그런 생각들을 하고 있었다.

주막집 사내는 더더구나 그랬다. 그는 누구보다도 여자의 소리에서 깊은 암시를 겪어 내고 있었다. 그리고 그것이 무엇인지를 분명히 느끼고 있었다. 그는 다만 때가 오기를 기다리고 있었다. 그리고 어느 날 마침내 그때가 다가왔다.

쑥대머리 귀신 형용

적막 옥방 홀로 앉아

어느 날 밤 ─ 그날사 말고 여자는 유난히 힘을 들여 소리를 하였다. 그리고 자정이 넘어서야 여지는 간신히 소리를 그쳤고, 선학동 사람들도 들판을 건너갔다.

마을 사람들이 모두 잠자리를 찾아 들판을 건너간 다음 여자가 마침내 주막을 나섰다. 초로의 남정에게 아비의 유골을 지워 밤길을 앞세우고서였다. 그리고 그것으로 여자는 그만 다시는 주막으로 돌아오지 않았다.

어디엔가 아비의 유골을 암장해 버리고 그 길로 선학동을 떠나가 버린 것이었다.

"헌디, 괴이한 것은 여자가 떠나간 뒤의 이 선학동 사람들이었소."

주인은 이제 그쯤해서 이야기를 거의 끝내 가고 있었다. 그는 이제 마을 사람들의 괴이한 태도로 이야기의 마무리를 지어 나가고 있었다.

"하룻밤 사이에 여자가 갑자기 동넬 떠나가 버렸는디도 그 여자의 일에 대해선 아무 것도 서로 묻는 법이 없었거든요. 언젠가는 여자가 으레 그런 식으로 떠나갈 줄을 알고 있었던 듯이 말이외다. 일테면, 사람들은 여자가 어떻게 마을을 떠나간 건지 사연을 모두 짐작한 거지요. 그리고 그 편이 외려 다행스런 일이란 듯이 일부러 입들을 다물어 준 거라요. 하니까, 여자가 그날 밤 그런 식으로 아비의 유골을 숨겨 묻고 간 지가 이삼 년이 넘은 지금까지도 아무에게도 그곳이 알려지질 않았지요. 글씨, 어떤 사람들은 혹 그것을 알고 있는지도 모를 일이기는 하지만, 알고 있거나 모르고 있거나 도대체가 그 일에 대해선 말들이 없어요……."

주인은 그쯤 이야기를 끝내고 나서 손의 기색을 살피기 시작했다.

손은 이제 입을 굳게 다물어 버리고 있었다.

주인도 손도 거기서 한동안 서로 말이 없었다. 뒷산 솔밭을 스쳐 가는 바람 소리마저 어느 새 고즈넉이 잦아들어 가고 있었다. 술 주전자도 이미 바닥이 나 있었다. 한데도 주인에겐 아직 해야 할 이야기가 남아 있었던 것일까? 그는 빈 주전자를 들고 말없이 자리를 일어서서 부엌으로 나가 새로 술을 하나 가득 담아 왔다. 그리고는 손과 자신의 술잔을 채우고 나서 가만히 손 쪽의 표정을 살피고 있었다. 이번에는 뭔가 손 쪽에서 입을 열어 올 차례라는 듯 그를 기다리는 기미가 역력했다.

손의 침묵은 의외로 완강했다.

그는 여전히 혼자 생각에만 골몰하고 있었다. 이제는 어떻게 피해 나갈 수가 없는 자신의 예감에 입술이 오히려 굳어 붙고 있었다.

하지만, 그는 결국 주인의 침묵을 이겨 낼 수가 없었다.

"그 여자, 아마 앞을 못 보는 장님이 아니었소—"

말없는 주인의 강요에 견디다 못해 손이 마침내 한숨을 토하듯 주인에게 물었다. 어딘지 이미 분명한 짐작을 지니고 있는 투였다. 아니, 그는 으레 사실이 그러리라 스스로 확신을 해 버리고 있는 듯 주인의 대답조차도 기다리는 표정이 아니었다.

그러자 주인은 여태까지 손에게서 그 한 마디를 듣기 위해 그토록 긴 이야기를 해 왔던 듯 조급한 어조로 시인을 해 왔다.

"아, 그랬지요. 내가 여태 그걸 말하지 않고 있었던가? 그 여잔 앞을 못 보는 장님이었소. 그래, 그 노인이 여자의 앞을 인도하고 다니면서 손발 노릇을 대신해 줬지요."

그러나 그 주인의 어조에는 아직도 어딘지 시치밀 떼고 있는 구석이 있는
것이었다. 그는 손이 말도 듣기 전에 어떻게 여자가 장님인 줄을 알고 있었
는지를 묻지 않았다. 그것은 주인 쪽도 손이 그러리라는 걸 미리 알고 있었
거나, 아니면 짐짓 그렇게 모르는 척해 넘기고 있음이 분명했다.

 손 쪽도 주인의 그런 태도엔 새삼 이상스러워하는 기미가 없었다. 말이 오
가는 게 오히려 부질없는 노릇 같았다. 두 사람은 다시 내밀한 침묵으로 할
말을 모두 대신하고 있었다. 그러다 이윽고 손 쪽이 먼저 자탄을 해 왔다.

 "부질없는 일이에요. 부질없는 일이에요. 선학동엔 이제 학이 날질 못하
는데, 그 학 없는 선학동에 여자가 아비의 유골을 묻고 간 것이 무슨 소용
이 닿는 일이겠소?"

 손은 그저 그 몇 마디뿐 자탄의 소리가 안으로 잦아지듯 다시 입을 다물
고 말았다. 하지만, 주인은 이제 그것으로 모든 게 족해진 모양이었다.

 손은 아직도 여자와 자신과의 인연에 대해서는 분명한 말이 한 마디도
없었다. 하지만, 그는 이제 학이 날지 못하는 선학동에 아비의 유골을 묻고
간 여자의 일을 제 일처럼 못내 안타까워하고 있었다. 주인은 그것으로 모든
일이 분명해지고 있었다. 그리고 그것으로 만족한 것 같았다.

 그가 다시 입을 열어 오기 시작했다.

 "아니, 노형은 아까 내 얘길 잊었구만요. 여자가 한 일은 부질없는 것이
아니었다오. 여자가 간 뒤로 이 선학동엔 다시 학이 날기를 시작했으니께요.
여자가 이 선학동에 다시 학을 날게 했어요. 포구물이 막혀버린 이 선학동에
아직도 학이 날고 있는 것을 본 사람이 그 눈이 먼 여자였으니 말이외다……"

 주인은 이번에야말로 선학동에 다시 학이 날게 된 사연을 이야기하기
시작했다.

눈이 먼 여자가 누구보다 먼저 선학동의 학을 다시 보기 시작했다.

그것은 어딘지 좀 허황하고 기이한 이야기가 아닐 수 없었다. 하지만, 그에게 그런 믿음이 있었기 때문이었을까, 그는 한번 이야기를 시작하자, 이번에는 손 쪽의 기미는 아랑곳을 전혀 않으려는 식이었다. 손님 쪽이 어떻게 이야기를 듣고 있든, 그는 필시 자기가 지녀 온 이야기들을 모두 털어놓고 말 결심을 한 사람처럼 혼자서 열심히 이야기를 이어 나갔다.

손은 다시 입을 다문 채 주인의 이야기에 귀를 기울였다.

주인의 이야기는 한 마디로 그 여자가 자신의 노랫가락 속에 한 마리 학이 되어 간 이야기였다.

가지 마오 가지 마오,

심 낭자 가지 마오……

여자는 날마다 소리만 하고 지내고 있었다.

한 며칠을 그렇게 지내다 보니, 여자는 그저 아무 때고 하고 싶은 때에 소리를 하는 게 아니었다. 여자의 소리는 언제나 포구 밖 바다에 밀물이 들어오는 때를 맞추고 있었다. 그것도 마치 성한 눈을 지닌 사람이 바닷물이 차오르는 포구를 내려다보듯 한 눈길로 반드시 마루께로 자리를 나앉아 잡고 서였다.

어느 날 해질녘의 일이었다. 사내가 잠시 마을을 건너갔다 돌아와 보니 이 날도 또 여자와 노인이 소리 채비를 하고 앞마루께로 나앉아 있었다.

주인 사내는 눈먼 여자의 주의를 흐뜨리지 않으려고 무심결에 발소리를 죽이며 사립 밖에서 잠시 두 사람의 동정을 기다리고 있었다.

그런데 사내는 거기서 차츰 괴이한 생각이 들기 시작했다. 여자에게선 이내 소리가 시작되어 나오질 않았다. 여자와 노인 사이에선 한동안 사내가 알아들을 수 없는 기이한 문답만 오가고 있었다. 문답은 주로 여자가 묻는 쪽이었고, 노인은 그걸 듣고 따르는 쪽이었다.

"오늘이 음력 초이틀 물이지요?"

여자가 무엇엔가 열심히 귀를 기울이며 노인에게 물었다.

"아마, 그렇제."

노인이 여자의 얼굴을 들여다보며 무연스레* 대답했다. 여자가 가만히 고개를 끄덕이며 혼자말처럼 말했다.

"그새 벌써 물이 많이 차올랐어요. 물이 차오르는 소리가 귀에 들려요."

그러고 나서 여자는 반 마장이나 떨어진 방둑 너머 바닷물 소리가 정말로 귀에 들려오고 있는 듯 한동안 더 주의를 모으고 있었다.

사내가 따져 보니 아닌 게 아니라 물때가 거진 만조 무렵에 가까워 오고 있었다. 옛날 같으면 포구 안으로 밀물이 가득 차 올라올 때였다. 하지만, 포구는 사라지고 없었다. 바닷물은 오래 전에 이미 방둑 너머에서 출입이 막혀 버린 터였다. 한데도 여자의 귀는 그 밀물 올라오는 소리를 듣고 있었다. 그리고 이젠 여자에게서처럼 자신의 귀에도 그 물소리가 들려오고 있는 듯 지그시 눈을 내리 감고 있는 노인에게까지 그걸 자꾸만 일깨워 주고 있었다.

"어르신 귀에도 이제 소리가 들리시오? 물이 밀려드는 저 소리가 말씀이오"

"그래 내게도 들리는 듯싶네."

여자를 달래는 듯한 노인의 대꾸. 하지만, 주인 사내가 정작 놀라게 된 것은

무연스레 : 아득하게

여자의 다음 물음이었다.

"물소리가 들리시면 어르신도 그럼 그 물 위를 나는 학을 보실 수가 있으시오?"

여자는 노인에게 묻고 나서, 자신은 방금 눈앞으로 날개를 펴고 떠오르는 학을 굽어보고 있기라도 한 듯, 머릿속 정경을 그려 보이고 있었다.

"포구에 물이 가득 차오르면 건너편 관음봉이 물위로 내려와서 한 마리 학으로 날아오르질 않겠소? 어르신도 그걸 볼 수가 있으시오?"

"그래, 인제는 나도 보이는 듯싶네. 이 포구에 물이 차오르고 건너편 산이 그 물 속에서 완연한 학으로 떠오르는 듯 싶으네."

노인은 한사코 여자의 뜻에 따라 자신의 눈과 귀를 순종시키고 싶어 하는 대답이었다.

그러자 여자는 정작으로 그 비상학을 좇듯이, 보이지도 않는 눈길로 벌판 쪽을 한참이나 더듬어대고 있었다. 그러다 그녀는 비로소 채비가 완전히 끝난 노인 쪽을 돌아보며 비탄조로 말했다.

"아베의 소리는 그러니께 그 시절에 늘 물위를 날아오른 학과 함께 노닐었답니다."

주인 사내로선 갈수록 예사롭지 않은 소리들이었다. 눈 아래 들판엔 이제 물도 없고 산 그림자도 없었다. 게다가, 여자는 어렸을 적 그녀가 그 아비와 함께 이곳을 왔을 때라 하더라도 그녀가 정작으로 물이나 산 그림자를 보았을 리 없었다. 하지만, 여자는 눈을 못 보기 때문에 오히려 성한 사람이 볼 수 없는 물과 산 그림자를 보고 있는지도 몰랐다. 두 눈이 성해 있는 사람이면 그 말라붙은 들판에서 있지도 않은 물과 산 그림자를 볼 리가 없었다. 있지도 않은 물과 산 그림자를 본 것은 그녀가 오히려 앞을 못 보는 맹인이기 때문이었다.

　사내의 그런 상상은 차츰 어떤 불가사의한 믿음으로 변해 가고 있었다.

　망망 창해에 탕탕(蕩蕩)한 물결이라,
　백빈주 갈매기는 홍요안에 날아들고……

　여자가 마침내 소리를 시작하고 있었다. 한데, 사내는 그 여자의 오장이 끓어오르는 듯한 목소리 속에서 자신도 문득 그것을 본 것이다. 사립에 기대어 눈을 감고 가만히 여자의 소리를 듣고 있자니, 사내의 머릿속에서 오랫동안 잊혀져 온 옛날의 그 비상학이 서서히 날개를 펴고 날아오르기 시작한 것이었다. 그리고 여자의 소리가 길게 이어져 나갈수록 선학동은 다시 옛날의 포구로 바닷물이 차오르고 한 마리 선학이 그곳을 끝없이 노닐기 시작했다.

　그런 일이 있은 후 사내는 여자의 학을 믿지 않을 수가 없었다.

　여자는 날마다 밀물 때를 잡아 소리를 하였다. 그 소리는 언제나 이 선학동을 옛날의 포구 마을로 변하게 하였고, 그 포구에 다시 선학이 유유히 날아오르게 하였다.

　그리고 그러다 여자는 어느 날 밤 문득 선학동을 떠나갔다.

　하지만, 사내는 여자가 그렇게 선학동을 떠나고 나서도 그녀의 소리가 여전히 귓전을 맴돌고 있었다. 소리가 귓전에 울려 올 때마다 선학동은 다시 포구가 되었고, 그녀의 소리는 한 마리 선학과 물위를 노닐었다. 아니, 이제는 그 소리가 아니라, 여자 자신이 한 마리 학이 되어 선학동 포구 물위를 끝없이 노닐었다.

224

그래 사내는 이따금 말했다.

"여자는 어디로 떠나간 것이 아니여. 그 여자는 이 선학동의 학이 되어 버린 거여. 학이 되어서 언제까지나 이 고을 하늘을 떠돈단 말이여."

여자가 그토록 갑자기 마을을 떠나가 버린 데 대한 아쉬움 때문이었을까? 주막집 이웃들이나 벌판 건너 선학동 사람들마저 사내의 그런 소리엔 그리 허물을 해 오는 눈치가 없었다. 선학동 사람들은 여자가 모셔온 아비의 유골을 모른 체해 주듯, 여자가 그렇게 주막을 떠나가고 나서도 그녀의 사연이나 간 곳을 굳이 묻고 드는 일이 없었다. 뿐더러, 주막집 사내가 이따금 그렇게 앞도 뒤도 없는 소리를 지껄여대어도 그러는 사내를 탓하려 들기는커녕 오히려 그와 어떤 믿음을 같이하고 싶은 진중한 얼굴들이 되곤 하였다.

손은 이제 완전히 녹초가 되어 버린 표정이었다. 이따금 손은 가져가던 술잔마저 이제는 전혀 마음이 없는 모양이었다.

이야기를 끝내고 난 주인 쪽 역시 마찬가지였다. 가슴속에 지녀 온 이야기들을 손 앞에 모두 털어놓은 것만으로 주인은 이제 자기 할 일을 다 해 버린 사람 같았다. 손이 뭐라고 대꾸를 해 오든 안 해 오든 그로서는 전혀 괘념을 할 일이 아니라는 태도였다.

주인은 완전히 손의 반응을 무시하고 있었다. 뒷산 고개를 넘어오는 솔바람 소리가 아직도 이따금 두 사람의 귓전을 멀리 스쳐 가고 있었다. 그 솔바람 소리에 멀리 둑 너머 바닷물 소리가 섞이는 듯하였다.

침묵을 견디지 못한 건 이번에도 결국 손 쪽이 먼저였다.

"노형 이야긴 고맙게 들었소."

이윽고 손이 먼저 주인에게 말하기 시작했다. 그의 어조는 이제 아무 것도 숨길 것이 없다는 듯 낮고 차분했다.

"하지만, 아까 이야기 가운데서 노형은 일부러 사람을 하나 빠뜨려 놓고 있었지요?"

주인이 달빛 속으로 손을 이윽히 건너다보았다.

손이 다시 말을 이었다.

"노형이 어렸을 적에 이 마을을 찾아들었다는 그 소리꾼 부녀의 이야기 말이오. 그때 그 어린 계집아이에겐 소리 장단을 잡아주던 오라비가 하나 있었을 겝니다. 그런데 노형은 일부러 그 오라비의 이야길 빼놓고 있었지요?"

추궁하듯 손이 주인의 얼굴을 마주 바라보았다. 주인도 이젠 더 이상 사실을 숨길 것이 없다는 듯 고개를 두어 번 깊이 끄덕여 보였다.

"그렇소. 난 그 오라비가 뒷날, 늙은 아비와 앞 못 보는 누이를 버리고 혼자 도망을 쳤다는 이야기까지도 여자에게 다 듣고 있었다오."

"그렇담 노형은 그 오누이가 서로 아비의 피를 나누지 않은 남남과 한가지란 것도 알고 있었겠구만요. 그리고 그 어린 오라비가 부녀를 버리고 떠난 것은 차마 그 원망스런 의붓아비를 죽여 없앨 수가 없어서였다는 것도 말이오."

주인이 다시 고개를 무겁게 끄덕여 보였다. 그러자 손이 다시 물었다.

"한데, 노형은 아까 무엇 때문에 부러 그 오라비의 얘기를 빼고 있었소?"

"그야 노형도 그 오라빌 알 만한 사람이구나 싶었으니께요."

주인은 간단히 본심을 말했다. 그러고는 다시 한 마디 덧붙이고 있었다.

"노형이 처음 비상학 얘길 꺼내고 있을 때 난 벌써 눈치를 챘다오."

"그렇다면, 노형은 끝끝내 그 오라빌 모른 척하고 속일 참이었소—."

"아니, 그럴 생각은 아니었소. 난 외려 이 이삼 년 동안 늘 그 여자의 오라비란 사람을 기다려 온걸요. 언젠가는 결국 그 오라빌 만나서 이야기를 모두 전해 주리라……. 그래야 무언지 내 도리를 다할 듯싶었고요."

"그 오라비가 이곳을 찾아올 줄을 미리 알고 있었단 말이오."

"여자가 그렇게 말을 했었소. 혹 오라비 되는 사람이 여길 찾아와 소식을 물을지 모른다고요……. 그 여잔 분명히 그걸 믿고 있는 것 같았소."

"왜 처음부터 그 애길 안 했지요? 노형은 벌써 이런저런 사정을 속속들이 모두 알고 있었으면서도 말이오."

"그건 그 여자의 부탁이 있었기 때문이랍니다. 그 여잔 오라비가 혹 이곳을 찾아오더라도 그 오라비가 자기 이야기를 먼저 물어 오기 전에는 절대로 이 쪽에서 입을 떼어 말을 하지 말라는 부탁이었소. 오라비가 정 마음이 괴로워 원망을 못 이긴 듯싶어 보이기 전에는 말이외다……. 그래 난 그저 그 오라비 되는 사람의 실토를 기다려 본 거외다."

주인은 거기서 잠시 말을 끊고 손의 기색을 살피고 있었다.

손은 이제 다시 입을 굳게 다물고 있었다. 말없이 뜨락의 달빛만 내려다보고 앉아 있는 손의 얼굴에 새삼스런 회한의 기미가 사무쳐 들고 있었다.

주인은 그 손의 정한을 부추겨 올리듯 느린 목소리로 덧붙이고 있었다.

"허지만, 이야기를 먼저 내놓지 말라던 것은 실상 여자가 남기고 싶었던 부탁이 아니었을 거외다. 여자는 그네의 오라비가 여길 찾아올 줄도 알고 있었고, 이야기가 나올 줄도 알고 있었으니께요. 여자는 진짜 다른 부탁을 한 가지 남기고 갔다오……. 오라버니에게 더 이상 자기 종적을 알려고 하질 말아 달라고요. 아깟번에 내가 그 여자는 학이 되어 지금도 이 포구 위를 떠돌고 있다고 말한 적이 있지요. 그건 실상 내가 생각해 내서 한 말이 아니라오. 그것도 그 여자가 처음 한 말이었지요. 오라비에게 나를 찾게 하지 마시오. 전 이젠 이 선학동 하늘을 떠도는 한 마리 학으로 여기 그냥 남겠다

하시오……. 그게 그 여자가 내게 남긴 마지막 부탁이었소. 그리고 그 여잔 아닌 게 아니라 한 마리 학으로 하늘로 날아올라간 듯 그날 밤 홀연 종적을 깨끗이 감춰 가고 말았소……."

이튿날 아침, 손은 조반상을 물리자, 곧 길을 나설 채비를 하였다.

"그 어른의 묘소라도 한 번 찾아가 보지 않고 바로 떠나시겠소?"

주인이 그 손에게 무심결인 듯 넌지시 물었다. 주인 아낙에게 인사를 고하며 신발을 꿰신으려다 말고, 그 소리에 손이 주인을 돌아다보았다. 뭔가 은근히 추궁을 해 오는 듯한 눈길에 주인은 그제서야 좀 서두르는 듯한 어조로 변명처럼 말했다.

"아, 그야 내가 아는 체하고 나설 일은 아니오만, 노형이 원한다면 그 어른의 묘소는 내가 가르쳐 드릴 수 있어서 말이외다……."

그러자 손은 이미 짐작을 하고 있었다는 듯 주인을 보고 뜻있는 웃음을 머금어 보였다.

"나도 알고 있었소. 간밤부터 그걸 알고 있었어요. 눈이 먼 여자하고 노인네 둘이서는 워낙 끝이 드는 일이었으니까요……."

손은 그러나 곧 고개를 천천히 가로저어 버리며 쓸쓸한 얼굴로 말하고 있었다.

"하지만, 그 뭐 다 부질없는 일이지요. 당신 생전에 지어 묻힌 한인데 이제 와서 그런들 무슨 소용이 있겠어요? 이대로 그냥 떠나고 말겠소."

말을 끝내고 나서 손은 이내 돌이켜 깨끗하게 쓸린 주막 마당을 걸어 나갔다. 주인도 더 이상 그것을 손에게 권하지 않았다. 그는 말없이 손을 뒤따라 사립 앞까지 나왔다. 그러나 그는 아직도 뭔가 미진한 것이 남아 있는 사람처럼 거기서도 쉽사리 손을 보내지 못했다.

"그래, 그 오라비는 그땔 마지막으로 누이를 만날 수가 없었소?"

그가 새삼 손에게 물었다.

"아니랍니다. 그 뒤로도 딱 한번 제 누이를 만난 적이 있었답니다. 한 삼 년 저 쪽 일이었지요. 장흥읍 저 쪽 어느 주막에서였답니다."

손은 걸으면서 남의 말을 전하듯 느릿느릿 말했다.

"하지만, 그때도 그 오라빈 끝내 자기가 오라비란 말을 못하고 말았답니다. 그 누이가 워낙 눈이 먼 여자였으니까요. 그리고 다시 그 곳을 찾았을 땐 종적을 알 수가 없게 됐어요."

주인 사내는 별 할 일도 없이 아직도 어정어정 손의 발길을 뒤따르고 있었다. 손도 굳이 주인의 그 은근한 배웅의 발길을 막지 않았다.

늦가을 아침 햇살이 유난히도 맑았다. 고개를 넘어오는 솔바람 소리도 그날따라 유난히 가지런하였다.

두 사람은 이윽고 솔밭길을 들어서고 있었다. 들판과 관음봉이 한눈에 들어왔다. 손은 그제서야 걸음을 멈춰 섰다. 그러고는 뭔가 고개를 넘어서기 전에 주인의 마지막 말을 재촉하듯 말없이 그를 기다리고 있었다. 그러자 주인도 이윽고 그 손의 뜻을 알아차린 듯 마지막으로 물어 왔다.

"그래, 노형은 아직도 그 누이의 종적을 찾아다닐 참이오?"

하지만, 손은 이제 오히려 그런 주인을 안심이라도 시키듯 가만히 고개를 가로 저어 보였다.

"아니오, 그도 뭐 이제는 다 부질없는 노릇 아니겠소? 하기야, 이번 길도 꼭 그 여자 소식을 만나리라는 생각에서 나선 건 아니지만 말이오. 글쎄 어쩌다 마음에 기리는 일이 생기면 여기나 한 번 더 찾아오게 될는지……

여기 선학동이라도 찾아와서 학의 넋이 되어 떠도는 그 여자 소리나 듣고 가고 싶소마는……."

그러고는 지금도 그 선학동 어디선가 여자의 노랫가락 소리가 들려오고 있는 듯, 그리고 그 노랫가락 속에 한 마리 학이 되어 물위를 떠도는 여인의 모습을 보고 있기라도 하듯이 눈길이 새삼 아득해지고 있었다.

솔바람 소리가 다시 한 차례 산봉우리를 멀리 넘어가고 있었다.

주인은 거기서 길을 돌아섰다. 그리고 손은 다시 솔밭 사이의 고갯길을 오르기 시작했다. 잠시 후 주인 사내가 사립을 들어섰을 때 손도 방금 돌고개 모롱이를 올라서고 있었다. 하지만, 손은 이내 고개를 넘어가지 않았다. 주인은 손이 고개를 넘어가기를 사립 앞에서 기다리고 있었다. 모롱이를 올라선 손의 모습은 한식경[10]이 지나도록 사라질 줄을 몰랐다.

기다리다 못한 주인이 마침내 모롱이 쪽에서 먼저 눈길을 비껴 돌아서 버렸으나, 고개 위의 사내는 한나절이 지나도록 그 모습 그대로 주저앉아 있었다. 사내가 고개를 넘어간 것은 저녁나절 해도 거의 다 기울어 들 때쯤 해서였다.

손이 고개를 넘기를 기다리며 저녁나절 내내 사립 손질을 하고 있던 주인 사내가, 어느 순간 아직도 작자의 모습이 그대로려니 싶은 생각으로 고개 쪽을 바라보니, 그가 문득 모습을 거두고 없었던 것이다.

손의 모습이 사라진 빈 고갯마루 위론 푸른 하늘만 무심히 비껴 흐르고 있었다. 그러자 사내는 문득 가슴이 저리도록 허망스런 느낌이 들었다.

그는 고개 위에 손이 모습을 남기고 있는 동안 하루 종일 그 고개 쪽으

---

10 **한식경** : 한 차례의 음식을 먹을 만한 시간. 한참 동안

로부터 어떤 소리가 귀에 쟁쟁하게 들려오고 있었던 것만 같았다. 그것은 옛날에 들은 그 여인의 노랫가락 소리 같기도 하였고 어쩌면 사내 그 자가 한나절 내내 그렇게 목청을 뽑아 내리고 있었던 것 같기도 하였다. 그런데 그 고개 위의 사내의 모습이 사라져 버리자, 그의 귓가에서도 이제 소리가 문득 그쳐 버린 것이었다.

그는 마치 자신이 꿈을 꾸고 있는 것 같았다. 그가 정말로 하루 종일 그 소리를 듣고 있었는지 어쨌는지 분명한 분간을 해낼 수가 없었다. 그러나 그는 굳이 그런 건 따지려 하지 않았다. 정말로 소릴 들었든지 말았든지 그런 건 굳이 상관을 하기도 싫었고, 또 상관을 해야 할 필요도 없었다.

그리고 사내는 그때 그런 몽롱한 심기 속에서 또 한 가지 기이한 광경을 보았다. 사내가 다시 눈을 들어보았을 때, 길손의 모습이 사라지고 푸르름만 무심히 비껴 흐르고 있는 고갯마루 위로는 언제부턴가 백학 한 마리가 문득 날개를 펴고 솟아올라 빈 하늘을 하염없이 떠돌고 있었던 것이다.

이청준의 선학동 나그네 **를 다 읽으셨나요?**

그러면 작품의 내용을 생각하면서 이 소설의 인물, 사건, 배경 등 여러 요소들에 대한
자신만의 마인드맵을 그려 보세요~!

줄거리

어느 날 해질 무렵 한 나그네가 만조 때 비상학의 자태를 짓는 선학동을 보고자 발길을 재촉한다. 하지만 포구는 들판으로 변하여 학의 모습을 볼 수 없게 되어 있었다. 주막으로 간 나그네가 학이 날지 못하게 된 것을 아쉬워하자 주인 사내가 몇 년 전 한 여인이 다녀간 뒤로 학이 다시 날게 되었다는 이야기를 시작한다.

30년 전 어떤 소리꾼 부녀가 찾아와 아비가 딸의 소리에 뒷산 관음봉이 포구의 밀물에 비상학으로 떠오르는 선학동 포구의 풍정을 심어 주고는 이 마을을 곧 떠났으나 이태 전 그 여자가 아비의 유골을 묻기 위해 이곳을 다시 찾아왔었다는 것이다. 그동안 마을 사람들의 인심이 각박해져 묻을 곳을 찾지 못하자 여자는 소리로써 사람들을 감동시키고, 어느 날 유난히 공들여 소리를 하고는 주막집 사내의 도움으로 아버지를 묻고 마을을 떠난다. 여자는 포구에 물이 들어오는 소리와 그 물에 비쳐 선학이 나는 것을 듣고, 보고 있었으며, 주인 사내 역시 그녀의 소리를 들으면서 비상학의 환상을 보게 되었는데, 여자가 떠난 뒤에도 주인 사내는 여자가 선학동의 학이 되어 언제나 그 고을 하늘을 떠돈다고 믿는다.

이야기가 끝나고 손이 여자의 오라비임을 확신한 주인 사내는 여자가 오라비더러 자기를 더 이상 찾지 말게 해 달라는 마지막 부탁을 남겼다고 일러준다. 다음날 길을 떠나면서 손은 누이의 부탁에 따라 더 이상 종적을 찾아다니지 않겠다고 한다. 해가 거의 기울 때까지 주저앉아 있던 손이 이윽고 그 모습을 거두자 고갯마루 위에는 언제부터인가 백학 한 마리가 떠돌고 있었다.

주제

한(恨)을 예술로 승화시킨 한 소리꾼의 삶

등장인물
· 나그네 : 어릴 때 헤어진 의붓여동생을 찾아 떠도는 인물
· 소리꾼 여인 : 한스러운 삶을 소리로 승화시키는 소리꾼
· 주막집 주인 : 나그네와 소리꾼 여인을 매개시켜 주는 인물
배경 – 늦가을의 장흥 근처 시골마을
시점 – 3인칭 전지적 작가 시점
성격 – 회상적, 예술적
출전 – 『문학과 지성』(1979)

문제 풀기

모범답 → p. 268

1. 이 글의 제재인 '비상학(飛翔鶴)'의 상징적 의미로 가장 알맞은 것은? (　　)

　① 사회에서 소외된 사람

　② 희망을 잃고 절망 속에서 살아가는 삶

　③ 현실을 도피하고 예술만 추구하는 인간의 삶

　④ 민족의 고난을 극복하고 새로운 역사를 펼치는 시대

　⑤ 현실적 고난과 한(恨)에서 풀려나 마음껏 자유를 구가하는 이상적 삶

2. 이 글의 공간적 배경인 '선학동'은 어떠한 곳을 상징할까요?

....

....

....

감상 쓰기 주인공이나 지은이에게 하고 싶은 말, 알게 된 점, 느낀 점 등

감상 쓰기

주인공이나 지은이에게 하고 싶은 말, 알게 된 점, 느낀 점 등

양반전(兩班傳)

박지원 (朴趾源 1737~1805)

박지원 朴趾源

조선후기 실학자 겸 소설가로서 이용후생의 실학을 강조하였으며, 자유롭고 기발한 문체를 구사하여 여러 편의 한문소설을 발표하여 당시 양반계층의 타락상을 고발하고, 근대사회를 예견하는 새로운 인간상을 창조함으로써 후대에 많은 영향을 끼침.

연보

- 1737년 영조 13년 2월 5일 한양에서 박사유의 2남 2녀 중 막내로 출생
- 1752년 영조 28년 처사 이보천의 딸과 결혼
- 1767년 실학자 홍대용에게서 서양의 신학문 전수
- 1780년 정조 4년 청나라에 가서 실학(實學)에 뜻을 둠.
- 1791년 정조 15년 한성부 판관, 안의 현감 역임
- 1796년 지방관 임기 만료로 한성부로 상경
- 1797년 정조 21년 7월 61세에 면천군수로 임명
- 1801년 벼슬에서 물러난 후 1803년 중풍으로 몸이 마비됨.
- 1805년 순조 5년 10월 20일 한성부 가회방의 재동 자택에서 깨끗하게 목욕시켜 달라는 유언을 끝으로 사망

① 박지원은 학문이 실생활에 유용하게 쓰이지 못한다면 그 학문은 죽은 학문이라 하였으며, '학문이 귀한 것은 그의 실용에 있으니, 부질없이 인간의 본성이니 운명이니 하고 떠들어대고 이(理)와 기(氣)를 가지고 제 고집만 부리는 것은 학문에 해롭다.'라고 지적했다. 그에게는 인간의 실생활에 보탬이 되는 학문만이 진정한 학문이었다.

② 박지원은 문학의 참된 정신은 변화의 정신을 바탕으로 창조적인 글을 쓰는 데 있다고 생각했다. 억지로 점잖은 척 고상한 글을 써서는 안 되며 오직 진실한 마음으로 대상을 참되게 그려내야 한다고 주장하고, 틀에 박힌 표현이나 관습적인 문체를 거부하고 그만의 독특한 글투를 지향했다.

주요 작품들

열하일기(熱河日記)	허생전(許生傳)
민옹전(閔翁傳)	광문자전(廣文者傳)
김신선전(金神仙傳)	역학대도전(易學大盜傳)
봉산학자전(鳳山學者傳)	과농소초(課農小抄)

'양반전'은 조선 영조, 정조 시대의 실학자이며 소설가인 연암 박지원의 대표적인 한문 소설입니다. 조선 후기에 부패하고 몰락해 가는 양반계급의 위선과 무능력을 주제로 하여 서민에 대한 양반들의 착취와 서민들의 양반에 대한 선망을 나타낸 작품으로 풍자성이 매우 뛰어난 고전 소설이지요.

집중

이 작품은 조선 후기 신분 질서의 변동과 밀접한 관련이 있습니다. 당시 이앙법, 견종법 등의 도입으로 농업 생산력이 증가하고 상공업이 발달함에 따라 새롭게 부를 축적한 부농층과 신흥 상공인 계층이 등장하게 되고, 이들은 경제적으로 높은 지위를 차지하게 됨에 따라 점차 사회 신분의 상승을 꾀하게 되지요. 신분이나 지위를 추구하는 인간의 모습을 비판하며 읽어 보세요.

양반전(兩班傳)

-
-
-

양반이란, 사족(士族)들을 높여서 부르는 말이다.

정선군(旌善郡)에 한 양반이 살았다. 이 양반은 어질고 글 읽기를 좋아하여 항상 군수가 새로 부임하면 으레 몸소 그 집을 찾아와서 인사를 드렸다. 그런데 이 양반은 집이 가난하여 해마다 고을의 환자¹를 타다 먹은 것이 쌓여서 천 석에 이르렀다.

강원도 감사가 군읍을 순시하다가 정선에 들러 환곡의 장부를 열람하고 크게 화를 내어,

"어떤 놈의 양반이 이처럼 군량²을 축냈단 말이냐?"
하고는, 곧 명을 내려 그 양반을 잡아 가두게 했다.

군수도 그 양반이 가난해서 갚을 힘이 없는 것을 딱하게 여기면서도 차마 가두지 못했지만, 그렇다고 무슨 도리가 있는 것은 아니었다.

양반 역시 밤낮 울기만 하고 해결할 방도를 찾지 못했다. 그 부인이 양반에게 역정을 냈다.

---

1 **사족(士族)**: 문벌이 높은 집안. 또는 그 자손
2 **환자**: 각 고을의 사창에서 백성에게 곡식을 꾸어 주던 제도. 환곡(還穀)
3 **군량**: 軍糧. 원문에는 '군흥(軍興)'이라고 되어 있는데, 이는 환곡을 의미하는 것으로 환곡은 원래 국가 비상시를 대비한 군량이었음.

"당신은 평생 글 읽기만 좋아하더니 고을의 환곡을 갚는 데는 아무런 도움이 안 되는군요. 쯧쯧. 양반, 양반이란 한 푼어치도 안 되는 걸."

그 마을에 사는 한 부자가 이 소식을 듣고 가족들과 의논하였다.

"양반은 아무리 가난해도 늘 존귀하게 대접받지만, 나는 아무리 부자라도 항상 비천하지 않으냐? 말도 못하고, 양반만 보면 굽실거리며 두려워해야 하고, 엉금엉금 가서 정하배⁴를 하는데, 코를 땅에 대고 무릎으로 기는 등 우리는 노상 이런 수모를 받는단 말이다. 이제 동네 양반이 가난해서 타먹은 환자를 갚지 못하고 시방 아주 난처한 판이라니, 그 형편이 도저히 양반을 지키지 못할 것이다. 내가 장차 그의 양반을 사서 가져보겠다."

부자는 곧 양반을 찾아가 보고 자기가 대신 환자를 갚아 주겠다고 청했다. 양반은 크게 기뻐하며 승낙했다. 그래서 부자는 즉시 곡식을 관가에 실어가서 양반의 환자를 갚았다.

군수는 양반이 환곡을 모두 갚은 것을 놀랍게 생각했다. 군수가 몸소 찾아가서 양반을 위로하고, 또 환자를 갚게 된 사정을 물어보려고 했다. 그런데 뜻밖에 양반이 벙거지⁵를 쓰고 짧은 잠방이⁶를 입고 길에 엎드려 소인이라고 자칭하며 감히 쳐다보지도 못하고 있지 않은가. 군수가 깜짝 놀라 내려가서 부축하고,

"귀하는 어찌 이다지 스스로 낮추어 욕되게 하시는가요?"

하고 말했다. 양반은 더욱 황공해서 머리를 땅에 조아리고 엎드려 아뢴다.

"황송하오이다. 소인이 감히 욕됨을 자청하는 것이 아니오라, 이미 제 양

4 **정하배** : 庭下拜. 뜰아래에서 절을 올림.
5 **벙거지** : 주로 병졸이나 하인이 쓰던 털로 검고 두껍게 만든 모자
6 **잠방이** : 가랑이가 무릎까지 올라오는 짧은 남자용 홀바지

반을 팔아서 환곡을 갚았습지요. 동리의 부자 사람이 양반이옵니다. 소인이 이제 다시 어떻게 전의 양반을 모칭 해서 양반 행세를 하겠습니까?"

군수는 감탄해서 말했다.

"군자로구나, 부자여! 양반이로구나, 부자여! 부자이면서도 인색하지 않으니 의로운 일이요, 남의 어려움을 도와주니 어진 일이요, 비천한 것을 싫어하고 존귀한 것을 사모하니 지혜로운 일이다. 이야말로 진짜 양반이로구나. 그러나 사사로이 팔고 사고서 증서를 해 두지 않으면 송사 의 꼬투리가 될 수 있다. 내가 너와 약속을 해서 군민으로 증인을 삼고 증서를 만들어 미덥게 하되 본관이 마땅히 거기에 서명할 것이다."

그리고 군수는 관부로 돌아가서 고을 안에 사는 사족과 농공상인들을 모두 불러 관정에 모았다. 부자는 향소 의 오른쪽에 서고, 양반은 공형(公兄) 의 아래에 섰다.

그리고 다음과 같이 증서를 만들게 하였다.

건륭 십년 구월 모일 이 증서를 만든다. 양반을 팔아서 환곡을 갚았으니 그 값은 천 석이다. 오직 이 양반은 여러 가지로 일컬어지나니, 글을 읽으면 가리켜 사라 하고, 정치에 나아가면 대부가 되고, 덕이 있으면 군자이다. 무반은 서쪽에 늘어서고 문반은 동쪽에 늘어서는데, 이것이 '양반'이니 너 좋을 대로 따를 것이다. 야비한 일을 딱 끊고 옛것을 본받아 뜻을 고상하게

7_ **모칭** : 冒稱. 성명을 거짓으로 꾸며댐.
8_ **송사** : 訟事. 백성들끼리의 분쟁을 관청에 호소하여 그 판결을 구하는 일
9_ **향소** : 鄕所. 유향소. 지방 수령을 보좌하던 자문기관
10_ **공형(公兄)** : 삼공형. 조선 시대 각 고을의 구실아치인 호장, 이방, 수형리를 이름.

할 것이며, 늘 오경[11]만 되면 일어나 황에다 불을 댕겨 등잔을 켜고, 눈은 가만히 코끝을 보고, 발꿈치를 궁둥이에 모으고 앉아 동래박의[12]를 얼음 위에 박 밀듯 왼다. 배고픔을 참고 추위를 견뎌 입으로 설궁[13]을 하지 아니하되, 고치 탄뇌[14]를 하며 입안에서 침을 가늘게 내뿜어 연진[15]을 한다. 소맷자락으로 모자를 쓸어서 먼지를 털어 물결무늬가 생겨나게 하고, 세수할 때 주먹을 비비지 말고, 양치질해서 입내를 내지 말고, 소리를 길게 뽑아서 여종을 부르며, 걸음을 느릿느릿 옮겨 신발을 땅에 끈다. 그리고 고문진보[16], 당시품휘[17]를 깨알같이 베껴 쓰되 한 줄에 백 자를 쓰며, 손에 돈을 만지지 말고, 쌀값을 묻지 말고, 더워도 버선을 벗지 말고, 밥을 먹을 때 맨상투로 밥상에 앉지 말고, 국을 먼저 훌쩍훌쩍 떠먹지 말고, 무엇을 후루루 소리 내어 마시지 말고, 젓가락으로 방아를 찧지 말고, 생파를 먹지 말고, 막걸리를 들이켠 다음 수염을 쭉 빨지 말고, 담배를 피울 때 볼에 우물이 파이게 하지 말고, 화난다고 마누라를 두들기지 말고, 성난다고 그릇을 내던지지 말고, 아이들에게 주먹질을 말고, 노복들을 야단쳐 죽이지 말고, 마소를 꾸짖되 그것을 판 주인까지 욕하지 말고, 아파도 무당을 부르지 말고, 제사 지낼 때 중을 청하여 재를 드리지 말고, 추워도 화로에 불을 쬐지 말고, 말할 때 이 사이로 침을 흘리지 말고, 소 잡는 일을 말고, 돈을 가지고 노름을 말 것이다. 이와 같은 모든 품행이 양반에 어긋남이 있으면, 이 증서를 가지고

---

11 **오경** : 五更. 하룻밤을 다섯으로 나눈 다섯째 시각(오전 세 시에서 다섯 시까지)
12 **동래박의** : 東萊博義. 중국의 송나라 여조겸(呂祖謙)이 지은 책. 춘추좌씨전(春秋左氏傳)에 대한 사평(史評)
13 **설궁** : 說窮. 구차한 형편을 남에게 말함.
14 **고치 탄뇌** : 고치(叩齒)—이를 여러 번 마주침. 탄뇌(彈腦)—손가락으로 머리를 가볍게 두드림.
15 **연진** : 嚥津. 도가의 양생법 중 하나
16 **고문진보** : 古文眞寶. 송나라 말기에 황견이 주나라 때부터 송나라 때까지의 시문을 모아 엮은 책
17 **당시품휘** : 唐詩品彙. 중국 명나라의 고병이 편찬한 당시선집

관에 나와 변정[18]할 것이다.

성주 정선군수 화압[19]. 좌수 별감 증서

이에 통인(通引)[20]이 탁탁 도장을 찍어 그 소리가 엄고[21] 소리와 마주치매 북두성이 종으로, 삼성[22]이 횡으로 찍혀졌다.

부자는 호장이 증서를 읽는 것을 쭉 듣고 한참 멍하니 있다가 어이없는 듯이 말했다.

"양반이라는 게 고작 이것뿐입니까? 나는 양반이 신선 같다고 들었는데 정말 이렇다면 너무 재미가 없는 걸요. 원하옵건대 무슨 특별한 이익이 있도록 문서를 바꾸어 주옵소서."

그리하여 문서를 다시 작성하니 다음과 같았다.

하늘이 백성을 만들 때 백성을 넷으로 구분했다. 그 사민 가운데 가장 높은 것이 사이니 이것이 곧 양반이다. 양반의 이익은 막대하여 농사도 안 짓고, 장사도 않고, 약간의 문장에 관한 일을 섭렵해 가지고도 크게는 문과 급제요, 작게는 진사가 되는 것이다. 문과의 홍패[23]는 길이 두 자 남짓한 것이지만 온갖 재물을 갖출 수 있어 그야말로 돈 자루와 같은 것이다. 진사가되어 나이 서른에 처음 관직에 나가더라도 오히려 이름 있는 음관[24]이 되고,

---

18_ **변정** : 辨正. 옳고 그름을 가리어 바로잡음.
19_ **화압** : 花押. 수결(手決). 사인(sign)
20_ **통인(通引)** : 관아의 심부름꾼
21_ **엄고** : 嚴鼓. 시간을 알리는 북
22_ **삼성** : 參星. 오리온자리에 있으며, 중앙에 나란히 있는 세 개의 큰 별(삼형제별)
23_ **홍패** : 紅牌. 문과 과거의 합격증
24_ **음관** : 蔭官. 과거에 의하지 아니하고 조상의 덕으로 벼슬길에 나아가는 것

잘 되면 남행[25]으로 큰 고을을 맡게 되어, 귀밑이 일산[26] 바람에 희어지고, 배가 방울 소리에 불러지며, 방에서는 기생이 귀고리로 치장하여 밤낮으로 모시고, 뜰에선 곡식이 남아돌아 학을 기를 수 있다. 가난한 양반이 시골에 묻혀 있어도 강제로 명령을 내려 이웃의 소를 끌어다 먼저 자기 땅을 갈게 하고, 마을의 일꾼들을 잡아다 자기 논의 김을 매게 한들 누가 감히 나를 괄시하랴. 너희들 코에 잿물을 들이붓고 머리끄덩이를 휘휘 돌리고 수염을 낚아채더라도 누구 하나 감히 나를 원망하지 못할 것이다.

부자는 증서 만드는 일을 중지시키고 혀를 내두르며,

"그만 두시오, 그만 두어! 맹랑하기 이를 데 없구먼. 당신들이 나를 장차 도둑놈으로 만들 작정인가?"

하고는 머리를 흔들며 가버렸다.

부자는 평생 다시는 양반이라는 말을 입에 올리지 않았다 한다.

---

25 **남행** : 南行. 과거에 의하지 아니하고 문벌을 따라 벼슬을 내리는 것
26 **일산** : 日傘. 햇볕을 가리기 위해 한데다 세우는 큰 양산

박지원의 「양반전」을 다 읽으셨나요?

그러면 작품의 내용을 생각하면서 이 소설의 인물, 사건, 배경 등 여러 요소들에 대한 자신만의 마인드맵을 그려 보세요~!

줄거리

강원도 정선 고을에 한 양반이 있었는데 너무 가난하여 관가에서 내주는 환자를 타먹은 빚이 산더미처럼 쌓여 천 석이나 되었다. 이 고을에 순찰차 들린 관찰사가 관곡 천 석이 빈 연유를 알고는 당장 그 양반을 투옥하라고 했다. 군수는 난감하기 그지없 었고, 양반은 울기만 하고 있었다.

이때 이웃에 사는 부자가 그 소문을 듣고 양반을 찾아가서 양반을 팔라고 하자 양반 은 기꺼이 승낙하여 부자는 관곡을 갚아준다. 자초지종을 들은 군수는 군민들을 모 아놓고 양반 매매 증서의 작성에 들어갔다. 처음에 양반의 행동거지를 하나하나 열거 하자 부자는 양반이 좋은 것인 줄 알았는데 행동의 구속만 받아서야 되겠느냐며 좋은 일이 있게 해 달라고 한다.

이에 군수는 두 번째 문서를 작성한다. 양반의 횡포를 하나하나 나열하는데, 부자 는 그런 양반은 도둑이나 다를 바 없다면서 도망쳤다. 그리고 평생 다시는 양반이라는 말을 입에 올리지도 않았다고 한다.

주제

양반들의 허위의식과 특권의식 비판

- **등장인물**
- **양반**: 생활 능력이 없는 가난하고 무능력한 인물
- **부자**: 조선 후기 신흥 세력을 대표하는 인물
- **아내**: 능력 없는 남편을 질타하는 작가적 인물
- **갈래** – 고전 소설(한문 소설, 단편 소설, 풍자 소설)
- **배경** – 조선 후기 18세기 강원도 정선군
- **성격** – 풍자적, 비판적, 실학적
- **출전** – 「연암집」

문제 풀기

모범답 → p. 268

1. 이 글에 나타난 양반의 행동 중 그 종류가 다른 하나는? (   )

   ① 아파도 무당을 부르지 않는다.

   ② 맨상투로 밥상에 앉지 않는다.

   ③ 화난다고 처를 두들기지 않는다.

   ④ 이웃의 소를 끌어다 먼저 자기 땅을 간다.

   ⑤ 깨알같이 베껴 쓰되 한 줄에 백 자를 쓴다.

2. 이 글의 대화 가운데에서 양반의 부도덕함을 가장 함축적으로 표현한
   하나의 문장은 어느 부분일까요?

   ....

   ....

감상 쓰기   주인공이나 지은이에게 하고 싶은 말, 알게 된 점, 느낀 점 등

2

흥부전(興夫傳)

 작자 미상

'흥부전'은 보은 설화가 바탕이 된 판소리 '흥보가'가 문자로 정착된 판소리계 소설입니다. 표면적으로는 선악의 대조적인 인물을 설정하여 형제간의 우애와 권선징악의 주제를 드러내고 있는데, 그 이면에는 부농과 빈농 사이에 벌어지는 경제적인 갈등 상황을 그려내고 있기도 하지요. 이것은 조선 후기의 신분 변동에 따라 나타난 유랑 농민과 신흥 부농과의 갈등이 반영된 것으로 볼 수 있습니다. 인물이나 사건을 그려 나가는 방식은 판소리계 소설의 특성인 서민적·해학적인 문체를 구사하고 있는데, 이것은 시대 배경의 심각성이나 비극적 상황을 서민 특유의 건강한 웃음으로 극복하려는 의식에서 나온 것이라 할 수 있습니다.

　　이 작품에서 흥부와 놀부가 빈농과 부농으로 계층이 나누어진 것은 조선 후기 경제 사회의 성격을 반영한 것이라고 볼 수 있습니다. 흥부와 놀부는 농민 계층이 분해되면서 나타난 양극화의 현상을 대표하는 인물들인 것이죠. 흥부에게서는 몰락한 양반 계층의 역사적 현실을 볼 수 있고, 놀부에게서는 천민의 신분상승이 어떤 모습이었는지 볼 수 있습니다. 오늘날의 경제 문제와 양극화 문제를 흥부전과 비교해 보면서 읽어 보세요.

흥부전(興夫傳)

-
-
-

화설, 경상, 전라 양도 지경에서 사는 사람이 있으니, 놀부는 형이요 흥부는 아우였다. 놀부 심사 무거하여 부모가 생전에 나누어준 전답을 홀로 차지하고, 흥부 같은 어진 동생을 구박하여 건넛산 언덕 밑에 내떨고, 나가며 조롱하고 들어가며 비양하니 무지하기 이를 데 없었다.

놀부 심사를 볼 것 같으면 이러하였다.

초상난 데 춤추기, 불붙는 데 부채질하기, 애 낳는데 개 잡기, 장에 가면 억지로 팔라 흥정하기, 집에서 몹쓸 노릇하기, 우는 아이 볼기 치기, 갓난 아이 똥 먹이기, 무죄한 놈 뺨치기, 빚값에 계집 빼앗기, 늙은 영감 덜미 잡기, 애 밴 계집 배 차기, 우물 밑에 똥 누기, 오려논에 물 터놓기, 잦힌 밥에 돌 퍼붓기, 패는 곡식 이삭 자르기, 논두렁에 구멍 뚫기, 호박에 말뚝 박기, 곱사장이 엎어 놓고 발꿈치로 탕탕 치기.

이처럼 심사가 모과나무의 아들처럼 뒤틀려 있었다. 이놈의 심술은 이러

---

1. **화설** : 話說. (옛 소설에서) 이야기의 첫머리, 또는 말머리를 돌릴 때 쓰던 말. 각설(却說)
2. **지경** : 地境. 땅과 땅의 경계
3. **무거하여** : 터무니없어
4. **오려논** : 올벼를 심은 논
5. **잦힌** : 밥물이 잦아진

하나, 집은 부자여서 호의호식하였다. 흥부는 집도 없어 집을 지으려고 집 재목을 내려갈 것 같으면, 만첩청산 들어가서 소부등 대부등을 와드렁 퉁탕 베어다가 안방, 대청, 행랑, 몸채, 내외 분합, 물림 툇마루에 살미살창 가로 닫이 입 구재[口]로 지은 것이 아니라, 이놈은 집 재목을 내려하고 수수밭 틈으로 들어가서 수수깡 한 단을 베어다가 안방, 대청, 행랑, 몸채 두루 짚어 말집을 꽉 짓고 돌아보니, 수숫대 반 단이 그저 남아 있을 지경이었다.

방안이 넓든지 말든지 양주 드러누워 기지개켜면 발은 마당으로 가고, 대가리는 뒤꼍으로, 맹자 아래 대문하고, 엉덩이는 울타리 밖으로 나가니, 동리 사람이 출입하다가, '이 엉덩이 불러들이소.' 하는 소리, 흥부 듣고 깜짝 놀라 대성통곡하며 우는 소리는 이와 같았다.

"애고 답답 서러운지고. 어떤 사람은 팔자 좋아 대광보국숭록대부 삼태육경 되어 나서, 고대광실 좋은 집에 부귀공명 누리면서 호의호식 지내는고. 내 팔자 무슨 일로 말만한 오두막집 빈 뜰에 별빛은 성글게 비추어 지붕 아래 별이 뵈고, 맑은 하늘에 구름 끼어 가랑비가 내리는데 방안에는 많은 비가 내리듯 새고, 풀 덩굴 찬 방 안 헌 자리에선 벼룩 빈대 등이 피를 빨아먹고, 앞문은 살만 남고 뒷벽에는 외만 남아 동지섣달 찬바람이 살 쏘듯 들어오고,

---

6　**소부등 대부등**：小不等 大不等. 그리 굵지 아니한 나무와 매우 굵은 나무

7　**분합**：分閤. 대청 앞쪽으로 한 칸에 네 짝씩 드리는 긴 창살문

8　**물림**：집채의 앞뒤 ㅏ좌우에 달아 낸 반 칸 폭의 긴실

9　**살미살창**：촛가지를 짜서 살을 박아 만든 창문

10　**말집**：말[斗]만큼 작은 집

11　**양주**：兩主. 부부(夫婦)를 남이 대접하여 일컫는 말

12　**맹자 아래 대문하고**：맹자직문(盲者直門). '장님이 곧장 대문으로 들어간다.'는 뜻으로 흥부의 집이 그만큼 비좁다는 것을 비유적으로 이르는 말

13　**대광보국숭록대부**：大匡輔國崇祿大夫. 조선시대 정일품의 품계

14　**삼태육경**：三台六卿. 삼정승과 육조판서

15　**외**：흙벽을 만들 때 댓가지나 싸리로 얽어 세워 흙을 받는 벽체

어린 자식 젖 달라 하고 자란 자식 밥 달라 하니 차마 설워 못살겠네."

　가난한 중에 웬 자식은 풀마다 낳아서 한 서른 남짓 되니, 입힐 길이 전혀 없어 한 방안에 몰아넣고 멍석으로 쓰이고 대강이 만 내어놓으니, 한 녀석이 똥이 마려우면 뭇 녀석이 시배 로 따라간다. 그 중에도 값진 것은 다 찾는다. 한 녀석이 나오면서,

　"애고, 어머니. 우리 열구자탕 에 국수 말아 먹었으면."

하면, 또 한 녀석이 나앉으며,

　"애고, 어머니. 우리 벙거지 를 먹었으면."

하고, 또 한 녀석이 내달으며,

　"애고, 어머니. 우리 개장국에 흰밥 조금 먹었으면."

하고, 또 한 녀석이 나오며,

　"애고, 어머니. 대추 찰떡 먹었으면."

하니, 흥부 마누라는 자식들 달래기에 정신이 없다.

　"애고, 이 녀석들아. 호박국도 못 얻어먹는데, 보채지나 말려무나."

　이때, 또 한 녀석이 나오며 장가 보내 달라 보챈다.

　"애고, 어머니. 우에 올부터 불두덩이 가려우니 날 장가 들여 주오."

　이렇듯 보챈들 무엇을 먹여 살려낼 것인가. 집안에 먹을 것이 있든지 없든지 소반이 네 발로 하늘께 축수하고, 솥이 목을 매어 달렸고, 조리가

---

16 **대강이** : '머리'를 속되게 이르는 말
17 **시배** : 侍陪. 시중드는 하인
18 **열구자탕** : 신선로에 여러 가지 고기와 생선·채소를 넣고, 그 위에 여러 가지 과일과 갖은 양념을 넣어 끓인 음식
19 **벙거지** : 벙거지골(전골을 지지는 그릇)에 지진 음식

턱걸이를 하고, 밥을 지어먹으려면 책력[20]을 보아 갑자일이면 한 때씩 먹는 형편이니, 생쥐가 쌀알을 얻으려고 밤낮 보름을 다니다가 다리에 가래톳이 서서 파종[21]하고 앓는 소리에 동리 사람이 잠을 못 자니 어찌 아니 서럽겠는가.

"아가, 아가, 우지 마라. 아무리 젖 달란들 무엇 먹고 젖이 나며, 아무리 밥 달란들 어디서 밥이 나랴."

이렇게 마누라가 아이를 달래고 있을 때도 흥부는 마음이 인후[22]하여 청산유수 같고 곤륜옥결[23]과 같았다. 성덕을 본받고 악인을 저어하며[24] 물욕에 탐이 없고 주색에 무심하니, 마음이 이러하므로 부귀를 바랄 리가 없었다.

참다못해 흥부 아내 하는 말이,

"애고, 여봅소. 부질없는 청렴 맙소. 안자단표[25] 주린 염치 삼십 세에 죽었고, 백이숙제[26] 주린 염치 청루[27] 소년 웃었으니, 부질없는 청렴 말고 저 자식들 굶겨 죽이겠으니, 아주버니네 집에 가서 쌀이 되나 벼가 되나 얻어옵소."

흥부가 하는 말이,

"낯을 쇠우에 슬훈고.[28] 형님이 음식 끝을 보면 사촌을 몰라보고 똥 싸도록 치옵나니, 그 매를 뉘 아들놈이 맞는단 말이요."

"애고. 동냥은 못 준들 쪽박조차 깨칠쏜가. 맞으나 아니 맞으나 쏘아나 본다고, 건너가 봅소."

---

20 **책력** : 册曆. 천체를 측정하여 해와 달의 움직임과 절기를 적어 놓은 책
21 **파종** : 破腫. 종기가 터짐.
22 **인후** : 仁厚. 마음이 어질고 무던함.
23 **곤륜옥결** : 崑崙玉潔. 곤륜산 옥과 같이 결백함.
24 **저어하며** : 두려워하며
25 **안자단표** : 顔子簞瓢. 공자의 제자인 안자가 가난을 견디며 도를 즐긴 일
26 **백이숙제** : 白夷淑濟. 백이와 숙제가 수양산에서 굶주린 일
27 **청루** : 靑樓. 기생집
28 **낯을 쇠우에 슬훈고** : '낯을 세우기 싫고.' (형님한테 혼날까 봐) 얼굴을 들기가 싫다는 뜻

홍부 마누라의 이 말을 듣고 형의 집에 건너갈 때, 치장을 볼 것 같으면 이러하였다.

편자²⁹ 없는 헌 망건에 박 쪼가리 관자³⁰ 달고, 물렛줄로 당끈 달아 대고리 터지게 동이고, 깃만 남은 중치막³¹ 동강 이은 헌 술띠를 흉복통에 눌러 띠고, 떨어진 헌 고의³²에 청올치³³로 대님 매고, 헌 짚신 감발³⁴하고 세살부채 손에 쥐고, 서 홉들이 오망자루 꽁무니에 비스듬히 차고, 바람 맞은 병인같이 잘 쓰는 쇄소³⁵같이 어슥비슥 건너 달아, 형의 집에 들어가는 것이었다.

전후좌우 바라보니, 앞노적³⁶, 뒷노적, 멍에노적, 담불담불³⁷ 쌓여 있었다. 이를 보고 홍부는 마음이 즐거우나 놀부는 심사가 무거하여, 형제끼리 내외하여 구박이 태심하니, 홍부 하릴 없이 뜰아래서 문안을 올릴 수밖에 없었다. 이에 놀부가 물었다.

"네가 뉜고?"

"내가 홍부요."

"홍부가 뉘 아들인가?"

"애고, 형님. 이것이 웬 말이요? 비나이다. 형님 전에 비나이다. 세 끼 굶어 누운 자식 살려낼 길 전혀 없으니 쌀이 되나 벼가 되나 양단간에 주시면 품을 판들 못 갚으며, 일을 한들 공할쏜가. 부디 옛일을 생각하여 사람을 살려

---

²⁹ **편자** : 망건을 졸라매기 위하여 말총으로 띠처럼 좁고 두껍게 짠, 망건의 아랫부분
³⁰ **관자** : 망건당줄을 꿰는 고리
³¹ **중치막** : 벼슬하지 아니한 선비가 입던 웃옷의 한 가지
³² **고의** : 남자의 여름 홑바지
³³ **청올치** : 칡덩굴의 속껍질, 또는 그 속껍질로 꼰 노
³⁴ **감발** : 발감개
³⁵ **쇄소** : 灑掃. 물 뿌리고 비로 쓰는 일
³⁶ **노적** : 露積. 곡식 따위를 한데 수북이 쌓아 둠. 또는 그 더미
³⁷ **담불** : 곡식이나 나무를 높이 쌓아 놓은 무더기

주오."

흥부가 이렇듯 애걸하나, 놀부는 성낸 눈을 부릅뜨고 볼을 올려 호령하였다.

"너도 염치없다. 내 말 들어 보아라. 천불생무록지인[38]이요, 지불생무명지초[39]라. 네 복을 누구에게 주고 나를 이리 보채느냐? 쌀이 많이 있다 한들 너 주자고 노적 헐며, 벼가 많이 있다고 너 주자고 섬을 헐며, 돈이 많이 있다 한들 괴목궤[40]에 가득 든 것을 문을 열며, 가루를 됫박이나 주자 한들 복고왕 염소독에 가득 넣은 것을 독을 열며, 의복이나 주자 한들 집안이 다 벗었으니 너를 어찌 주며, 찬밥이나 주자 한들 새끼 낳은 검은 암캐 부엌에 누웠으니 너 주자고 개를 굶기며, 지게미[41]나 주자 한들 깊은 방 우리 안에 새끼 낳은 돝[42]이 누웠으니 너 주자고 돝을 굶기며, 겻섬[43]이나 주자 한들 큰 소가 네 필이니 너 주자고 소를 굶기랴. 염치없다, 흥부 놈아!"

하고, 놀부가 주먹을 불끈 쥐어 흥부의 뒤꼭지를 꽉 잡으며, 몽둥이를 지끈 꺾어 손재승[44]의 매질하듯 원화상의 법고 치듯 아주 쾅쾅 두드리니, 흥부 울면서 말하기를,

"애고, 형님. 이것이 웬 일이요? 오만방자한 도척[45]이도 이보다 성현이요, 무식하기 짝이 없는 관숙[46]이도 이보다 군자로다. 우리 형제 어찌하여 이다지

38_ **천불생무록지인** : 天不生無祿之人. 하늘은 녹이 없는 사람을 내지 않는다.
39_ **지불생무명지초** : 地不生無名之草. 땅은 이름 없는 풀을 기르지 않는다.
40_ **괴목궤** : 회화나무로 만든 상자
41_ **지게미** : 술을 거르고 난 찌끼
42_ **돝** : 돼지
43_ **겻섬** : 겨를 담은 섬
44_ **손재승** : 재앙을 쫓아내는 중
45_ **도척** : 옛날 중국의 큰 도둑
46_ **관숙** : 주나라 문왕의 셋째 아들

극악한고."

하며 탄식하였다.

　이때 흥부 아내는 흥부 오기를 기다리다 우는 아기 달래며 물레질하고 있었다.

　"아가, 아가, 우지마라. 어제 저녁 김동지 집 용정방아[47] 찧어 주고 쌀 한 되 얻어다가 너희들만 끓여 주고 우리 양주 어제 저녁 이때까지 그저 있다. 너 아버지 저 건너 아주버니 집에 가서 돈이 되든 쌀이 되든 양단간에 얻어 오면, 밥을 짓고 국을 끓여 너도 먹고 나도 먹자. 우지 마라."

　잉잉잉. 아무리 달래어도 아기는 악을 쓰듯 보채었다. 흥부 아내 어쩔 수 없이 흥부 오기만 기다리는데, 의복 치장 볼 것 같으면, 깃만 남은 저고리에다 떨어진 누비바지와 몽당치마 떨쳐입고, 목만 남은 헌 버선에 뒤축 없는 짚신 신고 있어 보기가 딱하였다.

　그래도 문 밖에 썩 나서며 머리 위에 손을 얹고 흥부를 기다리는데, 칠년 대한 가문 날에 비 오기 기다리듯, 독수공방에 낭군 기다리듯, 춘향이 죽게 되어 이 도령 기다리듯, 과년한 노처녀 시집가기 기다리듯, 삼십 넘은 노도령 장가가기 기다리듯, 시험장에 들어가서 과거하기 기다리듯, 세 끼를 굶어 누운 자식들과 흥부 오기만 기다리는 것이었다.

　"애고애고. 설운지고."

　흥부가 울면서 건너오는 것을 보고 흥부 아내 내달아 두 손목을 덥석 잡고 위로한다.

47_ **용정방아** : 곡식 찧는 방아

"울지 마오. 어찌하여 우시오? 형님 전에 말하다가 매를 맞고 건너오시오? 문 밖에서 기다리는데 허위허위 오는 사람 몇몇이 날 속였는가. 어찌하여 이제 오시오?"

흥부는 어진 사람이라 형한테 맞았다는 말 못한다.

"형님이 서울 가고 아니 계시기에 그저 왔습네."

"그러하면 저를 어찌하잔 말이오. 짚신이나 삼아 팔아 자식들을 살려내옵소. 짚이 있습나? 저 건너 장자 집에 가서 얻어보옵소."

흥부가 곧 장자 집에 가서 말한다.

"장자님 계시오?"

"게 누군고?"

"흥부요."

"흥부 어찌 왔노?"

"장자님, 편히 계시오니이까?"

"자네는 어찌나 지내노?"

"지내노라니 오죽하오. 짚 한 단만 주시면 짚신을 삼아 팔아 자식들을 살리겠소."

"그리하소. 불쌍하이."

장자가 얼른 종을 불러 좋은 짚으로 서너 단 갖다가 주니, 흥부 짚을 가지고 건너와서 짚신을 삼아 한 죽*에 서 돈 받고 팔고, 양식을 팔아 밥을 지어 처자식과 먹었다.

이리 하여도 살 길 없어 흥부 아내가 말하였다.

죽 : 옷이나 그릇 따위의 열 벌을 한 단위로 이르는 말

"우리 품이나 팔아 봅세."

흥부 아내 품을 파는데 이렇게 파는 것이었다.

용정방아 키질하기, 술집에서 술 거르기, 초상집에 제복 짓기, 제삿집에 그릇 닦기, 사당에서 떡 만들기, 언 손 불며 오줌 치우기, 얼음 녹으면 나물 뜯기, 봄밭 갈아 보리 놓기, 온갖 품을 팔고 다녔다.

흥부도 품을 파는데, 정이월에 가래질하기, 이삼월에 붙임하기, 일등 전답 못논 갈기, 입하 전에 면화 갈기, 이집 저집 이엉 엮기, 더운 날에 보리 치기, 비 오는 날 멍석 걷기, 원산 근산 시초⁴⁹ 베기, 쌀집 주인 허드렛일하기, 각읍 주인 삯길 가기, 술만 먹고 말짐 싣기, 오 푼 받고 말편자 박기, 두 푼 받고 똥 재치기, 한 푼 받고 비 매기, 식전에 마당 쓸기, 저녁에 아해 만들기, 온 가지로 다하여도 끼니가 간 데 없었다.

이때 본읍 김 좌수가 흥부를 불러 하는 말이,

"돈 삼십 냥을 줄 것이니 내 대신으로 감영⁵⁰에 가 매를 맞고 오라."

하였다. 이에 흥부가 삼십 냥을 받아 열 냥어치 양식 팔고, 닷 냥어치 반찬 사고, 닷 냥어치 나무 사고, 열 냥이 남으면 매 맞고 와서 몸조리를 하리라 생각하고 감영으로 가려 할 때, 흥부 아내가 말하였다.

"가지 마오. 부모 혈육을 가지고 매삯이란 말이 웬 말이요?"

하고 아무리 만류하여도 종시 듣지 아니하고 흥부는 감영으로 내려갔다. 아니 되는 놈은 자빠져도 코가 깨진다고, 마침 나라에서 사면령이 내려

---

49 **시초** : 柴草. 땔나무로 쓰는 풀
50 **감영** : 監營. 조선 시대에, 각 도(道)의 감사가 직무를 보던 관아

죄인을 방송[51] 하니, 흥부 매품도 못 팔고 그저 올 수밖에 없었다.

흥부 아내 내달으며 말하였다.

"매를 맞고 왔습나?"

"아니 맞고 왔습네."

"애고, 좋쇠. 부모님 주신 몸에 매품이 무슨 일꼬?"

흥부 울며 말하였다.

"애고애고, 설운지고. 매품 팔아 여차여차하자 하였더니 이를 어찌하잔 말꼬?"

흥부 아내 위로하며 말하였다.

"울지 마오, 제발 덕분 울지 마오. 봉제사[52] 자손 되어 나서 금화금벌[53] 뉘라 하며, 집안 어미 되어 나서 낭군을 못살리니 여자 행실 참혹하고, 어린 자식 못 차려주니 어미 도리 다 못하네. 이를 어찌할꼬. 애고애고, 설운지고. 피눈물이 반죽 되던 아황(蛾黃) 여영(女英)[54]의 설움이요, 조작가 지어내던 우마시의 설움이요, 반야산 바위틈에 숙낭자의 설움을 적자 한들 어느 책에 다 적으며, 만경창파 구곡수[55]를 말말이 두량할[56] 양이면 어느 말로 다 되며, 구만 리 장천을 자자이[57] 재련들 어느 자로 다 잴꼬. 이런 설움 저런 설움 다 후리쳐 버려두고, 이제 나만 죽고지고."

흥부 아내 통곡하며 두 주먹을 불끈 쥐어 가슴을 쾅쾅 두드리니, 흥부

51_ **방송**:放送. 석방
52_ **봉제사**:奉祭祀. 제사를 모심.
53_ **금화금벌**:禁火禁伐. 불을 때지 않고 나무를 베지 않음.
54_ **아황(蛾黃) 여영(女英)**:순 임금의 두 딸. 순 임금이 죽자 소상강에 빠져 죽음.
55_ **만경창파 구곡수**:萬頃蒼波 九曲水. 너른 바다에 굽이굽이 흐르는 물
56_ **말말이 두량할**:한 되 두 되 양을 잴
57_ **자자이**:한 자 두 자

역시 슬픔에 잠겨 말을 하는 것이었다.

"울지 마오. 안연(顏淵)[58] 같은 성인도 안빈낙도하였고, 부암에 담 쌓던 부열(溥說)[59]이도 무정(武丁)을 만나 재상이 되었고, 신야에 밭 갈던 이윤(伊尹)[60]이도 은탕(殷湯)을 만나 귀하게 되었고, 한신(韓信) 같은 영웅도 초년 곤궁하다가 한나라 원융[61]이 되었으니, 어찌 아니 거룩한가. 우리도 마음만 옳게 먹고 되는 때를 기다려 봅세."

[후략]

---

58 **안연(顏淵)** : 공자의 수제자
59 **부열(溥說)** : 은나라를 중흥시킨 정치가
60 **이윤(伊尹)** : 탕왕의 세 번째 초빙으로 재상이 되어 천하를 통일시킴.
61 **원융** : 元戎. 군사의 우두머리

「흥부전」**를 다 읽으셨나요?**

그러면 작품의 내용을 생각하면서 이 소설의 인물, 사건, 배경 등 여러 요소들에 대한
자신만의 마인드맵을 그려 보세요~!

줄거리

옛날 전라도와 경상도 접경에 심술 고약한 놀부와 착하고 순한 흥부 형제가 살고 있었다. 형 놀부는 부모의 유산을 독차지하고 동생 흥부를 쫓아낸다. 흥부는 아내와 여러 자식을 먹이기 위해 놀부에게 쌀을 구하러 갔다가 매만 맞고 돌아오거나, 매품을 팔려고 갔다가 실패하고 오는 등 어려운 삶을 살아간다. 아내와 여러 자식들을 거느리고 헐벗고 굶주린 채 갖은 고생을 하면서 묵묵히 살아가던 흥부는 온갖 궂은일을 도맡아 하지만 가난에서 벗어나지 못한다.

그러던 어느 봄날 흥부는 땅에 떨어진 새끼 제비의 부러진 다리를 치료하고 돌봐준다. 이듬해에 그 제비가 흥부에게 보은의 증표로 박씨 하나를 물어다 준다. 그 박씨를 심은 흥부는 가을이 되어 먹을 것이 없어서 박 속을 먹기 위해 박을 따서 열어보니 온갖 금은보화가 쏟아져 나와 부자가 된다. 이 소문을 들은 놀부는 흥부를 찾아와 자초지종을 듣고 일부러 제비의 다리를 부러뜨려서 치료하여 날려 보낸다. 이듬해에 그 제비가 물어다 준 박씨를 심은 놀부는 가을에 박을 따서 열어 보니 온갖 괴물이 나타나 패가망신한다. 흥부는 이 소식을 듣고 놀부에게 재물을 나눠 주어 함께 살자고 하고, 놀부는 개과천선하여 형제가 화목하게 살아가게 된다.

주제

권선징악
형제간의 우애

등장인물
· 흥부 : 착하지만 가난한 동생으로 복을 받는 인물
· 놀부 : 부자이지만 심술궂은 형으로 벌을 받는 인물
· 흥부 아내 : 온순하고 착한 전형적인 여인
· 째보 : 놀부의 하인으로 기회주의적 인물
● **갈래** – 고전 소설(판소리계 소설, 가정 소설, 한글 소설)
● **배경** – 조선 후기 경상도, 전라도 부근
● **성격** – 교훈적, 해학적, 풍자적
● **출전** – 「흥부전」(경판 25장본)

문제 풀기

모범답 → p. 268

1. 이 작품에 등장하는 인물들의 성격으로 바르지 않은 것은? (   )

　① 놀부 처 : 놀부와 같은 성격의 인물

　② 흥보 : 농촌 빈민으로 선량하고 정직하며 우애와 신의가 있는 인물

　③ 흥보 처 : 현실 인식이 빠르고 고난을 이겨내고자 하는 현실적 인물

　④ 놀부 : 대지주로 서민층의 경제적 지위 상승과 이를 토대로 한 신분 상승의 예를
　　　　　극명히 보여 주는 인물

　⑤ 째보 : 마을의 서민들을 대표하는 인물로 소박하고 욕심이 없으며 작가가 추구
　　　　　하는 이상적인 인물

2. 흥부와 놀부의 가치관이 어떻게 다른지 각각 써 보세요.

감상 쓰기

주인공이나 지은이에게 하고 싶은 말, 알게 된 점, 느낀 점 등

24 봄·봄
　　1.⑤ 2.나와 점순이의 혼인 문제 때문이다.

25 사랑 손님과 어머니
　　1.④ 2.아저씨에 대한 어머니의 마지막 정성을 의미한다.

26 치숙
　　1.④ 2.일본 제국주의에 의한 조선인의 우민화(愚民化) 정책

27 두 파산
　　1.③ 2.물질적 파산, 정신적 파산

28 사수
　　1.① 2.그들 자신의 선택이 아닌 운명과 같은 외적인 힘이었다.

29 꺼삐딴 리
　　1.③ 2.결코 박사답지 않은 인물에게 의도적으로 박사라는 호칭을 써서 반어적으로 그를 비판하고자 한다.

30 선학동 나그네
　　1.⑤ 2.인간이 꿈꾸는 이상의 세계, 혹은 삶의 한이 예술적으로 승화되는 곳을 상징한다.

31 양반전
　　1.④ 2.당신들이 나를 장차 도둑놈으로 만들 작정인가?

32 흥부전
　　1.⑤ 2.흥부: 형제간의 우애를 소중히 여기며 도덕적 가치를 추구함. 놀부: 인륜 도덕보다 자신의 이익을 더 소중히 여김.